Retrouvez l'univers du polar sur le site
www.prixdumeilleurpolar.com

Arnaldur Indridason

LES NUITS
DE REYKJAVIK

Traduit de l'islandais
par Éric Boury

Éditions Métailié

TEXTE INTÉGRAL

TITRE ORIGINAL
Reykjavíkurnætur
Publié en accord avec Forlagid, www.forlagid.is
© Arnaldur Indridason, 2012

ISBN 978-2-7578-5796-0

© Éditions Métailié, 2015, pour la traduction française

1

Les garçons tapotèrent l'anorak vert qui tournoya à la surface de l'eau, puis décrivit un arc de cercle avant de couler. S'aidant de leurs bâtons, ils le firent remonter et furent saisis d'effroi.

Ils vivaient dans le quartier de Hvassaleiti et habitaient les immeubles bordant le boulevard Miklabraut jusqu'au terrain vague de Kringlumyri. La partie nord de ce périmètre était une friche envahie d'angélique et de rumex à longues feuilles. La partie sud était quant à elle une tourbière encore toute lacérée d'entailles d'où les gens de Reykjavik avaient extrait des tonnes de tourbe pour se chauffer pendant la Grande Guerre. Le conflit mondial ayant entraîné une pénurie de combustible en Islande, on avait drainé le marais, tracé des chemins de terre et entrepris la plus importante extraction de tourbe de l'histoire. Cette activité avait occupé des centaines d'ouvriers qui extrayaient le combustible et le faisaient sécher avant de le livrer par tombereaux en ville.

À la fin de la guerre, avec la reprise des importations de charbon et de pétrole, on avait cessé de se chauffer à la tourbe. Les fosses, désormais emplies d'eau brunâtre, étaient restées en l'état pendant longtemps. Quand la ville s'était étendue vers l'est au cours des années 60 et 70, avec la construction des quartiers de

Hvassaleiti et de Storagerdi, ces anciennes tourbières étaient devenues le terrain de jeu des enfants. Ces derniers confectionnaient des radeaux, naviguaient sur les mares les plus vastes et faisaient du vélo sur les nombreuses pistes cyclables aménagées sur les collines alentour. Quand le froid de l'hiver arrivait, ces mares se prêtaient parfaitement à la pratique du patin à glace.

Les trois garçons venaient de fabriquer un radeau tout neuf avec des planches glanées sur un chantier, qu'ils avaient soigneusement clouées à deux poutres transversales et enveloppées de plastique isolant. Le plancher de l'embarcation était constitué de bois de coffrage. Ils se propulsaient grâce à de longs bâtons qu'ils enfonçaient dans l'eau opaque, jamais bien profonde. Ils portaient des bottes en caoutchouc pour garder les pieds au sec. Il y avait souvent des gamins qui tombaient et se retrouvaient trempés jusqu'aux os, grelottant, mais tremblant surtout à l'idée de rentrer chez eux comme des naufragés et de se faire gronder par leurs parents.

Ils avaient avancé en douceur vers le boulevard Kringlumyrarbraut, veillant à ne pas trop tanguer pour que l'eau ne vienne pas submerger leur embarcation et ne les fasse pas tomber dans la mare. C'était tout un art, semblable à celui du funambule, qui nécessitait à la fois adresse et esprit d'équipe, mais avant tout du sang-froid. S'ils s'installaient trop près des bords, ils risquaient de chavirer. Les trois copains avaient donc pris tout leur temps pour trouver le point d'équilibre avant de quitter la rive.

La navigation se déroulait parfaitement. Satisfaits de ce nouveau radeau qui voguait joliment, ils avaient effectué quelques allers-retours sur la partie la plus profonde. La circulation ronronnait sur le boulevard Miklabraut, au nord de l'ancienne tourbière dont la limite sud était traversée par des canalisations d'eau chaude qui remontaient vers les grands réservoirs posés au sommet de la colline d'Öskjuhlid. Ce lieu constituait pour eux un autre terrain de jeu où ils trouvaient parfois des petites balles dures de la taille d'un œuf. Ils s'étaient interrogés sur leur nature. Le père d'un des gamins leur avait dit que c'étaient des balles de golf, ajoutant que certains venaient sans doute pratiquer ce sport dans la zone déserte aux abords du pipeline. Cet endroit baptisé Golfskalatjörn, entre la colline d'Öskjuhlid et la tourbière de Kringlumyri, avait autrefois été le golf de Reykjavik. Cela dit, il doutait que les balles que les gamins avaient trouvées datent de cette époque.

Ils naviguaient à belle allure tout en parlant des balles qu'ils trouvaient régulièrement à côté du pipeline quand un des côtés avait plongé sous la surface. Le radeau s'était soulevé puis immobilisé. Ils n'avaient pas tardé à y remédier en se mettant de l'autre côté de l'embarcation qui s'était peu à peu redressée tout en restant partiellement immergée. Ils ne voyaient pas l'objet qu'ils venaient de heurter. Ce n'était pas la première fois qu'ils trouvaient des choses dont les gens s'étaient débarrassés. On voyait même quelque part un vieux vélo affleurer à la surface. Certaines des trouvailles qu'ils y avaient faites, comme ce plastique isolant, leur avaient servi pour construire leur radeau. Mais ce qu'ils venaient de toucher était plus lourd et ils étaient certains que l'objet s'était accroché à l'un des clous fixant les poutres.

Ils avaient dû pousser de toutes leurs forces sur leurs bâtons pour remettre le radeau en mouvement. L'objet les avait suivis sur quelques mètres avant de se détacher. Le côté immergé de l'embarcation s'était alors soulevé, ils avaient vacillé un moment, puis étaient parvenus à rétablir l'équilibre, soulagés, et avaient longuement scruté ce qui affleurait à la surface.

– Qu'est-ce que c'est ? avait interrogé l'un d'eux en le tapotant du bout de son bâton.

– Un sac ? avait suggéré le deuxième.

– Non, c'est un anorak, avait dit le troisième.

Le premier continuait à piquer l'objet qui avait bougé avant de s'enfoncer à nouveau sous l'eau, puis ils étaient parvenus à le faire remonter. Peu à peu, il s'était retourné et l'anorak vert avait dévoilé le visage exsangue d'un homme aux cheveux gris hirsutes. Jamais ils n'avaient vu une chose aussi affreuse. L'un d'eux avait violemment sursauté et poussé un cri. Il était tombé à la renverse, déséquilibrant le radeau. Tous trois s'étaient retrouvés à l'eau en un clin d'œil, puis avaient regagné la rive en hurlant.

Ils étaient restés un instant à trembler sur le bord, le regard rivé sur cet anorak vert et ce visage flottant sur la mare, puis ils avaient pris leurs jambes à leur cou pour fuir la tourbière.

2

Le central leur signala une dispute dans une maison du quartier de Bustadahverfi. Ils accélérèrent, longèrent le boulevard Miklabraut, obliquèrent vers l'est sur Haaleiti puis remontèrent la rue Grensasvegur. La ville était quasi déserte. À trois heures du matin passées, le calme régnait, presque total. Ils dépassèrent deux taxis en route pour la banlieue et évitèrent de peu un accident au carrefour de Bustadavegur quand une voiture arrivant du quartier de Fossvogur leur coupa la route. Le conducteur, un homme d'âge mûr qui avait mal évalué la vitesse du véhicule de police, pensait avoir le temps de tourner avant eux.

– C'est quoi ce malade ?! s'écria Erlendur qui, cette fois-ci, était au volant. Il fit une embardée pour éviter la voiture et s'engagea sur Bustadavegur.

– Tu veux qu'on le contrôle ? demanda Marteinn, assis à l'arrière.

Erlendur regarda dans son rétroviseur et aperçut le véhicule qui continuait de se traîner derrière eux.

Gardar et Marteinn étaient deux étudiants en droit qui avaient obtenu un emploi d'été dans la police. Erlendur appréciait leur compagnie. Ils avaient tous les deux une coupe à la Beatles, une longue mèche qui leur tombait sur les yeux et une barbe fournie. Ils roulaient dans un fourgon poussif, un fourgon dont l'arrière était équipé d'une petite cellule, une Chevrolet noire et blanche solide mais peu maniable, qui avait du mal à accélérer. Ils n'avaient pas jugé bon d'allumer la sirène ni le gyrophare rouge et c'était peut-être la raison pour laquelle ils avaient risqué la collision. Une dispute familiale n'avait pas un caractère d'urgence et n'exigeait pas qu'on roule toutes sirènes hurlantes en pleine nuit, même si Gardar avait plus d'une fois sorti le grand jeu et conduit à tombeau ouvert sans nécessité, juste histoire de se distraire un peu. Ils s'arrêtèrent au numéro qu'on leur avait indiqué dans la rangée de maisons jumelées, coiffèrent leur casquette blanche et sortirent dans la nuit claire de l'été. Le ciel était couvert, il bruinait, mais l'air était doux. En ce samedi soir, l'alcool avait coulé à flots en ville. La police n'avait toutefois pas eu à intervenir pour des événements graves jusque-là. Ils avaient arrêté un homme soupçonné de conduite en état d'ivresse et l'avaient emmené faire une prise de sang. On les avait appelés pour une bagarre devant un bar bondé et une autre dans un taudis du quartier Ouest. Cinq hommes d'âges divers, tous membres de l'équipage d'un bateau immatriculé en province, louaient deux chambres dans la thurne en question. Ils s'étaient disputés avec les voisins et avaient fini par en venir aux mains. L'un d'eux avait sorti un couteau et l'avait planté dans le bras d'un autre avant d'être maîtrisé. Quand ils étaient arrivés, l'agresseur écumait de rage et ils lui avaient passé les menottes avant de l'emmener dans une cellule du commissariat de la rue Hverfisgata. Les autres s'étaient calmés dès leur arrivée même si chacun accusait ses adversaires d'avoir commencé.

Ils sonnèrent à la porte. L'altercation était des plus

discrètes. Tout semblait tranquille dans la maison. Leurs collègues du central avaient précisé par radio qu'un voisin avait appelé pour signaler une dispute et des cris. Ils frappèrent, sonnèrent une seconde fois et se consultèrent. Erlendur voulait enfoncer la porte. Les étudiants en droit répondirent qu'il n'en était pas question, même si le maître des lieux ne réagissait pas.

Ils continuaient de discuter quand un quadragénaire vêtu d'une chemise blanche ouvrit tout à coup, les mains dans les poches, le pantalon débraillé et les bretelles retombant sur les hanches.

– C'est quoi, ce vacarme ? interrogea-t-il en les regardant à tour de rôle, étonné de cette visite. Il ne sentait pas l'alcool et, apparemment, ils ne l'avaient pas réveillé.

– Nous avons reçu une plainte pour tapage nocturne, déclara Gardar.

– Tapage nocturne ? répéta l'homme en fronçant les sourcils. Il n'y a aucun bruit chez moi. Que… qui donc vous a appelés… quelqu'un s'est plaint à la police ?

– Ça ne vous dérange pas si nous entrons un instant ? éluda Erlendur.

– Ici ? Chez moi ? Les gars, on vous a fait une plaisanterie et vous avez foncé dans le panneau.

– Votre femme est-elle à la maison ? poursuivit Erlendur.

– Mon épouse ? Elle n'est pas là. Elle est partie dans notre chalet d'été avec ses copines. Je ne comprends pas ce que… Il doit y avoir un malentendu.

– Le central nous a peut-être donné une mauvaise adresse, suggéra Gardar en regardant ses collègues. On n'a qu'à vérifier auprès du commissariat.

– Oui, veuillez nous excuser, conclut Marteinn.

13

– Pas de problème, les gars, désolé pour ce malentendu, je suis seul chez moi. Allez, bon courage !

Gardar et Marteinn retournèrent à la voiture, Erlendur les suivit. Ils s'installèrent dans le véhicule, Marteinn se mit à la radio et le commissariat lui confirma qu'ils étaient à la bonne adresse.

– En tout cas, il ne se passe rien ici, assura Gardar.

– Attendez-moi un instant, pria Erlendur en ouvrant sa portière. Il y a un truc qui cloche là-dedans.

– Qu'est-ce que tu fais ? s'enquit Marteinn.

Erlendur retourna vers la maison et frappa une nouvelle fois. Quelques instants plus tard, le maître des lieux reparut.

– Il y a un problème ?

– Je peux utiliser vos toilettes ? demanda Erlendur.

– Mes toilettes ?!

– Oui, je n'en ai pas pour longtemps.

– Hélas, ça… Je ne peux pas…

– Montrez-moi vos mains.

– Hein ? Mes mains ?

– Oui, vos mains, confirma Erlendur qui, poussant la porte d'un coup sec, le força à reculer dans la maison.

Il se précipita à l'intérieur, jeta un coup d'œil rapide dans la cuisine, ouvrit la porte des toilettes et courut jusqu'au couloir des chambres qu'il inspecta brièvement en appelant pour vérifier qu'il n'y avait personne. Immobile dans l'entrée, l'homme protesta vivement face à ces méthodes. Erlendur le rejoignit rapidement et le contourna pour se rendre dans le salon où il découvrit une femme allongée sur le sol. La pièce était sens dessus dessous : chaises renversées, lampes et guéridon basculés, rideaux arrachés. Il courut vers la femme et, s'agenouillant, constata qu'elle était inconsciente. Elle avait un œil au beurre noir, les lèvres tuméfiées et une blessure à la tête. Erlendur pensa qu'elle avait heurté la table et que le choc l'avait assommée. Sa jupe remontée sur les hanches dévoilait un gros hématome à la cuisse. Apparemment, elle était battue régulièrement.

– Appelez une ambulance, cria-t-il à Gardar et Marteinn qui venaient d'arriver à la porte du salon. Combien de temps l'avez-vous laissée dans cet état ?! hurla-t-il à l'homme, toujours immobile dans l'entrée, les bras ballants.

– Elle est morte ?

– Pas sûr, répondit Erlendur sans oser la déplacer. Elle souffrait manifestement d'un traumatisme crânien et les ambulanciers sauraient comment la transporter. Il alla chercher un rideau déchiré pour la couvrir et pria Marteinn de menotter le mari, puis de l'emmener dans le fourgon. L'homme avait sorti les mains de ses poches, elles étaient couvertes d'égratignures.

– Vous avez des enfants ? s'enquit Erlendur.

– Deux fils, ils sont à la campagne, dans l'Est.

– Tant mieux pour eux, observa Erlendur.

– Je ne voulais pas faire ça, déclara l'homme alors qu'on lui passait les menottes. Je ne sais pas… Je ne voulais pas lui faire aussi mal. Elle… Je ne voulais vraiment pas faire ça… D'ailleurs, j'allais vous appeler. Elle est tombée là, sur la table, et elle ne me répondait plus, alors j'ai pensé que peut-être…

Ses paroles se tarirent. La femme poussa un gémissement.

– Vous m'entendez ? demanda Erlendur sans obtenir de réponse.

Le voisin d'une trentaine d'années qui avait appelé la police était sorti et discutait avec Gardar. Erlendur les rejoignit. L'homme leur expliqua qu'avec sa femme, ils entendaient régulièrement du bruit et des cris dans la maison voisine, mais jamais, disait-il, les choses ne s'étaient envenimées à ce point.

– Et ça dure depuis longtemps ? s'enquit Erlendur.

– Je ne sais pas, on habite ici depuis plus d'un an et... comme je viens de vous le dire, on entend parfois du bruit et des cris. En fait, c'est très délicat parce qu'on ne sait pas du tout comment réagir, nous ne connaissons pas vraiment ces gens même si nous vivons à côté.

Les hurlements des sirènes se rapprochaient. Une ambulance s'engagea dans la rue et se gara devant la maison, suivie par une voiture de police. Réveillés par le bruit, les voisins s'étaient mis aux fenêtres et certains avaient même ouvert leur porte. Ils regardèrent les ambulanciers emmener la femme sur une civière et le fourgon de police quitter le parking, le mari à son bord. Le calme revint bientôt dans la rue et tous retournèrent se coucher, étonnés de ces perturbations nocturnes.

Aucun autre événement ne marqua leur patrouille. Alors qu'il s'apprêtait à rentrer chez lui après sa nuit de travail, Erlendur aperçut le mari violent de Bustadahverfi qui attendait un taxi devant le commissariat de la rue Hverfisgata. On l'avait relâché après interrogatoire. L'affaire était considérée comme classée, il était libre d'aller et venir à sa guise. La vie de son épouse n'était pas en danger, elle quitterait l'hôpital d'ici quelques jours et retournerait probablement vivre avec lui, faute de pouvoir aller ailleurs. Les femmes battues ne trouvaient ni soutien ni secours.

Avant de quitter le commissariat, Erlendur s'était plongé dans le registre des événements de la nuit. Un conducteur d'âge mûr et fortement alcoolisé avait percuté un feu tricolore dans le quartier de Vogahverfi, détruisant sa voiture. En lisant le procès-verbal, Erlendur soupçonna qu'il s'agissait du chauffard qui leur avait coupé la route sur Bustadavegur.

Il leva les yeux sur le bâtiment moderne du commissariat et descendit vers la mer, rue Skulagata ; il regarda le mont Esja et les montagnes qui s'étendaient vers l'est. Le soleil était déjà visible au-dessus des sommets. À l'aube ce dimanche matin, le calme régnait sur la ville, enfin débarrassée du tapage de la nuit.

En rentrant chez lui, il repensa au clochard qu'on avait trouvé dans cette mare à Kringlumyri. Il ne parvenait pas à le chasser de son esprit. Peut-être parce que cet homme ne lui était pas tout à fait inconnu. Il avait entendu l'information donnée par le central sur sa radio alors qu'il patrouillait et était arrivé le premier sur les lieux. Il revoyait cet anorak vert, flottant à la surface de la mare, et ces trois garçons avec leur radeau.

Erlendur savait qu'au cours de l'année écoulée depuis la noyade, la police n'avait découvert aucun élément suspect. Il savait également qu'elle n'avait pas déployé un zèle excessif pour enquêter sur ce décès. Elle avait d'autres chats à fouetter et l'affaire semblait évidente : tout indiquait que l'homme était tombé à l'eau et que la noyade était accidentelle. Erlendur se demandait si le manque de zèle de ses collègues tenait au statut social de la victime, s'ils ne considéraient pas en fin de compte qu'il ne s'était rien passé de notable, si ce n'est que depuis il y avait un clochard de moins dans les rues. C'était peut-être aussi simple que ça. Peut-être pas. Peu avant son décès, l'homme avait dit à Erlendur que quelqu'un avait tenté d'incendier la cave dans laquelle il habitait. Personne ne l'avait cru, y compris Erlendur. Ça l'obsédait de ne pas l'avoir écouté et de lui avoir manifesté la même indifférence que les autres.

3

Quelques jours plus tard, un soir où il n'était pas en service, Erlendur alla se promener vers les tourbières de Kringlumyri. Il n'avait pas grand-chose à faire quand il ne travaillait pas et ce n'était pas la première fois qu'il se rendait là-bas. Il aimait flâner en ville pendant les belles soirées d'été : autour de l'étang de Tjörnin, dans le quartier Ouest de Vesturbaer et jusqu'à la pointe de Seltjarnarnes, ou encore dans la baie de Nautholsvik et le fjord de Skerjafjördur. Il possédait un vieux tacot qu'il prenait parfois pour quitter la ville. Il se garait alors au bord de la route et allait marcher dans les montagnes en emportant une tente quand les prévisions météo étaient bonnes. Il ne se considérait toutefois pas comme un randonneur même s'il s'était inscrit à l'Association touristique d'Islande dont il recevait le bulletin annuel. Il n'avait participé qu'une seule fois aux activités de cette association en guidant un grand groupe de marcheurs jusqu'aux sources chaudes de Landmannalaugar. Il avait alors compris qu'il détestait voyager avec des gens qui manifestaient en permanence de la gaîté. Toute cette joie avait quelque chose d'oppressant.

Pendant longtemps, les femmes avaient été absentes de sa vie, elles ne figuraient d'ailleurs pas parmi ses priorités. Il sortait de temps à autre dans des bars avec des relations, mais le bruit et la consommation excessive d'alcool lui déplaisaient. Puis, avant que l'endroit ne soit ravagé par les flammes, il était allé à la discothèque Glaumbaer où il avait rencontré une jeune femme, Halldora. Bavarde et résolue, elle lui avait témoigné un intérêt sincère. Un peu plus tard, il était allé à Silfurtunglid, "la lune d'argent", pour se distraire avec des collègues, et il avait à nouveau croisé Halldora. Elle l'avait invité chez elle et, désormais, ils avaient plus ou moins une liaison.

En traversant le quartier des Hlidar, il passa devant le lycée de Hamrahlid qui proposait des cours pour adultes et se demanda une nouvelle fois s'il ne ferait pas mieux de reprendre ses études. Il n'avait pour tout diplôme que son certificat d'études et n'était pas allé au lycée à la fin de sa scolarité obligatoire. Quand il était arrivé dans cette nouvelle école, après avoir déménagé à Reykjavik avec ses parents, on l'avait mis dans une classe de cancres. Il était issu d'une famille pauvre, le collège ne s'était pas du tout intéressé à ses capacités et, face à son attitude renfrognée, on avait considéré qu'il était à sa place dans cette classe. Il n'avait pas voulu déménager, n'avait pas désiré s'installer en ville et avait surtout appris à se taire. Il s'était détourné du travail scolaire, en conflit avec les enseignants et l'autorité, puis avait tout arrêté après le certificat d'études. Chaque été, il avait travaillé pour subvenir à ses besoins et, après sa dernière année de collège, il avait quitté le domicile familial et loué un appartement. Aslaug, sa mère, gagnait le SMIC et lui guère plus dans l'emploi qu'il occupait aux Pêcheries municipales de Reykjavik.

Il aurait eu envie d'aller au lycée et il était tenté

par cette nouvelle section d'enseignement pour adultes. Même s'il avait déjà vingt-huit ans, il n'était jamais trop tard pour entreprendre des études et il fallait avoir le bac pour entrer à l'université. Il s'intéressait à l'Histoire, à tout ce qui touchait l'histoire de son pays, et s'imaginait plus tard plongé dans des recherches et des explorations de toutes sortes.

Il traversa au pas de course le boulevard Kringlumyrarbraut pour rejoindre les anciennes tourbières. Il s'y était rendu plusieurs fois cette année sans trop savoir pourquoi. Brunâtre et peu profonde, l'eau acide de ces mares n'abritait aucune vie. Le mot *étang* était trop élégant pour les décrire. Deux radeaux flottaient au centre de l'une d'elles et des gamins faisaient du vélo sur les sentiers tout autour. Deux mobylettes labouraient la terre en surplomb. Erlendur les entendait rugir et pétarader dans la quiétude du soir.

On avait trouvé le corps à l'endroit le plus profond. Il était vraisemblablement resté immergé deux jours sans que personne ne le remarque. Le rapport du légiste affirmait que la noyade avait eu lieu dans la mare elle-même. L'enquête s'était attachée à découvrir si cette chute était accidentelle ou provoquée par un tiers. Le taux d'alcoolémie de la victime semblait corroborer la première hypothèse. Ni le cadavre ni les vêtements ne portaient de trace de lutte et aucun témoin ne s'était manifesté. Nul indice n'avait été relevé sur les lieux du drame, ni traces de pneus ni empreintes de pieds, mais un certain temps s'était écoulé entre la noyade et le moment où la police était venue enquêter : le périmètre avait été piétiné par les gamins. L'enquête avait stagné et on avait fini par la clore.

Affecté à la police de proximité, Erlendur avait eu affaire à cet homme à plusieurs reprises durant ses premières semaines et ses premiers mois de travail. Ce clochard, Hannibal, posait régulièrement problème et la police avait dû intervenir pour des raisons diverses, le plus souvent liées à son alcoolisme. Leurs chemins s'étaient croisés pour la première fois en plein hiver. Assis sur un banc de la place Austurvöllur, courbé et apparemment endormi, Hannibal tenait entre ses doigts transis une bouteille d'alcool vide. Il gelait à pierre fendre et, après quelques hésitations, la patrouille avait décidé de l'emmener au commissariat afin de l'abriter pour la nuit dans une des cellules. Erlendur était certain qu'il mourrait de froid s'ils n'intervenaient pas et il avait dit à ses collègues qu'il refusait d'endosser une telle responsabilité. Ils avaient donc embarqué Hannibal dans la voiture où il était revenu à lui. Au bout d'un moment, il avait compris la situation, ce n'était pas la première fois qu'on le ramassait ainsi dans la rue. Il avait abondamment remercié la patrouille, ces braves petits gars qui veillaient si gentiment sur lui, avant de s'inquiéter du sort de sa bouteille. Elle est vide, répondirent-ils. Il leur demanda s'ils n'avaient pas une petite larme d'alcool à lui offrir. Sa question s'adressait à Erlendur. Hannibal le voyant pour la première fois, il préférait tenter sa chance auprès du nouveau. Erlendur ne lui avait pas répondu et, comme le clochard ne cessait de répéter sa question, il avait fini par lui ordonner de se taire. Les sentiments chaleureux d'Hannibal envers la police s'étaient alors subitement refroidis.

– Vous êtes tous les mêmes, tous des salauds, avait-il maugréé.

La deuxième fois, Erlendur l'avait trouvé au pied de la clôture en tôle ondulée de la Conserverie suédoise, sur le versant nord de la colline d'Arnarholl. Cet endroit servait de refuge aux vagabonds qui s'y abritaient et se protégeaient du froid piquant apporté par le vent du nord. Assis frigorifié les jambes repliées, vêtu de son éternel anorak vert troué, Hannibal semblait ailleurs. Erlendur achevait sa ronde en ville quand il l'avait aperçu. Il avait d'abord envisagé de l'ignorer, avant de se raviser. Le froid était de plus en plus intense et le vent du nord balayait la neige au sol. Les flocons s'accumulaient aux pieds du clochard. Erlendur l'avait appelé sans obtenir de réaction. Il avait à nouveau hurlé son prénom, mais Hannibal demeurait aussi immobile qu'une statue. Erlendur était emmitouflé dans son épaisse doudoune, il avait un bonnet sur la tête et une écharpe autour du cou, et malgré tout il avait du mal à lutter contre cette bise glaciale. Il s'était approché et l'avait touché du bout de sa chaussure.

– Hannibal, tout va bien ?

L'homme ne réagissait toujours pas.

Erlendur s'était agenouillé à ses côtés et l'avait secoué jusqu'à ce qu'il entrouvre les yeux. Hannibal ne l'avait pas reconnu. Il semblait même ne pas savoir où il était.

– Fous-moi la paix, connard, avait-il protesté en essayant de le chasser à coups de poing.

– Venez, avait simplement répondu Erlendur. Vous ne pouvez pas rester ici dans ce froid glacial.

Il l'avait forcé, non sans peine, à se lever. Hannibal pesait son poids, et ce d'autant plus qu'il n'était pas franchement coopératif. Erlendur avait dû réunir toutes ses forces pour le mettre debout, puis l'avait soutenu pour descendre la colline d'Arnarholl. En marchant, le clochard avait retrouvé ses esprits. Il avait indiqué la route au jeune policier, lui avait fait traverser la rue Kalkofnsvegur, puis longer Hafnarstraeti jusqu'à Vesturgata, et lui avait indiqué une petite maison en retrait et un escalier étroit qui menait à une cave. Il tenait à peine sur ses jambes. Erlendur l'avait aidé à descendre les marches. La porte de la cave n'était pas verrouillée. Elle fermait par un simple loquet, semblable à ceux qu'on trouve dans les écuries. Erlendur l'avait soulevé, Hannibal avait poussé le battant d'un coup d'épaule et cherché à tâtons un interrupteur. Une ampoule nue s'était allumée au plafond.

– Voici mon refuge dans ce monde maudit, ironisa le clochard en trébuchant sur le seuil.

Erlendur l'avait relevé. Le refuge en question n'était pas un appartement, c'était une cave exiguë, encombrée de choses sans intérêt que personne n'aurait eu l'idée de voler, d'où le simple loquet de bois pour fermer la porte. Des bouts de tuyaux et des pneus hors d'usage voisinaient avec des cuvettes rouillées, des bidons en plastique et des filets enchevêtrés. Une couverture était tire-bouchonnée sur le matelas le plus crasseux qu'Erlendur ait jamais vu, et qui reposait à même le sol. Des bouteilles d'alcool, des flacons de médicaments et toutes sortes de mignonnettes pour la cuisine envahissaient les lieux, de même que de petites bouteilles en plastique contenant de l'alcool à 70° qu'on pouvait acheter en pharmacie et que les clochards appelaient entre eux de la gnôle. La cave empestait le caoutchouc et l'urine.

Erlendur avait aidé Hannibal à se coucher sur le matelas et s'apprêtait à s'en aller quand le clochard s'était assis sur sa paillasse.

– Qui diable es-tu donc ?

– Bonne journée, avait-il répondu en reculant vers la porte.

– Tu es qui ? avait répété Hannibal. Je te connais ?

Erlendur avait hésité. Il n'avait pas envie de discuter avec cet homme, mais ne voulait pas non plus lui manquer de respect.

– Je m'appelle Erlendur. On s'est déjà croisés. Je suis policier.

– Erlendur, avait répété Hannibal. Je ne me souviens pas de toi, mon gars. Tu n'aurais pas quelque chose pour moi ?

– Pour vous ?

– Tu ne pourrais pas me refiler quelques couronnes ? Allez, juste quelques-unes, je ne te demande pas grand-chose, tu vois. Quelques petites couronnes suffiraient. Je suis sûr qu'un homme comme toi a ça en poche, un homme qui vient en plus aider les pauvres gens de mon espèce.

– Vous allez tout dépenser en alcool, c'est ça ?

Hannibal avait fait une grimace qui ressemblait vaguement à un sourire.

– Je ne vais pas te raconter de mensonges, mon petit Erlendur, avait-il répondu, mielleux. Tu auras peut-être du mal à me croire, mais je ne suis pas menteur de nature. J'aurais besoin d'un petit coup de genièvre, voilà tout ce qui me manque dans ce monde oublié de Dieu. Je sais que ce n'est pas grand-chose pour toi. D'ailleurs, je ne te demanderais jamais ça si je n'étais pas sûr que pour toi c'est insignifiant, mon petit gars.

– Je ne vous donnerai pas d'argent pour acheter du genièvre, objecta Erlendur.

– Et pour un peu de gnôle ?

– Non plus.

– Bon, conclut Hannibal en se recouchant sur son matelas, dans ce cas, va au diable.

Le vrombissement des mobylettes s'estompa lorsqu'elles eurent rejoint le boulevard Hvassaleiti. Les gamins sur les radeaux revinrent vers la rive et mirent leurs embarcations à sec. Erlendur regardait vers le pipeline de la compagnie géothermique de Reykjavik. L'enquête avait révélé qu'Hannibal s'était trouvé un nouveau domicile, si on peut l'appeler ainsi, à Kringlumyri. L'été de sa mort, on l'avait en effet expulsé de la cave qu'il occupait, à la suite d'un incendie. Le propriétaire avait affirmé que le feu avait pris par sa faute, mais Hannibal avait toujours refusé d'endosser cette responsabilité et s'était retrouvé à la rue. Son calvaire avait pris fin lorsqu'il avait déniché un refuge dans le caisson en ciment qui protégeait le pipeline d'eau chaude. Un morceau s'était détaché sur un côté de la maçonnerie, ménageant une brèche suffisamment large pour qu'un homme puisse se glisser à l'intérieur et se blottir contre la canalisation.

Cet endroit avait été le dernier domicile d'Hannibal avant qu'on ne le retrouve noyé dans les tourbières. Il avait vécu là avec quelques chats errants qui s'étaient rassemblés autour de lui comme l'avaient fait autrefois les oiseaux autour de saint François d'Assise.

4

Erlendur se tenait au bord de la mare où on avait découvert le corps. Un garçon le dépassa à bicyclette avant de faire demi-tour pour revenir vers lui. Bien qu'un an se soit écoulé depuis leur dernière rencontre, il le reconnut immédiatement. C'était l'un de ceux qui avaient trouvé le cadavre.

– Vous êtes bien policier, non ? s'enquit le gamin qui s'arrêta en dérapant juste à ses pieds.

– Oui, bonjour !

– Qu'est-ce que vous faites là ?

Erlendur se souvint combien ce garçon était bavard et assuré, avec ses cheveux roux, ses taches de son et son air un peu provocant. Il avait beaucoup grandi. En l'espace d'un an, l'enfant s'était transformé en adolescent.

– Je m'offre une petite promenade.

Ce gamin avait été en quelque sorte le porte-parole du groupe. Les deux autres l'avaient accompagné chez lui et ils avaient informé sa mère de leur découverte. Cette dernière avait compris que ce n'était pas une plaisanterie, même si leur récit semblait incroyable. Oubliant de les réprimander pour être une nouvelle fois rentrés à la maison dans cet état après avoir traîné dans les tourbières, elle s'était empressée d'appeler la police. Ses amis étaient ensuite allés enfiler des vêtements secs chez eux, puis tous avaient repris leurs vélos pour retourner à la mare. Deux voitures de police et une ambulance étaient déjà là. Le corps d'Hannibal avait été sorti de l'eau et reposait au bord, sous une couverture.

Erlendur patrouillait en voiture sur le boulevard Miklabraut. Il avait entendu sur sa radio qu'on avait découvert un noyé dans un étang de Kringlumyri. Dès qu'il était arrivé sur les lieux, il était entré dans l'eau pour ramener le corps sur la rive et n'avait reconnu Hannibal qu'à ce moment-là. Il était atterré et pourtant, en fin de compte, le décès de cet homme ne l'avait pas surpris. La police avait écarté les badauds qui commençaient à s'attrouper à Kringlumyri. On avait fait asseoir les gamins dans une des voitures avant de les interroger longuement.

– Mon père dit qu'il s'est simplement noyé, déclara l'adolescent, appuyé sur le guidon de son vélo, en regardant l'endroit où il avait découvert Hannibal un an plus tôt.

– Oui, répondit Erlendur. Il est sans doute tombé dans l'eau et n'a pas réussi à en sortir.

– C'était un vrai clochard, observa le gamin.

– Vous avez dû avoir sacrément peur.

– Addi a fait plein de cauchemars, il a même vu le médecin et tout ça. Moi et Palli, ça ne nous a rien fait.

– Et vous jouez toujours avec ce radeau ?

– Non, ça, c'est pour les petits.

– Ah, je comprends. Est-ce que toi et tes copains, vous aviez vu cet homme pendant l'été à côté du pipeline ?

– Non, jamais.

– Mais d'autres que vous ?

– Non plus. On allait parfois jouer là-bas, mais je ne l'ai jamais vu. Il n'y était peut-être que la nuit.

– Peut-être. Et vous, qu'est-ce que vous faisiez à cet endroit ?

– Bah, on cherchait des balles de golf.

– Des balles de golf ?

– Oui, un gars qui vit dans le coin vient jouer au golf, répondit l'adolescent, l'index pointé vers les maisons jumelées du boulevard Hvassaleiti. Mon père m'a dit qu'avant, il y avait un terrain de golf à l'emplacement du pipeline, en bas de la colline d'Öskjuhlid. Et on y trouve encore des balles.

– Ah, et vous en faites quoi ?

– Rien, répondit le gamin, prêt à repartir. On les balance dans les mares. C'est pas des trucs dont j'ai envie de garder.

– *Que* j'ai envie de garder serait plus correct.

– Ok.

– Et *Ok*, ce n'est pas de l'islan…

– Bon, je dois y aller, déclara tout à coup l'adolescent qui enfourcha son vélo et disparut avant qu'Erlendur ait eu le temps d'achever sa phrase.

Il prit le sentier entre les mares pour remonter vers le pipeline. Long de quinze kilomètres, il partait de la zone géothermique de la vallée de Mosfellsdalur et longeait l'orée de la ville avant d'arriver aux gigantesques réservoirs qui trônaient au sommet de la colline d'Öskjuhlid. Le caisson en ciment protégeait les deux canalisations d'acier d'un diamètre de quatorze pouces qui amenaient l'eau chaude en ville. Bien qu'enrobées d'une gaine isolante, elles dégageaient une certaine chaleur dont Hannibal avait profité les derniers jours de son existence.

Pour l'instant, le trou n'avait toujours pas été

rebouché. Le morceau de ciment reposait encore sur l'herbe, à côté de la paroi. Erlendur se demandait pour quelle raison il s'était détaché. Il supposait que c'était l'effet du gel ou peut-être d'un tremblement de terre.

La largeur de la brèche permettait aisément à un adulte de s'y faufiler. Il remarqua que l'herbe aux abords était piétinée, passa sa tête à l'intérieur et constata qu'Hannibal n'avait pas été le seul à avoir cette idée. Quelqu'un y avait apporté des couvertures. On voyait deux bouteilles vides et quelques flacons d'alcool à 70° sous les tuyaux. Juste à côté, il y avait un couvre-chef déformé et un gant.

L'obscurité se faisait plus dense au fur et à mesure que le regard s'enfonçait dans les profondeurs. Erlendur plissa les yeux, attendit qu'ils s'habituent à l'obscurité et sursauta en découvrant une masse informe tapie au fond du caisson.

– Qui est là ? cria-t-il.

Au lieu de lui répondre, la masse se mit en mouvement et s'avança vers lui.

5

Il sursauta de plus belle, sortit la tête du trou, se releva et recula de quelques pas. L'instant d'après, un homme pointa son nez à l'extérieur, rampa hors du caisson et s'installa sur l'herbe. Vêtu d'un manteau usé et sombre, des mitaines aux mains et un bonnet sur la tête, il était chaussé de gros godillots en caoutchouc. Erlendur l'avait déjà aperçu parmi les clochards de la ville, mais il ignorait son nom et ne savait rien de lui.

L'homme lui souhaita bonsoir aussi naturellement que s'il avait reçu la visite d'un voisin ou que s'ils venaient de se croiser dans la rue plutôt qu'en ce lieu étrange. Erlendur déclina son identité. Son interlocuteur lui répondit qu'il se prénommait Vilhelm. Il était difficile d'évaluer son âge. Erlendur supposait qu'il avait environ quarante ans, mais il aurait tout aussi bien pu en avoir soixante. La bouche édentée, son visage était mangé par une barbe hirsute.

– Je vous connais ? interrogea le clochard en le toisant derrière ses lunettes aux verres épais qui lui faisaient de gros yeux et lui donnaient un air presque comique. Il souffrait d'une mauvaise toux, profonde et graillonneuse.

– Non, répondit Erlendur, les yeux rivés sur les lunettes, je ne crois pas.

– Vous me cherchiez ? s'inquiéta Vilhelm entre deux quintes. J'ai fait quelque chose ou quoi ?

– Pas du tout, le rassura Erlendur. Je passais par là, c'est tout. Et je dois vous avouer que je ne m'attendais pas à trouver quelqu'un ici.

– C'est vrai qu'il n'y vient pas grand-monde, convint Vilhelm. On y est bien tranquille. Vous n'auriez pas une cigarette ?

– Eh non, regretta Erlendur. Vous avez... Puis-je vous demander depuis combien de temps vous vivez là ?

– Deux ou trois jours, répondit l'homme sans lui expliquer ce qui l'avait amené à s'installer dans cet endroit. Ou peut-être... Au fait, quel jour on est ?

– Mardi.

– Ah bon, reprit Vilhelm, à nouveau secoué par une quinte de toux. Dans ce cas, ça fait peut-être un peu plus longtemps. Ce n'est pas mal de passer de temps à autre une nuit ici, même s'il y fait parfois un peu froid. Enfin, j'ai connu pire.

– Vous pensez être suffisamment en bonne santé pour supporter ça ?

– De quoi je me mêle ? s'agaça Vilhelm en toussant de plus belle.

– Ma visite a peut-être tout de même une raison, observa Erlendur dès que la quinte fut apaisée. J'ai connu un homme qui s'était installé dans ce caisson, comme vous. Il s'appelait Hannibal.

– Hannibal ? Moi aussi, je le connaissais.

– Il s'est noyé dans les tourbières, ajouta Erlendur, l'index pointé en direction de Kringlumyri. Vous vous en souvenez ?

– Oui, j'ai entendu dire ça. Pourquoi vous me parlez de lui ?

– Pour rien, répondit Erlendur. C'était un horrible accident.

– C'est vrai, un affreux accident.

– Vous l'avez connu comment ? interrogea Erlendur en s'asseyant sur le ciment du caisson.

– Ben, comme ça, je le croisais des fois, quand je me baladais en ville. C'était vraiment un gars bien.

– Vous n'étiez pas en conflit ?

– En conflit ? Je ne suis en conflit avec personne.

– Vous connaissez des gens qui auraient pu lui vouloir du mal ?

Vilhelm dévisagea Erlendur à travers ses culs de bouteille.

– Pourquoi vous me posez toutes ces questions ? demanda-t-il avant d'être secoué par une nouvelle série de quintes.

– Pour rien de spécial, répondit Erlendur.

– Il doit quand même bien y avoir une raison.

– Eh bien, non.

– Vous pensez peut-être qu'il ne s'est pas noyé tout seul dans cet étang, mais que quelqu'un l'a aidé ?

– Et vous, vous en pensez quoi ?

– Je n'en sais rien, répondit Vilhelm. Il se leva, s'étira et vint s'installer à côté d'Erlendur au sommet du caisson. Vous n'auriez pas quelques couronnes ?

– Qu'en ferez-vous ?

– Je n'ai plus de tabac, c'est aussi simple que ça.

Erlendur lui tendit deux billets de cinquante.

– C'est tout ce que j'ai sur moi, précisa-t-il.

– Merci beaucoup, dit Vilhelm en s'empressant de prendre l'argent. Ça me suffira pour acheter un paquet. Vous savez qu'une bouteille de vodka coûte presque deux mille couronnes ? Je me demande si les gens qui gouvernent ce pays n'ont pas perdu la tête. À mon avis, ils sont complètement givrés.

– Ces mares ne sont pourtant pas si profondes, reprit Erlendur.

Vilhelm toussa à nouveau en mettant cette fois-ci ses mitaines devant sa bouche.

– Elles le sont assez, quand même.

– Il faut être sacrément décidé pour arriver à s'y noyer, non ?

– Ce n'est pas à moi de le dire.

– Ou bien drôlement ivre, ajouta Erlendur. C'est vrai qu'on a trouvé énormément d'alcool dans son sang.

– Ah, ça oui ! Dieu tout-puissant, il éclusait sec !

– De qui était-il le plus proche avant son décès ?

– En tout cas, pas de moi. Je ne le connaissais pratiquement pas, même s'il m'arrivait de le croiser au refuge Farsott. C'est là-bas que je l'ai vu pour la dernière fois. Il demandait à passer la nuit, mais ils lui ont répondu qu'il était soûl et qu'ils ne voulaient pas le voir.

Erlendur n'en apprit pas plus auprès de Vilhelm. Ce dernier ajouta qu'il prévoyait de passer au moins une nuit supplémentaire dans le caisson et qu'ensuite il verrait bien. Erlendur essaya de l'en dissuader en lui demandant s'il n'avait vraiment pas d'autre solution. Le clochard se mit en colère, lui conseilla une nouvelle fois de s'occuper de ses oignons et lui demanda de le laisser tranquille. Erlendur prit congé et repartit. Il entendit la toux graillonneuse derrière lui alors qu'il grimpait sur le caisson du pipeline pour marcher dans la nuit claire en direction de la colline d'Öskjuhlid depuis laquelle il rejoindrait ensuite le quartier des Hlidar.

Les clochards pouvaient trouver refuge dans l'ancien bâtiment de Farsott, rue Thingholtsstraeti. Un grand nombre d'entre eux venaient y chercher un peu de réconfort et un lit pour la nuit. Le règlement exigeait qu'ils ne soient pas ivres. Hannibal s'y était évidemment heurté plus d'une fois. Peut-être était-ce la raison pour laquelle il avait fini par aller s'enterrer dans ce trou comme un clochard qu'il était, à l'abri des remarques, loin de la société des hommes.

6

Le lendemain matin, on leur confia la tâche de ramener à la prison de Litla-Hraun un détenu qui s'en était échappé sans grande difficulté deux jours plus tôt, puis s'était livré de lui-même à la police de Reykjavik. L'homme purgeait une peine de deux ans et demi pour trafic de drogue et il avait estimé nécessaire de faire un petit tour en ville. Âgé d'environ vingt-cinq ans, il avait en dépit de sa jeunesse souvent enfreint la loi : trafic de drogue, contrebande d'alcool, vol et falsification de documents. À vingt ans, il avait déjà écopé de quelques mois fermes pour une série de cambriolages. Plus tard, on l'avait appréhendé à l'aéroport de Keflavik alors qu'il transportait une bonne quantité de hasch. Il rentrait d'Amsterdam, il avait fumé tout son soûl pendant les quatre jours qu'il y avait passés. Il figurait sur la liste des individus à surveiller et il y avait peu de chance qu'il échappe aux douaniers, qui n'auraient de toute manière certainement pas laissé passer sans le fouiller ce hippie dégingandé avec sa barbe et ses cheveux longs. Il avait tout juste pris la peine de dissimuler les plaquettes de haschich dans un jean à l'intérieur de son sac de sport flambant neuf.

Il s'était présenté la nuit précédente au commissariat

de Hverfisgata. Ils l'avaient directement fait monter en voiture et s'étaient mis en route. L'homme était loquace, ayant réussi à dénicher de la bonne herbe à fumer avant de se livrer à la police.

– Pourquoi vous êtes-vous évadé ? lui demanda Marteinn alors qu'ils quittaient la ville.

– Ma mère fêtait son anniversaire, répondit-il. C'étaient les cinquante ans de la vieille !

– Et il y a eu une grande fête ? poursuivit Gardar.

– Ouais, une fiesta du tonnerre, mon vieux. L'alcool coulait à flots.

– Elle était heureuse de vous voir ? reprit Marteinn.

Les trois coéquipiers savaient que le domicile de la mère avait été placé sous surveillance après l'évasion du fils, mais la police n'avait pas réussi à le coincer.

– Ouais, super contente, la vieille !

– Et vous vous êtes évadé sans difficulté ?

– De Litla-Hraun ? Ouais, je suis sorti comme qui dirait les mains dans les poches.

– Votre peine sera alourdie, vous savez.

– Pas grave ! La vie à Litla-Hraun n'est pas désagréable. Et c'étaient les cinquante ans de ma mère, mon vieux ! Pas question de manquer ça !

– Je comprends, admit Marteinn.

Le fourgon avançait sur la lande d'Hellisheidi tandis que, dans la cellule située à l'arrière, le détenu dissertait sans relâche sur la vie à Litla-Hraun et les prisonniers avec qui il avait lié connaissance, le club de foot dont il était supporter et qui n'avait pas remporté assez de victoires à son goût ces derniers temps, son équipe préférée de football anglais qui ne remportait pas, elle non plus, assez de victoires, un mauvais film qu'il avait vu à la télé pendant qu'il se planquait, un coffee shop qu'il avait visité à Amsterdam, les repas à la prison de Litla-Hraun, un steakhouse hollandais. En résumé, rien de ce qui touchait à l'être humain ne lui était étranger.

Quand les trois coéquipiers en eurent assez de l'entendre déblatérer, ils le déposèrent à la prison et traversèrent la lande dans l'autre sens. De retour à Reykjavik, ils entendirent sur leur radio qu'une jeune fille avait disparu. Elle avait quitté son domicile trois jours plus tôt. Depuis, on était sans nouvelles. Le signalement précisait qu'âgée de dix-neuf ans et demeurant à Reykjavik, elle portait un blue-jean, une chemise indienne rose, une veste militaire kaki et des chaussures de tennis.

– Vous vous souvenez de ce garçon qui s'est réveillé à Akureyri, c'était bien l'an dernier, non ? demanda Marteinn. Il était sorti s'amuser en ville sans prévenir personne. Ses parents avaient appelé la police en voyant qu'il ne donnait aucune nouvelle au bout de quatre jours. C'était une famille tout à fait normale. Il faisait un achat dans une *sjoppa*[1] quand, tout à coup, il avait vu sa photo à la une d'un journal.

– Et cette femme du Thorskaffi ? poursuivit Gardar. On ne l'a jamais retrouvée, ce n'est pas si vieux.

– Oui, elle était sortie dans un bar avec des collègues

---

1. Une *sjoppa* (anglais : *shop*) est une particularité islandaise qui n'a pas son équivalent exact en France et n'a rien à voir avec nos bureaux de tabac. C'est un petit magasin qui vend des cigarettes (lesquelles sont cachées derrière un rideau), des friandises, des sodas, des magazines, des journaux ainsi que, parfois, des hamburgers, glaces, soupes chaudes, sandwichs, hot-dogs. C'est souvent aussi un lieu où les jeunes se retrouvent. (*Toutes les notes sont du traducteur.*)

et elle n'est jamais rentrée chez elle, c'est ça ? interrogea Marteinn.

– Enfin, disons plutôt qu'elle avait prévu de rentrer à pied.

– On se demande ce qu'elle est devenue, dit Marteinn.

– Elle ne s'est pas tout simplement jetée dans le port ? suggéra Gardar.

– Erlendur, c'était à l'époque où ton clochard s'est noyé, non ? demanda Marteinn.

– Mon clochard ? – C'était la première fois qu'il entendait cette expression, même s'il lui était arrivé de parler d'Hannibal à ses coéquipiers en déplorant que l'enquête ait été bâclée par la police. – Tu as raison, c'était à la même époque.

Ils achevaient leur patrouille et s'apprêtaient à ramener la voiture au commissariat avant de rentrer chez eux quand le central leur signala un cambriolage dans le quartier de Vogahverfi.

– Et merde ! s'exclama Gardar. Il faut qu'on s'en occupe ?

Comme ils étaient à proximité, Erlendur tourna et entra dans Vogahverfi. Aux abords de la maison qui venait d'être cambriolée, ils aperçurent un homme qui s'enfuyait à toutes jambes. Il s'était figé un instant en voyant leur véhicule, puis précipité dans le jardin de la maison voisine. Erlendur avait pilé. Gardar avait ouvert sa portière, aussitôt suivi par Marteinn. Quelques minutes plus tard, tous deux avaient rattrapé le fuyard, l'avaient plaqué à terre et embarqué.

L'homme avait dans ses poches une montre et quelques bijoux. Il s'était débarrassé d'un objet imposant dès qu'il avait aperçu la police. Pendant que

Gardar et Marteinn étaient à sa poursuite, Erlendur était allé chercher le butin que le cambrioleur avait abandonné en pleine rue. C'était le service à fondue de la famille.

7

Erlendur connaissait bien l'affaire du Thorskaffi. Il s'intéressait aux disparitions et lisait tous les articles relatant ce type d'événement dans les journaux. Il pouvait s'agir de chasseurs de perdrix qui ne rentraient pas à l'heure prévue, de voyageurs partis dans les montagnes ou sur les hautes terres et dont on était sans nouvelles depuis des jours ou encore d'adolescents fugueurs, comme c'était sans doute le cas de la jeune fille à la chemise rose. La plupart d'entre eux réapparaissaient ou rentraient chez eux assez vite, mais certains demeuraient introuvables. Et on avait beau envoyer des brigades de sauveteurs ratisser méticuleusement le terrain des jours durant, les recherches demeuraient infructueuses. Ne restaient plus alors que des questions sans réponse.

Dès le début de sa carrière, il s'était plongé dans les archives de la police à la recherche d'affaires de disparitions anciennes ou récentes survenues à Reykjavik et dans les environs. À ce moment-là, il s'intéressait depuis plusieurs années déjà à ces histoires de gens perdus dans les montagnes, bien souvent surpris par le mauvais temps. L'exploration de ces dossiers ne constituait qu'un pan de ses recherches.

Les disparitions n'étaient le plus souvent pas considérées comme suspectes. Poussé principalement par sa curiosité, Erlendur passait de longues heures à feuilleter de vieux rapports et à se documenter sur toutes sortes d'affaires, qu'il s'agisse de disparitions ou d'enquêtes non résolues, même si ces dernières le passionnaient moins. Il existait tout de même quelques exceptions à cette règle. Il en allait ainsi de la mort d'Hannibal, même si rien ne lui permettait de mettre en doute le caractère accidentel du décès. C'était avant tout parce qu'il avait connu la victime qu'il s'était intéressé à son histoire et qu'il s'était mis à explorer un certain nombre de pistes.

Il y avait toutefois une disparition bien précise qui l'obsédait. Après s'être longuement plongé dans le dossier, il était même allé explorer les lieux. Un jour de l'année 1953, une jeune fille âgée de dix-huit ans, élève à l'École ménagère, avait prévu de retrouver ses amies dans un bar dont la clientèle était principalement constituée d'étudiants, rue Laekjargata. Toutes quatre fréquentaient la même classe et, bien qu'issues d'horizons divers, elles s'étaient liées d'amitié dès la première année. Inséparables, elles se livraient à toutes sortes d'activités et participaient à la vie sociale de l'école. Elles devaient se retrouver dans ce bar afin de préparer une soirée pour leur classe, mais seules trois d'entre elles étaient venues au rendez-vous. Les jeunes filles ne s'étaient pas inquiétées de l'absence de la quatrième, pensant qu'elle était malade puisqu'elle n'avait pas assisté aux cours de toute la journée. Elles voulurent toutefois prendre de ses nouvelles. L'une d'elles chercha à lui passer un coup de fil depuis le bar. Il fallut à la mère de leur amie un certain temps pour comprendre de quoi il retournait. Nous voulons simplement savoir comment elle va, avait dit sa camarade au téléphone. La maman lui avait demandé de répéter. Sa fille n'était absolument pas malade. Mais elle est partie à l'école ce matin ! s'était-elle exclamée.

La jeune fille empruntait presque toujours le même chemin, un trajet d'une quinzaine de minutes à pied. Elle quittait le domicile de ses parents dans le quartier de Vesturbaer, traversait la zone des baraquements militaires de camp Knox, puis longeait le boulevard Hringbraut jusqu'à la rue Frikirkjuvegur où se trouvait l'école. Il lui arrivait parfois de prendre le bus, mais là, ça n'avait pas été le cas : le chauffeur avait confirmé qu'il la connaissait de vue et qu'elle n'était pas parmi ses passagers ce matin-là. Les usagers de la ligne, jamais très nombreux, étaient toujours plus ou moins les mêmes. Soit elle avait effectué le trajet à pied, soit une connaissance lui avait proposé de la déposer à l'école, comme c'était déjà arrivé par le passé. Elle n'était jamais montée en voiture avec un inconnu jusque-là, mais il fallait désormais envisager cette hypothèse. Cela dit, on n'avait pas eu l'occasion de la vérifier. Personne ne s'était manifesté pour dire qu'il l'avait déposée. Elle n'était pas venue en cours et avait été notée absente.

Peut-être n'avait-elle pas l'intention de se rendre à l'école ce matin-là. On pouvait imaginer qu'elle avait rendez-vous avec quelqu'un dont nul ne connaissait l'identité et que les choses avaient mal tourné, ou bien qu'elle avait décidé de mettre fin à ses jours en s'arrangeant pour que son corps ne soit jamais retrouvé. Apparemment elle n'avait pas d'amoureux, ne se rendait jamais à aucun rendez-vous, ni avec un petit ami ni avec personne d'autre, sans en avertir ses parents. Elle s'était toujours montrée ponctuelle et assidue. Était-il possible qu'elle se soit suicidée ? Rien n'indiquait qu'elle traversait une période difficile. Au contraire, elle avait beaucoup d'amis et participait activement à la vie sociale de l'école avec ses copines et d'autres camarades de classe. Personne n'avait connaissance de problèmes psychiques susceptibles de la pousser à un acte désespéré. Sa disparition s'était produite au plus noir de l'hiver. Il n'était pas impossible que l'obscurité presque permanente ait joué un rôle et on ne pouvait exclure l'hypothèse d'un suicide. Son corps n'ayant jamais été retrouvé, on avait conclu que la mer l'avait avalée.

Erlendur était allé arpenter les rues que cette jeune fille avait autrefois empruntées pour se rendre à l'école. Depuis, tout avait changé. Les baraquements militaires avaient disparu depuis longtemps, laissant place à de nouveaux immeubles. Il avait pris le bus en direction de la rue Frikirkjuvegur. La disparue était fille unique. Il avait vu le jardin où elle avait joué, la porte par laquelle elle était sortie et entrée. Il ne s'était pas attardé, en réalité il n'y était resté que quelques instants, tout juste le temps de s'emplir les yeux de tristesse.

La même incertitude régnait concernant la disparue du Thorskaffi. Ses amies avaient évoqué une dépression, bien qu'elle ne leur en ait jamais parlé, elles avaient également suggéré qu'elle n'était pas heureuse en ménage. Son mari s'en était résolument défendu tout en reconnaissant qu'elle souffrait de sautes d'humeur et peut-être de dépression. Il avait signalé sa disparition tôt le lundi matin. À ce moment-là, il était sans nouvelles d'elle depuis le samedi soir, où elle était sortie s'amuser avec ses collègues de l'agence immobilière. Constatant qu'elle n'était pas rentrée au domicile conjugal le dimanche matin, il avait téléphoné à plusieurs d'entre eux, sans résultat : certains ne se rappelaient même pas comment la soirée s'était terminée.

Ils avaient célébré les cinq ans de l'agence en dînant au restaurant Naustid. Les conjoints n'étaient pas conviés. Tout le monde s'était bien amusé et avait beaucoup bu. Ils étaient restés longtemps à Naustid, puis l'un d'eux avait suggéré d'aller faire un tour au Thorskaffi, un bar en vogue où se produisait un groupe à la mode. La fête avait continué, puis ils s'étaient séparés. Certains étaient rentrés chez eux tandis que d'autres avaient rejoint des amis. Aucun de ses collègues n'était en mesure de dire à quel moment ou avec qui elle était partie. La dernière personne à lui avoir parlé était la plus ancienne employée de l'agence, une quinquagénaire occupant le poste de standardiste, qui lui avait proposé de la déposer chez elle en taxi ; elle avait refusé, arguant qu'elle voulait rester encore un moment et qu'ensuite elle rentrerait sans doute à pied : elle avait un petit coup dans le nez et ça lui ferait le plus grand bien, avait-elle ajouté. Certes, elle habitait assez loin, dans le nouveau quartier à l'extrême ouest de Fossvogur, mais cette longue marche nocturne ne la rebutait pas.

Quand la police avait interrogé les clients du Thorskaffi, ils avaient affirmé ne pas se souvenir d'elle. Ses collègues l'avaient vue discuter avec plusieurs personnes, hommes ou femmes, qui ne faisaient pas partie de leur groupe. Deux de ces hommes s'étaient spontanément présentés au commissariat au moment où l'enquête battait son plein. Le premier était un ancien camarade de classe, accompagné de son épouse. Ils avaient évoqué ensemble leurs années de lycée. Le couple affirmait qu'elle n'était pas ivre, juste un peu pompette, et qu'elle avait discuté avec eux un long moment. L'autre témoin, une femme, avait travaillé un été avec elle, dans le cadre d'un emploi saisonnier que la municipalité de Reykjavik réservait aux adolescents. Ne s'étant pas revues depuis des années, elles s'étaient réjouies de ces retrouvailles. Un peu plus tard, cette vieille amie l'avait vue discuter avec un inconnu dont elle n'avait pu fournir qu'un signalement sommaire, étant donné la pénombre qui régnait dans le bar.

Les recherches étaient demeurées infructueuses. La jeune femme avait disparu du Thorskaffi comme si la terre l'avait avalée. L'enquête n'avait révélé aucun élément susceptible d'expliquer ce qui lui était arrivé. Il était toutefois apparu qu'elle avait trompé son mari trois ans plus tôt. Ce dernier avait d'abord pensé qu'elle avait récidivé. À l'époque, elle lui avait juré que c'était la première fois et qu'elle avait succombé à la tentation à cause des difficultés qu'ils traversaient. Pour sa part, il n'avait aucune raison de mettre sa parole en doute.

Une des hypothèses avancées suggérait qu'elle était retournée voir son ancien amant, ou encore qu'elle était partie avec un autre homme, l'avait suivi chez lui et qu'il s'était produit là-bas quelque chose qui avait entraîné sa disparition. Quand on avait interrogé l'ancien amant, ce dernier avait catégoriquement nié l'avoir revue. L'homme avec lequel son amie l'avait aperçue dans le bar ne s'était jamais manifesté et la police ne l'avait jamais retrouvé.

Cette disparition n'avait pas été considérée comme suspecte. On avait supposé que cette femme avait mis fin à ses jours même si on ignorait les raisons de son geste.

Un détail avait intrigué Erlendur à la lecture des rapports d'enquête, un soir où il n'avait pas envie de rentrer chez lui. Parmi les personnes interrogées, deux d'entre elles avaient précisé qu'elle adorait les colifichets et les bijoux.

Erlendur s'était étendu comme il le faisait parfois avant de prendre son service de nuit. Il s'éveilla en sursaut, craignant d'être en retard, mais fut rassuré quand il comprit qu'il avait tout son temps. Il se leva et se prépara à une nouvelle nuit de travail. Avant de s'endormir, il avait longuement pensé à cette jeune fille de l'École ménagère et à la disparue du Thorskaffi en se demandant si ce n'était pas sa passion pour les destins tragiques qui l'avait conduit à s'engager dans la police.

8

Au XIXe siècle, Farsott avait été un hôpital. C'était le premier bâtiment construit spécialement pour soigner les malades à Reykjavik. Situé rue Thingholtsstraeti, cette belle maison en bois sur deux niveaux avait une histoire riche, mais possédait désormais de nouvelles fonctions. Depuis quatre ans, elle servait de refuge aux clochards qui pouvaient y obtenir un lit pour la nuit et un repas chaud, ainsi qu'un endroit pour se laver quand ils le désiraient. La direction avait instauré une certaine discipline. Le refuge fermait à une heure raisonnable le soir et ceux qui y avaient passé la nuit devaient partir avant une heure précise le lendemain matin. Et la règle proscrivant la consommation d'alcool ne tolérait aucune exception.

Farsott n'hébergeait que des hommes. Ces derniers se comportaient de manière plus ou moins correcte quand ils arrivaient. Certains entraient, timides et reconnaissants après un séjour dans la rue. D'autres venaient, parlant fort, presque ivres morts, et causaient des problèmes. Ceux-là étaient aussitôt renvoyés. Certains étaient en bonne condition physique, d'autres tellement malades qu'on appelait l'ambulance pour les transférer d'urgence à l'hôpital.

Erlendur se présenta dans la soirée, juste avant d'aller

travailler, au moment où un clochard ivre, vêtu d'un épais manteau et d'un bonnet de laine malgré la chaleur estivale, se voyait refuser l'accès. Debout dans le vestibule, il agrippait l'employé qui lui expliquait que le refuge n'admettait pas les gens en état d'ivresse. L'employé l'attrapa par le bras et le conduisit jusqu'à la porte. L'homme protesta pour la forme, espérant toucher une corde sensible en disant qu'il ne pouvait pas passer une nuit de plus dans ce fichu baraquement militaire.

– Revenez quand vous aurez dessoûlé. Vous connaissez la règle, c'est pourtant simple, conclut l'employé.

Il referma la porte et se tourna vers Erlendur.

– Vous cherchez quelqu'un en particulier ?

– Non.

– Vous ne venez tout de même pas passer la nuit ici ? observa l'employé sur un ton qui laissait clairement entendre qu'Erlendur n'avait rien à faire parmi les pensionnaires de Farsott.

– Vous avez beaucoup de monde ?

– Pour l'instant, ils sont cinq, mais c'est possible que d'autres arrivent plus tard dans la soirée.

– Il n'y a pas foule, non ?

– Pas si on compare à l'affluence que nous avons connue à Noël dernier. La maison était pleine à craquer. On a dû héberger une trentaine de personnes. C'est toujours vers Noël qu'on a le plus de monde.

– Je m'intéresse à un clochard qui est mort de façon subite l'an dernier. Hannibal. Vous vous souvenez de lui ?

– Hannibal ? Vous voulez parler de celui qui s'est noyé à Kringlumyri ?

Erlendur hocha la tête.

– Je m'en souviens très bien, répondit l'employé, un

quinquagénaire replet avec une moustache et un bouc élégants. Ça lui arrivait de venir ici. Oui, je me rappelle très bien de lui. Drôle de type. Vous le connaissiez ?

– Un peu, répondit Erlendur sans plus de précision. Il venait souvent ?

– De temps en temps. Je me souviens que j'ai dû lui refuser l'entrée la dernière fois parce qu'il était ivre. Il a fait tout un cirque là, dans le vestibule. On m'a dit qu'ensuite il s'était installé dans le caisson du pipeline.

– Oui, pas très loin de Kringlumyri où son corps a été retrouvé.

– Pauvre homme !

– Et les fois où vous l'avez admis, il n'était pas ivre ?

– On n'accepte que les gens sobres.

– Vous avez bavardé tous les deux ?

– Non, ça ne me revient pas. Je me contentais de revoir le règlement avec lui comme je fais toujours.

– Il venait souvent, quand il était à jeun ?

– Parfois, mais la plupart du temps son état nous interdisait de l'admettre. Il a peut-être passé la nuit ici deux ou trois fois en tout, pas plus. Ensuite, il repartait dans la matinée, comme les autres. Personne n'est autorisé à rester au refuge pendant la journée.

– Il était proche de certains de vos habitués ? interrogea Erlendur.

– Pas spécialement, enfin, que je sache. Vous voyez, c'est une petite société.

– Une société ?

– La société des clochards de Reykjavik.

– Peut-être, en tout cas ils marquent la ville de leur empreinte.

– Sans doute, ils l'ont toujours fait. Et la plupart se connaissent. Je me souviens vaguement qu'il m'avait dit qu'on avait essayé de mettre le feu chez lui. C'est vrai ? Ça me revient tout à coup.

– Eh bien, un incendie s'est déclaré dans la cave qu'il occupait. Le propriétaire était persuadé qu'il était dû à sa négligence. Il vous a donné une version différente ?

– Je me rappelle qu'il n'était pas content de la manière dont on l'avait traité. Ça m'est resté en mémoire parce que c'est la dernière fois que je l'ai vu. Il était furieux qu'on le mette à la porte. Je me trompe ?

– C'est bien possible, cela dit on ne peut pas vraiment parler d'un logement, mais plutôt d'un trou à rats où il se terrait. Il vous a dit s'il soupçonnait quelqu'un en particulier d'être à l'origine du sinistre ?

– Non, mais ça l'énervait beaucoup, il n'avait que ça à la bouche. En plus, il était ivre et il n'est pas resté très longtemps. On entend à longueur de journée toutes sortes d'histoires, d'excuses, de jérémiades et d'accusations, et on finit par ne plus y prêter attention.

Quand Erlendur quitta Farsott, le clochard qui s'était vu refuser l'accès traînait dans la rue devant le bâtiment. Un peu chancelant, il s'adossa à une grille et l'interpella.

– Alors, vous aussi, vous êtes soûl ?!

Erlendur s'arrêta, le regarda, observa son épais manteau et son bonnet, ses mains crasseuses et les profondes rides de son visage. L'homme devait avoir une cinquantaine d'années.

– Non, je ne suis pas ivre, répondit-il en s'approchant. Alors, ils ne veulent pas de vous ?

– Quelle bande de cons !

– Attendez de dessoûler et ils vous donneront un lit et un repas chaud, conseilla Erlendur. Si vous êtes tous ivres là-dedans, vous risquez de semer la pagaille.

L'homme le toisa sans daigner lui répondre.

– Vous vous souvenez d'Hannibal ? Lui aussi, il venait à Farsott.

– Hannibal ? répéta sèchement le clochard.

– Oui.

– Je le connaissais. Pourquoi vous me posez des questions sur lui ?

– Je…

– On l'a noyé comme un chien.

– Qu'est-ce que vous voulez dire ?

– Ce que je veux dire ? Eh bien, que quelqu'un est allé là-bas, à Kringlumyri, et qu'il a buté ce pauvre type.

– Qu'est-ce qui vous fait dire ça ?

– Je le sais, c'est tout.

– Vous avez été témoin de cela ?

– Oh que non, je n'y étais pas, mais j'ai vu un certain nombre d'autres choses.

– Pourquoi en êtes-vous si sûr, alors ?

– Comment voulez-vous qu'il se soit noyé tout seul dans cette flaque ? Dites-moi ! Allez, dites-le-moi !

– Si je comprends bien, vous avez…

– Moi ?! Non, ce n'est pas moi qui l'ai noyé ! Je n'avais rien à reprocher à Hannibal.

– Et qu'est-ce que vous avez vu d'autre ?

– Hein ?

– Vous venez de me dire que vous aviez vu un certain nombre de choses. Qu'est-ce que vous voulez dire ?

– J'en vois pas mal, répondit le clochard. Et j'en sais pas mal d'autres. Et ne me prenez pas pour un crétin, mon vieux. Laissez-moi vous dire, je ne suis pas un con.

– Donc, vous savez un certain nombre de choses sur Hannibal ?

– Fichez-moi la paix. Vous feriez mieux d'aller poser vos questions à ce connard de Bergmundur. Il connaissait Hannibal mieux que moi. Je l'ai vu sur la place Austurvöllur, hier. Ce pauvre type s'est remis à boire comme un trou. Une fois de plus, ajouta le clochard d'un air méprisant comme si lui il n'avait jamais bu une goutte d'alcool ailleurs que dans des soirées chic.

Le couple qui vivait dans la maison à l'époque où Hannibal occupait la cave n'avait pas grand-chose à dire à Erlendur quand ce dernier vint lui poser des questions. L'homme et la femme avaient déménagé dans un appartement vétuste à proximité de la piscine de Laugardalur. Absents au moment de l'incendie, ils étaient persuadés que c'était Hannibal lui-même qui l'avait déclenché. Ils n'avaient pourtant pas dit du mal de lui. Apparemment, il leur inspirait plutôt de la pitié.

– On ne voyait rien à redire à ce qu'il passe ses nuits au sous-sol, déclara la femme, qui se prénommait Malfridur. Son visage rubicond, son gros nez épaté et ses dents en avant qui l'empêchaient de fermer entièrement la bouche rappelaient à Erlendur le comique danois Dirch Passer. Debout à côté de la cuisinière et de la cafetière, pieds nus, vêtu d'un tricot de corps sale et les bretelles retombant sur les hanches, l'époux avait lui aussi l'air d'un alcoolique. L'appartement était sale. Il y flottait une odeur désagréable qu'Erlendur ne parvenait pas à identifier. Peut-être des abats qui avaient brûlé sur la cuisinière.

– On l'aimait bien, ce clochard, déclara le mari en servant trois cafés dans des verres.

– Quel malheur qu'il ait fini comme ça, poursuivit sa femme.

– Vous ne lui connaissiez pas d'ennemis ? interrogea Erlendur.

– Non, je ne pense pas qu'il en avait, répondit le mari, mais évidemment, être clochard, ce n'est pas une vie. Le pauvre homme avait bu quand il s'est noyé, n'est-ce pas ?

– Vous croyez que c'est lui qui a mis le feu à la cave ?

– Oui, le pauvre avait deux mains gauches, commenta Malfridur, la bouche toujours ouverte.

– Tu te souviens quand même qu'il a voulu mettre ça sur le dos des deux frères qui vivaient dans la maison voisine, non ?

– C'était n'importe quoi, répondit Malfridur, il ne fallait pas écouter ce qu'il racontait.

– Vous savez pourquoi il les accusait ? demanda Erlendur. Ils lui avaient causé du tort ?

– Je n'en sais rien. En tout cas, ces deux-là n'ont rien à voir dans cette histoire, affirma Malfridur.

– Moi, ces types ne m'ont jamais plu, observa le mari, je n'ai jamais pu les piffrer.

– Ça n'a rien à voir.

– Et pourquoi ? s'enquit Erlendur en s'adressant au mari.

– Ils ne daignaient même pas nous dire bonjour alors qu'on était voisins. Et ils s'occupaient de trucs pas très nets, j'en suis sûr. Ils devaient vendre de la gnôle de contrebande ou je ne sais pas quoi. En plus, ils ne nous adressaient jamais la parole. Un jour, je suis allé les voir pour leur demander s'ils vendaient de l'alcool ou de la gnôle maison en ajoutant que j'étais preneur. J'avais remarqué qu'ils recevaient des visites. Souvent tard le soir. Toutes sortes d'individus. Ils m'ont répondu qu'ils ne faisaient pas de trafic, mais je suis sûr qu'ils mentaient.

– Hannibal était au courant ?

– Je n'en sais rien. Je ne lui en ai jamais parlé. Puis, toutes ces allées et venues ont cessé. Je me suis dit que c'était peut-être à cause de ma visite et de mes questions. Enfin, ces deux frères n'étaient pas vraiment sympathiques.

– Ils passaient leurs soirées devant la télé, reprit la femme.

– Ah bon ?

– Oui, on la voyait allumée tous les soirs de notre fenêtre. Ils n'arrêtaient pas de la regarder, ils étaient complètement accros.

– Et un jour ils ont déménagé, reprit le mari.

– Oui, pas très longtemps après cet incident avec Hannibal, ajouta la femme, et on ne les a jamais revus.

9

Erlendur faisait tournoyer sa matraque au carrefour de la rue Grensasvegur et du boulevard Miklabraut afin de protéger le périmètre d'un accident impliquant trois véhicules. Deux voitures de police et deux ambulances étaient déjà sur les lieux et les pompiers intervenaient pour désincarcérer un des accidentés. Une voiture de tourisme arrêtée à un feu rouge avait été percutée par une autre, plus petite, et s'était retrouvée projetée au milieu du carrefour. C'est alors qu'une camionnette venant de la droite à grande vitesse l'avait percutée à son tour. La voiture de tourisme avait alors à nouveau été projetée, puis avait fait un tonneau sur la chaussée. Le conducteur de la camionnette était passé à travers le pare-brise et, grièvement blessé, gisait dans son sang sur l'asphalte. Celui de la voiture de tourisme était toujours prisonnier de son véhicule. Quant au responsable du choc arrière, soupçonné de conduite en état d'ivresse et blessé à la tête, on l'avait installé dans le fourgon. Sa femme, manifestement elle aussi sous l'emprise de l'alcool, était ce que Gardar appelait "une dame élégante". Elle s'était disputée avec lui parce qu'elle avait voulu quitter le lieu de l'accident. Du sang coulait de son front et tombait sur le vison qu'elle portait sur les épaules. Juchée sur des chaussures à hauts talons, elle chancelait joliment. Gardar avait finalement réussi à la convaincre de l'accompagner pour rejoindre son mari assis, tête baissée, sous la surveillance de la police.

La scène se passait peu avant minuit un vendredi soir. Sur l'artère principale, la circulation était assez dense. Erlendur réglait la circulation pour protéger le périmètre. Il faisait de grands gestes pour indiquer aux automobilistes s'ils devaient passer ou s'arrêter. Il n'était pas réellement en danger même s'il se trouvait en plein milieu du carrefour, mais à cette heure de la nuit on ne savait jamais ce qui pouvait arriver. Lors de leur première intervention, ils avaient arrêté un chauffard en état d'ivresse. Ils l'avaient repéré alors qu'il slalomait entre les files, rue Skulagata. À peine conscient quand ils l'avaient fait descendre de sa voiture, il leur avait assuré n'avoir pas bu une goutte, mais s'était endormi dans le fourgon pendant qu'ils l'emmenaient faire la prise de sang.

On remorqua les trois voitures accidentées. Les ambulances et les pompiers disparurent. La police put rétablir la circulation. Les trois coéquipiers quittaient les lieux quand ils entendirent sur leur radio qu'une bagarre avait éclaté au Rödull, une discothèque située rue Noatun. Un homme en état d'ivresse s'en était pris à un serveur et avait menacé plusieurs clients. Deux videurs étaient parvenus à le maîtriser et la police n'avait plus qu'à venir l'embarquer.

Quand ils arrivèrent, des gens faisaient la queue devant l'établissement, attendant qu'on leur permette d'entrer.

– On se croirait au bal des flics ! ironisa quelqu'un tandis qu'ils jouaient des coudes à travers la foule. Un videur les accueillit et les conduisit à la cuisine où l'agresseur avait été emmené. Deux costauds le maintenaient allongé à plat ventre sur le sol tandis que les employés de la discothèque s'affairaient telles des fourmis dans une fourmilière.

– Je vais vous buter ! vociférait le forcené. Je vais vous liquider, saloperies de poulets !

Le chef de la sécurité leur expliqua qu'un serveur avait refusé de faire crédit à cet homme qui s'était immédiatement emporté et lui avait écrasé un verre sur le visage. Le serveur saignait abondamment, on l'avait emmené aux Urgences. Les videurs connaissaient l'individu, qui venait parfois au Rödull et posait régulièrement des problèmes. Ils se souvenaient l'avoir mis à la porte de l'établissement à plusieurs reprises, des femmes s'étant plaintes de son comportement. Mais ils n'en savaient pas plus sur lui.

– C'est un crétin qui vient parfois ici en s'imaginant qu'il est chez lui, poursuivit le chef de la sécurité. Bon débarras ! On lui refusera l'accès maintenant.

Marteinn prit les menottes, les passa aux poignets du forcené et Erlendur l'aida à le relever.

– Je veux porter plainte contre ces sales types pour agression ! hurla l'homme. Son séjour à plat ventre dans la cuisine n'avait manifestement pas suffi à le calmer, ça semblait au contraire l'avoir revigoré. Ils s'en sont violemment pris à moi ! Ils m'ont traîné jusqu'ici et m'ont plaqué à terre ! Je veux porter plainte !

– Kiddi, notre serveur, risque de perdre un œil, déclara le chef de la sécurité. Lui, il voudra certainement porter plainte contre ce crétin.

Ils emmenèrent le forcené sans écouter ses jérémiades, traversèrent la foule qui attendait toujours devant la discothèque et le firent monter dans le véhicule. Certains ne purent s'empêcher de mettre leur grain de sel en les traitant de sales flics ou en les accusant de violences.

Ce genre de salutations ne les atteignait pas, c'était leur lot quotidien.

Ils s'accordèrent une pause-café au commissariat de Hverfisgata. Cette patrouille n'avait été ni meilleure ni pire que les autres. Accidents, conduites en état d'ivresse, bagarres dans les discothèques, c'était la routine, tout autant que les moqueries et le manque de respect de certains passants.

Gardar et Marteinn avaient passé la nuit à se disputer au sujet du groupe britannique Slade, au grand dam d'Erlendur. On avait annoncé aux actualités que les musiciens seraient probablement en concert au gymnase de Laugardalshöll à l'automne. Gardar avait décidé d'y assister. Au début de l'été, Procol Harum, le groupe préféré de Marteinn, s'était produit au cinéma Haskolabio. Il était allé au premier de leurs trois concerts et le plaisir était indicible. Il passait son temps à fredonner les notes de *A Whiter Shade of Pale*. Mais il avait prêché dans le désert. Entendre Gardar se perdre en louanges sur le compte de Slade l'agaçait prodigieusement et il prenait un malin plaisir à trouver tous les défauts possibles au groupe.

– Slade est le meilleur groupe du moment, c'est sûr, plaida Gardar en prenant une *kleina*[1].

– Du flan et du tape-à-l'œil, objecta Marteinn. On les aura oubliés d'ici quelques années et tu ne te souviendras même plus de leur nom. Écoute plutôt Procol Harum ou de la musique digne de ce nom, comme les Rolling Stones. Ça, c'est du sérieux. Ils joueront sans doute encore, même la cinquantaine passée !

– Slade, c'est génial ! s'entêta Gardar.

1. Les *kleinur*, au singulier *kleina*, sont des beignets typiquement islandais dont la forme rappelle celle de certaines bugnes.

– Leur musique ressemble un peu à celle de Pelican, non ? glissa Erlendur qui n'y connaissait rien en pop et en rock, mais se souvenait d'une critique qu'il avait lue dans un journal.

– Pelican est nettement meilleur, répliqua Marteinn. *Jenny Darling* est un super morceau.

Leur nuit de travail s'acheva sur le port, à proximité de la cale sèche. Un homme était tombé à l'eau et un autre, qui passait par là, s'était alors jeté dans le bassin sans réfléchir, parvenant *in extremis* à lui sauver la vie. Épuisé et en état d'hypothermie, le premier avait été emmené à l'hôpital. Le second se remettait de ses émotions, encore ruisselant, sous deux couvertures en laine dans la voiture de police. Il avait exposé les faits avec précision et s'inquiétait plus pour l'autre homme que pour lui-même.

– Que va-t-on faire de lui ? demanda-t-il.

– Je suppose qu'on le renverra après examen, répondit Erlendur.

– Il est gravement atteint.

– Oui, on va l'examiner.

– Non, je voulais dire mentalement. On devrait le surveiller.

– Comment ça ?

– Ce n'était pas une simple chute.

– Ah bon ? s'étonna Erlendur.

– Non, ça n'avait rien à voir. Il s'est délibérément jeté dans le port.

– Vous en êtes certain ?

– Certain ?! Il s'est débattu comme un fou en me demandant de le lâcher. Il m'a supplié de le laisser tranquille en hurlant qu'il voulait mourir en paix.

10

Les rares fois où ils s'étaient croisés, jamais Hannibal n'avait évoqué ses frères et sœurs ni sa famille, et
quand Erlendur s'était mis en quête d'informations, il
avait compris que le clochard ne parlait à personne de
sa situation familiale ni de son ancienne vie. Il suffisait
qu'on l'interroge ou qu'on lui demande de parler de
lui pour qu'il s'emporte contre cette curiosité de fouine
qu'il méprisait plus que tout.

Erlendur découvrit toutefois en procédant à des
recherches dans les archives que la sœur d'Hannibal
était une femme mariée qui, après avoir élevé ses trois
enfants, avait trouvé un emploi de secrétaire médicale
à Reykjavik. Ils avaient un frère, également marié mais
sans enfant, entrepreneur dans le bâtiment à Akureyri.
Apparemment, tous les deux menaient une existence
paisible. Le frère était membre actif d'une ligue de
tempérance dans le Nord, comme pour contrebalancer
les excès d'Hannibal.

Après quelques hésitations, Erlendur décida de
contacter la sœur afin d'en savoir un peu plus sur le
parcours d'Hannibal. Il appela le cabinet médical, se
présenta en disant qu'il avait connu son frère et qu'il
désirait s'entretenir brièvement avec elle.

– À quel sujet ? rétorqua-t-elle. Le standard sonnait sans relâche, elle avait manifestement fort à faire.

– Hannibal, votre frère.

– Que me voulez-vous ?

– Je…

– Que voulez-vous que je vous dise ? s'agaça-t-elle, manifestement troublée. Pourquoi me poser des questions sur Hannibal ?

– Je l'ai un peu connu, répondit Erlendur. Je pourrais sans doute vous expliquer ça en détail si vous voulez bien m'accorder un moment.

– C'est que j'ai autre chose à faire.

– Je serais heureux que vous puissiez…

– J'ai autre chose à faire et on me paie pour répondre au téléphone !

– Mais…

– Veuillez m'excuser, je dois raccrocher, bonne journée !

Là-dessus, elle mit fin à l'appel.

Erlendur était déconcerté. Sans doute cette femme l'avait-elle pris pour un ancien compagnon de rue de son frère. Il supposa qu'elle préférait éviter d'entretenir des relations avec des clochards et regretta de n'avoir pas été plus précis. Il aurait dû se présenter, exposer clairement le motif de son appel et insister pour la rencontrer. Il médita là-dessus un long moment, puis comprit tout à coup qu'il ne savait pas vraiment lui-même pour quelle raison il l'avait contactée et pourquoi il désirait tant en savoir plus sur Hannibal.

Pourquoi était-il hanté par ce vagabond qu'il avait en fin de compte rarement croisé ? Était-ce parce qu'il l'avait repêché, et que cette image l'avait si fortement marqué ? Il avait eu un choc en reconnaissant le visage du noyé. Pourtant, il aurait dû s'attendre à le retrouver mort quelque part en ville. Il était de toute évidence en mauvaise santé. Cet homme vivait dans des conditions terribles depuis trop longtemps. Et son moral n'était pas fameux non plus. Erlendur avait pu le constater lors de leur dernière entrevue dans une cellule du commissariat de Hverfisgata. Hannibal avait alors parlé de sa détresse et du courage qui lui manquait pour y mettre fin.

Était-ce le remords qui poussait ainsi Erlendur à vouloir exhumer cette histoire ? Aurait-il pu faire plus pour cet homme, même s'il refusait toute forme d'aide et de compassion ? Personne ne s'était alarmé de voir un vagabond au bout du rouleau rendre son dernier souffle. Finalement, ça faisait un clochard de moins en ville. Seul Erlendur s'intéressait au sort de cet homme, mort noyé comme un chien errant. Même le clochard de Farsott, qui affirmait que ce n'était pas un simple accident, évoquait son décès avec désinvolture.

À moins qu'Hannibal n'ait touché la corde sensible chez Erlendur quand il s'était emporté dans sa cellule en l'accusant de se mêler de choses qui ne le concernaient pas et en le sommant de lui expliquer pourquoi il refusait de le laisser tranquille.

Quelque chose l'obsédait dans le destin poignant de cet homme. Certes, il s'interrogeait sur sa fin tragique, mais aussi sur cette force qui l'avait irrémédiablement poussé à se placer en retrait de la société humaine. D'où provenait ce besoin ? Où plongeait-il ses racines ? Erlendur était saisi par cette solitude et cette détresse, mais il y avait quelque chose dans son attitude, quelque chose dans son existence immobile et figée, qui le fascinait également. Cette manière dont il opposait une résistance à la vie et l'entêtement qu'il mettait à refuser toute assistance.

Tout en méditant sur ces questions, Erlendur était

arrivé au cabinet médical avant même de s'en rendre compte. La journée touchait à sa fin et la salle d'attente était vide. Une quadragénaire vêtue d'un chemisier vert et d'une jupe droite, les cheveux ramassés en chignon et un collier de perles autour du cou, remettait de l'ordre à la réception.

– Rebekka ?

– Oui, répondit-elle en levant les yeux.

– Excusez-moi de vous déranger, mais je vous ai téléphoné plus tôt dans la journée…

– Vous avez rendez-vous ?

– Non, je m'appelle Erlendur et je…

– Navrée, nous venons de fermer, mais je peux vous proposer un autre jour si vous le souhaitez. Quel est votre médecin traitant ?

– Je n'ai pas besoin d'un médecin, répondit Erlendur. Je vous ai appelée dans la journée au sujet de votre frère, Hannibal.

Elle hésita.

– Je vois…

La secrétaire médicale reprit sa tâche.

– Pardonnez-moi d'insister mais, comme je vous l'ai dit au téléphone, je connaissais un peu votre frère et j'aimerais bien que vous m'accordiez un instant pour discuter.

– Vous étiez peut-être un de ses compagnons de rue ? s'enquit-elle à voix basse.

– Pas du tout, répondit Erlendur. Je n'ai jamais été clochard. En fait, je suis policier et j'ai connu Hannibal dans le cadre de mon travail.

– Vous êtes policier ?

– Oui.

– Je n'ai rien à vous dire. Il est mort, cette tragédie

est terminée et je n'ai aucune envie d'en parler au premier venu.

— Je comprends, répondit Erlendur, c'est l'impression que j'ai eue en vous parlant au téléphone, mais je tenais à en être sûr. Mes intentions sont honorables, si c'est ce que vous craignez. J'aurais voulu avoir le temps de mieux le connaître, mais il est mort si subitement. C'est moi qui l'ai sorti de la mare, je suis arrivé le premier sur les lieux. Peut-être est-ce la raison pour laquelle cette histoire m'obsède.

Elle éteignit une grosse machine à écrire. Restée seule au cabinet afin de remettre un peu d'ordre, elle se dirigea vers le couloir, ferma soigneusement la porte à clef et sortit avec lui dans la rue.

— Hannibal n'était pas un méchant homme, admit-elle finalement.

Le cabinet médical se trouvait rue Laekjargata, la circulation était dense, les voitures klaxonnaient et les gens se pressaient sur le trottoir pour entrer dans les boutiques, dans les cafés ou retourner chez eux après leur journée de travail.

— Vous pensez que quelqu'un aurait pu vouloir lui nuire ? risqua Erlendur.

— Vous le connaissiez très peu, n'est-ce pas ?

— Hélas, je…

— Le seul à lui vouloir du mal, c'était malheureusement lui-même, conclut Rebekka.

11

Il s'apprêtait à s'allonger pour se reposer avant sa nuit de travail quand le téléphone rompit le silence qui régnait chez lui.

Erlendur louait un petit appartement en sous-sol dans le quartier des Hlidar. Quand il était entré dans la police, on lui avait précisé qu'il devait être disponible à tout moment. Il devait donc avoir le téléphone pour être aisément joignable. Jusqu'alors, il s'en était passé, mais il possédait désormais un appareil noir à cadran d'acier. Il recevait peu d'appels pour raisons professionnelles. Le brigadier-chef l'informait parfois de changements concernant le planning de travail et les roulements. Ses collègues le contactaient de temps à autre et l'invitaient au cinéma ou en discothèque, et il arrivait qu'il consente à les suivre même si les films et la danse l'ennuyaient profondément. La consommation d'alcool ne lui procurait aucun plaisir, c'était à peine s'il prenait quelques gouttes de chartreuse. Parfois, ses collègues s'arrêtaient chez lui avant d'aller au bal et essayaient de le convaincre de les accompagner, mais il se montrait généralement réticent. Il préférait rester à la maison à lire, à écouter la radio ou de la musique. Il s'était offert un bon tourne-disque et s'était constitué une collection de 33 tours, principalement du jazz venu d'Europe et d'Amérique. Il appréciait également les chants populaires islandais et les poèmes mis en musique de Tomas Gudmundsson, David Stefansson ou Steinn Steinarr.

Il mangeait toujours plus ou moins la même chose : poisson bouilli, aiglefin ou cabillaud, accompagné de pommes de terre. Dans les grandes occasions, il mettait au four un gigot d'agneau, dînait le plus souvent au Skulakaffi, un restaurant fréquenté surtout par des ouvriers et des chauffeurs routiers, qui servait des plats typiques. Les côtelettes panées étaient au menu depuis l'ouverture de l'établissement.

Depuis son appartement en sous-sol, on avait accès au jardin en passant par la petite buanderie derrière la porte de laquelle il conservait de la graisse de baleine, des abats surets et du boudin dans un seau rempli de petit-lait. Il s'approvisionnait chez un commerçant des environs et remplissait régulièrement le seau. Gardar, son coéquipier, préférait de loin la restauration rapide, à l'américaine. Ils avaient souvent discuté de leurs goûts culinaires. Pour Erlendur, les discours enflammés de Gardar sur les hamburgers et les pizzas étaient des élucubrations d'allumé.

Il fut étonné d'entendre la voix de Rebekka en décrochant son téléphone. Elle lui avait dit au revoir plutôt froidement devant le cabinet médical, puis s'en était allée. Il ne s'attendait pas à ce qu'elle le recontacte.

– J'ai obtenu votre numéro auprès du commissariat, précisa-t-elle. J'espère que ça ne vous dérange pas.

– Pas du tout, répondit Erlendur, c'est que je ne suis pas encore dans l'annuaire.

– Oui, ils m'ont expliqué ça. Ils étaient un peu réticents à me le donner.

– Mais je vous remercie d'appeler.

– J'ai réfléchi à ce que vous m'avez dit.

– Ah oui ?

– Pourquoi m'avez-vous demandé si quelqu'un aurait pu vouloir du mal à mon frère ? Que vouliez-vous dire ?

– C'est une question que je me pose. Je me suis dit qu'il avait peut-être des ennemis ou des gens susceptibles de lui nuire.

– Je sais que sa vie n'avait rien d'une partie de plaisir, répondit Rebekka, mais mon frère n'était pas du genre à chercher querelle. Ou alors, il avait rudement changé. Vous pensez que sa mort n'est pas accidentelle ?

– C'est peu probable, mais l'environnement dans lequel il évoluait n'était pas précisément un facteur d'équilibre, fit remarquer Erlendur. Votre frère n'était sans doute pas, comme vous dites, du genre à chercher querelle, mais j'ai l'impression qu'il ne mâchait pas ses mots quand il le fallait. Et je suis certain qu'il ne se laissait pas faire.

– Non, il a toujours été comme ça. Têtu comme une mule.

– Je comprends.

– On n'avait plus de contact depuis des années, reprit Rebekka, je ne peux donc pas vous parler de la vie qu'il menait ou des gens qu'il fréquentait. Vous en savez plus que moi dans ce domaine.

– J'en sais pourtant bien peu, corrigea Erlendur. Il semblait assez isolé et ne fréquentait que quelques clochards comme lui. Donc, il n'avait aucun contact avec sa famille ?

– Il a tout simplement disparu, expliqua Rebekka. Je ne vois pas comment dire ça autrement. C'est arrivé d'un coup. Il est sorti de nos vies pour aller se perdre dans une espèce de no man's land.

Elle marqua une pause.

– On a tout essayé pour l'aider, mais il s'en fichait, reprit-elle. Mon autre frère, l'aîné, a renoncé assez vite. Il disait qu'on ne pourrait pas le sauver. Je... Et Hannibal ne voulait plus rien savoir de nous. On fait partie d'un univers auquel il avait tourné le dos et dont il voulait se protéger.

– C'est difficile d'être confronté à une telle situation, observa Erlendur.

– Je refuse de vivre dans le remords. J'ai tout essayé pour l'arracher à cette existence indigne. Il disait qu'il s'en moquait et me répondait que je ne le comprenais pas. La dernière fois que j'ai réussi à lui faire entendre raison, il a arrêté de boire pendant deux ou trois mois. Ça remonte à huit ou neuf ans. Puis il est retombé dans l'alcoolisme et, après ça, il n'y a plus eu moyen de le sauver.

Rebekka se tut.

– Votre autre frère n'était pas non plus en contact avec lui ? demanda Erlendur.

– Non.

– Et il n'y avait entre eux aucun sujet de conflit ?

– Que voulez-vous dire ?

– Pardon, je ne fais que...

– Vous insinuez que mon frère s'en serait pris à Hannibal ?

– Pas du tout. J'essaie simplement de comprendre ce qui lui est arrivé.

– Mon frère aîné vit dans le Nord. À Akureyri. Il n'était pas ici lorsque Hannibal s'est noyé.

– Je comprends, mon intention n'était pas d'insinuer quoi que ce soit, s'excusa Erlendur.

Il y eut à nouveau un silence à l'autre bout de la ligne.

– Vous êtes le seul à m'avoir posé des questions

sur lui, reprit Rebekka, le seul à vous intéresser à son sort. J'aurais pu vous accueillir avec un peu plus de gentillesse. Je ne m'attendais pas à ce que vous m'interrogiez sur sa vie. Ça m'a un peu déstabilisée. Si vous voulez, vous pouvez revenir me voir après ma journée de travail et nous discuterons.

– Je veux bien, dit Erlendur.

Ils prirent congé l'un de l'autre et, quelques minutes plus tard, le téléphone sonna à nouveau. C'était Halldora.

– J'appelais juste pour avoir de tes nouvelles.

– Ah, excuse-moi, moi aussi je voulais te téléphoner, répondit Erlendur.

– Tu es débordé ?

– Eh bien, on perd un peu la notion du temps quand on travaille la nuit, observa Erlendur. Mais toi, comment tu vas ?

– Très bien, je voulais te dire que… j'ai posé ma candidature pour un nouveau travail.

– Ah bon ?

– Aux Télécommunications nationales, à Landsimi.

– Ah, c'est bien, non ?

– Je crois. J'ai demandé à travailler à l'international.

– Tu crois que ça va marcher ?

– J'ai toutes mes chances, répondit Halldora. Tu veux bien qu'on se voie ? On pourrait faire un tour en ville.

– C'est d'accord.

– Bon, je te rappelle.

– Parfait.

Dès qu'ils eurent mis fin à leur conversation, Erlendur alla chercher un livre dans sa bibliothèque et s'allongea sur son canapé dans l'espoir de trouver un peu de sommeil avant sa nuit de travail. Plus jeune, quand il n'avait pas encore vingt ans, il allait régulièrement fouiller dans les librairies d'occasion pour se distraire.

Un jour, il avait découvert une série d'ouvrages que le bouquiniste venait d'acquérir lors d'une succession, une collection d'histoires sur des disparitions ou sur les épreuves endurées par des gens qui s'étaient perdus dans les montagnes. Nombre d'entre elles avaient été rédigées de la main même de ceux qui les avaient vécues. D'autres provenaient de sources différentes, témoignaient d'un incroyable entêtement à vivre dans des conditions extrêmes, mais décrivaient également de lentes agonies et l'impuissance humaine face aux forces naturelles. Erlendur avait été surpris de découvrir l'existence de ces chroniques. Il les avait dévorées et s'était ensuite mis à collectionner d'autres textes : naufrages, avalanches ou récits de gens égarés sur les vieux chemins qui sillonnaient l'Islande. Il les trouvait en librairie et chez les bouquinistes, qui l'informaient dès qu'ils recevaient des livres, des journaux voire des rapports ou des récits personnels sur ce thème. Il leur achetait tout sans même en discuter le prix et possédait désormais une importante collection. Il surveillait les parutions, que ces histoires aient eu lieu en mer ou sur terre. Surpris de voir le nombre considérable de publications que la question suscitait, il se disait que c'était sans doute qu'elles connaissaient un certain succès auprès des lecteurs. Ces histoires appartenaient à un monde révolu, avant l'expansion de la ville, avant le développement des bourgades. Leur succès semblait toutefois attester que l'ancienne société paysanne était toujours vivante, elle s'était simplement installée dans un nouveau milieu urbain.

Certains disparus n'étaient retrouvés que des mois, des années voire des décennies plus tard, d'autres ne l'étaient jamais. Les paroles de Rebekka résonnaient dans la tête d'Erlendur : Hannibal a disparu de nos vies, disait-elle. Il comprenait parfaitement ce qu'elle voulait dire. Le destin de ce clochard lui enseignait que les disparitions pouvaient tout autant se produire dans les rues fréquentées de Reykjavik que dans des tempêtes déchaînées, sur des chemins de montagne périlleux, loin des terres habitées.

Sentant le sommeil le gagner, il reposa son livre. Il pensait aux nuits de Reykjavik, si étrangement limpides, si étrangement claires, si étrangement sombres et glaciales. Nuit après nuit, ils sillonnaient la ville à bord d'une voiture de police et voyaient ce qui était caché aux autres : ils voyaient ceux que la nuit agitait et attirait, ceux qu'elle blessait et terrifiait. Lui-même n'était pas un oiseau nocturne, il lui avait fallu du temps pour consentir à quitter le jour et à entrer dans la nuit, mais maintenant qu'il avait franchi cette frontière, il ne s'en trouvait pas plus mal. C'était plutôt la nuit que la ville lui plaisait. Quand, dans les rues enfin désertes et silencieuses, on n'entendait plus que le vent et le moteur de leur voiture.

12

Debout à la porte de la cave, le propriétaire fumait sa pipe usée par les ans. Il avait manœuvré jusqu'en haut de l'escalier une grande remorque attelée à une vieille jeep, à moitié pleine de cochonneries. Âgé d'une soixantaine d'années, vêtu d'un chandail en laine grise, d'un jean élimé, un chapeau crasseux sur la tête, il avait le teint rougeaud, des petits yeux et le menton en galoche. Il tenait l'embout de sa pipe entre ses dents robustes et ses lèvres bleuâtres, comme cyanosées. En le voyant, Erlendur se dit qu'il avait affaire à un travailleur manuel. Il avait appris par Hannibal que son bailleur se prénommait Frimann. Bailleur, c'était toutefois un bien grand mot puisque cet homme avait simplement permis au clochard d'occuper sa cave à titre gratuit. Le terme de bienfaiteur n'était pas plus approprié, ce trou à rats n'était pas fait pour abriter un être humain même si Hannibal s'en était satisfait, même si cet homme et les locataires du dessus avaient accepté qu'il s'y installe. Erlendur lui souhaita le bonjour.

– Vous venez voir la maison ? lança Frimann en tapotant sa pipe sur sa paume pour la vider.

– Elle est à vendre ?

– Il suffit d'y mettre le prix, répondit Frimann comme s'il détenait la clef d'un palais de contes de

79

fées alors que cette maison en bois recouverte de tôle ondulée jadis peinte en bleu ressemblait plutôt à un taudis. Constituée d'un étage, d'un grenier et de cette charmante cave, elle avait grand besoin d'être rénovée.

– Et la cave fait partie du lot ?

– Évidemment. Elle est très bien. Il faut juste que je la débarrasse de toutes ces saloperies, je ne sais même pas comment tout ça est arrivé là.

– Je ne suis pas à la recherche d'une maison, répondit Erlendur en regardant la remorque. Je m'intéresse à un homme qui a vécu ici, un certain Hannibal, un clochard.

– Hannibal ?

– Oui.

– En quoi ça vous concerne ?

– Je le connaissais.

– Dans ce cas, vous savez qu'il est mort, répondit Frimann en rangeant sa pipe dans la poche de sa chemise, sous son chandail gris.

– En effet, confirma Erlendur. Il a fini tragiquement, je suis au courant. Vous l'aviez autorisé à occuper la cave ?

– Il ne dérangeait personne.

– Comment vous vous êtes connus ?

– On a travaillé ensemble en mer il y a des années, répondit Frimann en s'apprêtant à reprendre sa tâche.

– Que diriez-vous d'un petit coup de main ? proposa Erlendur.

L'homme le dévisagea.

– Un coup de main ? Vous me proposez votre aide ?

– Si vous le souhaitez, confirma Erlendur.

Il hésita et toisa longuement ce jeune homme inconnu.

– Je veux bien, si ça ne vous coûte pas trop.

– Je suis déjà venu ici avec Hannibal et je sais qu'il y a du boulot.

– J'ai fait trois voyages à la déchetterie, fit remarquer Frimann, mais c'est une goutte d'eau dans la mer. Je tiens à préciser que tout ça n'est pas à moi. J'ai entreposé des objets sans valeur pour rendre service à des gens qui ne sont jamais venus les reprendre. Et les anciens propriétaires ont laissé derrière eux un tas de saletés inutiles. D'autres choses sont arrivées là je ne sais comment, mais je suppose que c'est Hannibal qui les a entassées.

Les lieux étaient légèrement plus propres qu'à la dernière visite d'Erlendur. Le matelas, la couverture en lambeaux, les bouteilles de gnôle et les flacons d'alcool à 70° avaient disparu. L'odeur était moins repoussante bien qu'encore perceptible. Le bois noirci du cadre de la porte et du plafond gardait les traces de l'incendie.

Erlendur remonta ses manches pour prêter main-forte à Frimann. En peu de temps, ils eurent rempli la remorque.

– Il vivait dans une crasse incroyable, déclara Frimann quand Erlendur se remit à parler d'Hannibal. C'est l'une des raisons qui m'ont poussé à lui demander de partir. À part ça, je le laissais tranquille. Je ne mettais presque jamais les pieds ici.

– Vous ne vivez pas dans cette maison, n'est-ce pas ?

– En effet, confirma Frimann.

– Les locataires se seraient-ils plaints ?

– Non, jamais. Ils étaient eux-mêmes loin d'être irréprochables. C'était un couple originaire du Sud. Ils ne prenaient soin de rien. J'ai fini par les mettre à la porte et j'ai décidé de vendre pendant qu'il est encore temps. Je ne peux pas me permettre de faire les travaux nécessaires, je n'ai pas l'argent.

Il ralluma sa pipe, baissa les yeux sur la remorque en

disant que ça suffirait pour aujourd'hui. Il continuerait le travail le lendemain et espérait bien finir.

– Merci pour le coup de main, jeune homme.

– Je vous en prie, répondit Erlendur. Dites-moi, quand vous avez travaillé en mer avec Hannibal, le bateau était immatriculé à Reykjavik ?

– Non, il venait de Grindavik.

– Mais Hannibal était originaire de Reykjavik, n'est-ce pas ?

– Tout à fait.

– Vous connaissiez sa famille ?

– Pas du tout. Il lui arrivait de me parler de sa mère. J'ignore s'il avait des frères et sœurs.

– Un frère et une sœur, l'informa Erlendur. Ses parents sont morts depuis longtemps.

– Il ne m'en a jamais parlé.

– Vous savez comment il en est arrivé là ? hasarda Erlendur.

– Vous voulez parler de la noyade ?

– Non, je veux plutôt dire…

– Je suppose qu'il était ivre, comme d'habitude.

– Probablement, répondit Erlendur, mais ma question portait plutôt sur les raisons pour lesquelles il est devenu clochard et s'est retrouvé dans la rue.

– Vous croyez qu'on peut expliquer simplement pourquoi quelqu'un déraille ? rétorqua Frimann. Évidemment, il était alcoolique, mais parfois… Hannibal était quelqu'un de complexe. Il pouvait être le plus charmant des hommes, mais son caractère impétueux le mettait souvent dans des situations épineuses. Je me souviens qu'à l'époque où on travaillait ensemble, il buvait tellement que ça lui a coûté sa place. On ne pouvait jamais lui faire confiance. Il se bagarrait, oubliait de venir à l'embarquement et ne pouvait pas s'empêcher de la ramener. Pourquoi les gens sont-ils comme ils sont ? Je n'en ai aucune idée.

– Apparemment, il y a eu un incendie dans cette cave, poursuivit Erlendur, l'index pointé vers le plafond noir de suie.

– C'est pour cette raison que j'ai fini par le mettre dehors, précisa Frimann. J'ai toujours eu une peur bleue que ce genre de chose arrive. Je lui ai demandé de ramasser ses affaires et de déguerpir. Ensuite, je n'ai plus eu aucune nouvelle de lui et j'ai appris plus tard qu'il s'était noyé dans les anciennes tourbières.

– Vous savez s'il avait des ennemis ?

– La police m'a posé la question, à l'époque. J'ai répondu qu'à ma connaissance il n'en avait pas. Il était ivre, il est tombé dans cette mare et n'a pas réussi à en ressortir, non ? C'est bien ça qui s'est passé ?

– Je suppose, répondit Erlendur.

– Bon, je ferais mieux de me mettre en route pour emmener tout ça à la décharge, déclara Frimann en tapotant sa pipe.

– Qu'est-ce qui s'est passé exactement ? interrogea Erlendur. Hannibal disait qu'on avait essayé de mettre le feu chez lui.

– C'est lui tout craché ! s'exclama Frimann en ouvrant la portière de sa jeep. Il disait qu'il était endormi, que tout à coup il s'était réveillé en voyant des flammes à la porte et qu'il s'était levé pour les éteindre. À l'entendre, s'il n'était pas intervenu, la maison aurait été réduite en cendres. Ce n'est pas exactement comme ça que les choses se sont passées. Les locataires de l'étage étaient absents, mais en voyant de la fumée sortir par la fenêtre, les deux frères qui vivaient dans la maison voisine ont accouru. Hannibal dormait comme un tronc. C'est surtout grâce à eux que le drame a été évité. Ils l'ont réveillé et sorti de là. À ce qu'ils m'ont dit, il était complètement soûl et ils ont trouvé une bougie à côté de la porte. Apparemment, Hannibal a donné un coup de pied dans la chandelle, et c'est ça qui a mis le feu.

– Les pompiers ne sont pas venus ?

– Non.

– Et il n'y a pas eu d'enquête ?

– Une enquête ? Pour quoi faire ? Les deux frères m'ont raconté tout ça le lendemain. On n'avait pas envie d'en faire tout un plat, mais je ne voulais plus d'Hannibal ici, il risquait de faire flamber toute la maison. Alors, je l'ai flanqué dehors.

– Comment il l'a pris ?

– Avec résignation, répondit Frimann, même s'il m'a juré ne pas être responsable. Il clamait que l'incendie avait été allumé par quelqu'un d'autre, quelqu'un qui voulait le voir griller.

– Il a vraiment dit ça ?

– Oui.

– Et il pensait à qui ?

– Comment ça, à qui ?

– Il suspectait quelqu'un en particulier ?

– Personne, répondit Frimann. C'étaient des conneries. Du délire d'alcoolique. Il a inventé n'importe quoi pour se tirer d'affaire, comme toujours. Ces accusations ne tenaient pas debout.

La nuit était tranquille en ce mercredi soir et le calme régnait sur la ville. Ils longeaient le boulevard Miklabraut et Gardar se mit à parler de nourriture, comme c'était souvent le cas quand il avait faim.

– Tiens, par exemple, pourquoi est-ce qu'il n'y a pas de pizzeria à Reykjavik ? déclara-t-il, consterné.

Gardar pensait beaucoup à manger et commençait à souffrir d'un certain embonpoint. Il rentrait de deux semaines de vacances aux États-Unis avec ses parents, et son amour de la restauration rapide s'en trouvait décuplé.

– Il n'y a vraiment aucun endroit en ville où on peut en trouver ? s'étonna Marteinn.

– Une *pisséria* ? renvoya Erlendur en écorchant le mot qui n'avait rien d'islandais. Tu parles de ces tartines à l'italienne ?

– À l'italienne… ? Enfin, franchement ! s'énerva Gardar. C'est tout juste si on peut trouver des hamburgers-frites dans cette ville. Il doit y avoir deux restaurants qui en proposent. Quel pays de ploucs !

– Il y avait bien il n'y a pas si longtemps le resto-route de Geithals, ouvert la nuit, fit remarquer Marteinn.

– Oui, ils vendaient de délicieuses joues de mouton grillées, ajouta Erlendur.

– Avec de la purée de rutabaga, précisa Marteinn.

– Eh voilà, qu'est-ce que je disais ? C'est ça, la restauration rapide à l'islandaise ? De la purée de ruta-baga ! Et Geithals, c'est perdu en pleine cambrousse. Ce ne serait pas mal que les choses changent un peu à Reykjavik.

– Geithals me plaisait bien, glissa Erlendur avec un sourire narquois.

– Qui donc va acheter des joues de moutons grillées à un guichet ? rétorqua Gardar, agacé. Il manque de vrais restos à hamburgers et de vraies pizzerias dans cette ville. Un peu de culture, que diable ! Si j'avais du fric, j'ouvrirais une pizzeria sur-le-champ. Et je m'en mettrais plein les poches.

– Et tu vendrais des *pissas* ? reprit Erlendur. Je ne sais pas…

– Erlendur, on appelle ça des pizzas, essaie au moins de prononcer le mot correctement ! La restauration rapide présente tellement d'avantages, c'est bon, pratique et pas forcément cher. Plus besoin de cuisiner. Adieu l'aiglefin bouilli et les patates à l'eau. Et quand on veut manger ailleurs que chez soi, on n'est pas obligé d'aller dans un restaurant chic comme le Naustid ou ces endroits-là. Tu me suis ? Les Américains sont des as dans ce domaine. On t'apporte la pizza à domicile et tu n'as même plus besoin de te déplacer. Tu passes un coup de fil, tu commandes et tu n'as qu'à attendre tranquillement qu'on te livre.

Ils entendirent sur la radio qu'on venait de découvrir un homme gisant sur le bas-côté de la route qui menait à la baie de Nautholsvik. Ils répondirent au central qu'ils étaient à proximité et Gardar alluma le gyrophare. À leur arrivée, un autre véhicule de police était déjà là et une ambulance approchait. Un couple de quinquagénaires qui se promenait dans les environs avait aperçu un homme couché dans l'herbe à quelques mètres de la route. Ils l'avaient appelé et, voyant qu'il ne réagissait pas, s'étaient approchés. Il semblait mort. Ils s'étaient alors précipités vers l'hôtel Loftleidir pour appeler les secours.

L'ambulance repartit et on appela un corbillard. Le décès remontait à un certain temps. Apparemment, l'homme s'était brusquement effondré là. On ne décelait aucune trace de lutte, le corps ne portait aucune marque et l'herbe n'avait pas été piétinée sur le périmètre. La victime avait porté ses mains à sa poitrine et s'était effondrée. Le médecin appelé sur les lieux diagnostiqua sans hésiter un infarctus.

Le cadavre était celui d'un clochard qui avait momentanément trouvé refuge à Nautholsvik, dans un baraquement militaire tombant en ruine et datant de la Seconde Guerre mondiale. Erlendur le reconnut immédiatement même s'il ignorait son nom. Ils avaient un peu discuté devant le refuge de Farsott quelques jours plus tôt. C'était l'homme qui lui avait affirmé que la noyade d'Hannibal dans les tourbières n'était pas accidentelle.

Il l'avait reconnu à son épais manteau, son bonnet et ses mains crasseuses. Quand les employés de la morgue retournèrent le corps pour l'emmener, Erlendur se souvint des rides qui lui entaillaient le visage, aussi profondes que des failles à la surface d'un glacier.

Un cadenas avait été placé sur la porte de la cave. Les lumières étaient éteintes à l'étage au-dessus et un petit écriteau portant l'inscription *À vendre* était fixé à une vitre. Erlendur prit le cadenas dans sa main et constata qu'il était solidement fermé. Il chercha une ouverture afin d'entrer dans la cave et finit par trouver à l'arrière de la maison une petite fenêtre par laquelle il se faufila. C'était le noir le plus complet. Il alluma sa lampe de poche et balaya les murs de son faisceau.

Frimann avait procédé à un sacré nettoyage. L'endroit était pratiquement vide. Il avait passé un coup de balai et c'était presque propre.

Erlendur éclaira le périmètre à la recherche d'indices sur la manière dont avait débuté l'incendie. Il ne voyait ni prise, ni tableau électrique, ni fils susceptibles d'expliquer l'origine du sinistre. À en juger par la suie sur le mur et les poutres du plafond, les flammes avaient eu le temps de monter assez haut quand les deux frères étaient venus les éteindre.

Erlendur passa sa main sur la suie et tapota le bois calciné. Il supposait qu'il n'y avait désormais plus aucun moyen de découvrir l'origine du sinistre. Hannibal avait formellement démenti être responsable, mais peut-être n'avait-il pas été vraiment conscient de ses actes. Les deux frères avaient dit à Frimann qu'il était ivre : ils l'avaient sauvé et ils avaient trouvé une bougie juste derrière la porte, là où les flammes étaient les plus hautes.

Si Hannibal disait la vérité, alors une tierce personne était à l'origine de cet incendie. Quelqu'un avait soulevé le loquet, poussé la porte, fait un pas dans la pièce et mis le feu aux saletés qui jonchaient le sol. Il ne lui avait fallu que quelques instants pour accomplir son forfait et prendre la fuite.

Quel était le but de la manœuvre ? L'incendiaire était-il au courant de la présence du clochard dans cette cave ? Voulait-il effectivement le brûler vif ? À moins qu'il n'ait agi pour des raisons tout à fait différentes qui n'avaient rien à voir avec Hannibal. Cette cave pouvait aisément être la proie des flammes avec ses cloisons en lambris et ses poutres épaisses, et si les deux frères n'avaient pas réagi très vite, la maison serait partie en fumée en un rien de temps.

Ces derniers avaient prétendu que la bougie qu'ils avaient trouvée à la porte avait roulé depuis la paillasse. Erlendur n'avait vu aucune bougie quand il était entré dans cette tanière.

La dernière fois qu'il avait raccompagné Hannibal, il l'avait croisé rue Hafnarstraeti, pas très loin de son domicile, alors qu'il patrouillait dans le centre-ville. Hannibal était dans un état plus désastreux que jamais, boiteux et estropié. Erlendur était allé le voir pour lui demander si tout allait bien.

– Je me porte comme un charme, avait-il répondu, fuyant toute relation avec la police.

– Vous boitez. Laissez-moi vous aider.

Le clochard l'avait longuement dévisagé, étonné de cette sollicitude.

– On se connaît ?

– Je vous ai raccompagné depuis la colline d'Arnarholl l'autre jour, avait répondu Erlendur, vous étiez allongé au pied de la clôture.

– Ah oui, c'est toi, mon gars. J'espère que je t'ai remercié correctement.

– Mais oui.

– Allez, aide-moi donc. Je me demande ce que j'ai chopé à cette fichue jambe. Tu n'aurais pas un petit coup de gnôle ?

– Non, avait répondu Erlendur. Venez, je vais vous raccompagner, ce n'est pas très loin.

– Quelques couronnes, peut-être ? avait tenté Hannibal.

Erlendur l'avait tenu par le bras en chemin, puis aidé à descendre l'escalier de la cave et à rejoindre sa paillasse. Hannibal n'avait cessé de lui réclamer de l'argent ou de quoi boire, et il avait fini par consentir à lui donner quelques pièces. Quand le clochard les avait prises dans sa main, il avait senti ses doigts transis et lui avait demandé s'il ne pouvait pas se réchauffer un peu chez lui en allumant une bougie, par exemple.

– Ah ça non, et je n'en veux pas !

– Pourquoi donc ?

– Parce que j'ai une peur bleue de mettre le feu à cette fichue baraque, avait-il répondu.

13

Le clochard découvert à Nautholsvik se prénommait Olafur. L'autopsie avait conclu à une crise cardiaque et à une mort naturelle. Erlendur apprit également que son plus proche parent, sa sœur aînée, vivait en province et n'entretenait plus aucun rapport avec lui depuis des années. Elle avait souhaité qu'on lui envoie la dépouille afin de pouvoir l'enterrer dans le caveau familial.

Olafur lui avait parlé d'une connaissance d'Hannibal, un certain Bergmundur, en lui précisant qu'il avait ressombré dans l'alcool et qu'il traînait sur la place Austurvöllur. Erlendur ne connaissait même pas l'homme de vue, il ne l'avait jamais croisé. Il décida donc de descendre dans le centre-ville et de le chercher au hasard. Le soleil brillait généreusement, il n'y avait pas de vent et beaucoup de gens étaient sortis faire des courses. Les jours de beau temps comme celui-ci, les alcooliques et les clochards s'installaient sur les bancs de la place Austurvöllur pour y boire de la gnôle, toutes sortes de mélanges ou de la liqueur de cardamome en prenant le soleil. Ils s'engueulaient et, à l'occasion, apostrophaient les passants. Il arrivait que des femmes se joignent à leur groupe. Certains essayaient alors de leur conter fleurette, mais en général elles ne se laissaient pas faire et les repoussaient à coups de poing, agacées et mal embouchées.

Erlendur leva les yeux sur la statue de Jon Sigurdsson, le héros de l'Indépendance qui, juché sur son socle au centre de la place, tournait le dos aux clochards. Il se demanda si cette posture reflétait l'opinion du grand homme sur les vagabonds qui le cernaient, mais il se dit qu'il n'était peut-être tout de même pas snob à ce point. La pensée le fit toutefois sourire. Un jeune homme aux cheveux hirsutes et à la barbe clairsemée, vêtu d'une tunique hippie, chaussé de sandales de moine et qui portait de gigantesques lunettes de soleil qu'Erlendur croyait réservées aux femmes, était assis au pied de la statue.

– Vous n'auriez pas vu Bergmundur ? interrogea Erlendur comme s'il connaissait tous ceux qui fréquentaient la place.

– Bergmundur ? répéta le jeune homme en levant vers lui ses grosses lunettes.

– Oui, il vient de rechuter, précisa Erlendur qui ne savait rien d'autre de lui.

– Ah, vous voulez dire Bergmundur ? Je l'ai aperçu en ville hier.

– Et aujourd'hui ?

– Non.

– Il a tenu longtemps sans boire ? demanda Erlendur.

– Oh non, pas bien longtemps, il a ressombré presque tout de suite, répondit l'homme comme s'il était gravé dans la pierre que Bergmundur était incapable de se passer d'alcool.

– Vous savez où il vit ?

– Ils sont deux ou trois à squatter une maison qu'on va bientôt démolir, rue Hverfisgata.

Erlendur aperçut de loin un individu connu des

services de police. Ellidi, petit délinquant et ordure notoire, était spécialiste en cambriolages, contrebande d'alcool et délits en tout genre. Il avait séjourné à la prison de Litla-Hraun après avoir commis plusieurs agressions particulièrement violentes. Il était en compagnie d'un autre homme qu'Erlendur ne connaissait pas. Il les suivit du regard tandis qu'ils allaient d'un banc à l'autre, comme s'ils cherchaient quelque chose. Ellidi prit une gorgée de la bouteille qu'il avait sur lui, la fit circuler, raconta une blague et s'esclaffa d'un rire chevalin.

– Il traîne aussi parfois du côté de la clôture, sur la colline d'Arnarholl, ajouta le jeune homme aux grosses lunettes.

Ellidi avait remarqué la présence d'Erlendur. Campé sur ses jambes, il le toisait à distance. Le policier avait eu affaire à lui deux fois déjà. La première, c'était à la suite d'une bagarre dans un appartement à Breidholt. Ellidi avait gravement blessé un homme qu'on avait dû conduire à l'hôpital, mais qui avait refusé de porter plainte, prétendant être à l'origine de la bagarre. On avait jeté l'agresseur dans une cellule du commissariat de Hverfisgata où il avait mariné toute la nuit. Erlendur avait appris plus tard que la victime lui devait de l'argent pour une histoire de contrebande d'alcool. La deuxième fois, Erlendur et ses coéquipiers l'avaient arrêté pour excès de vitesse à proximité de la zone portuaire de Sundahöfn. Il avait essayé de les semer, mais les policiers l'avaient rattrapé. Il transportait à bord de sa voiture cent cinquante cartouches de cigarettes américaines et quelques magnums d'un gallon de vodka, elle aussi américaine. Sous l'emprise de la drogue et de l'alcool, il avait menacé de les descendre tous les trois, puis s'était jeté sur Marteinn et l'avait plaqué à terre. Des renforts étaient arrivés, mais ils ne l'avaient maîtrisé qu'à grand-peine, ce dernier étant d'une force herculéenne et très entraîné à se battre.

– Mais c'est le péquenot aux gros sabots ! lança-t-il en approchant, râblé et menaçant. Sa lèvre inférieure gonflée était à n'en pas douter le souvenir d'une bagarre récente et il portait un gros pansement sur l'arcade sourcilière. Qu'est-ce que tu viens fouiner par ici ?

Il empestait l'alcool et agitait sa bouteille devant Erlendur.

– Tu cherches un truc à boire ? Si tu veux, il m'en reste.

– Il cherche Bergmundur, interrompit l'homme aux grosses lunettes en se levant, les yeux rivés sur la bouteille.

– Bergmundur ? Qu'est-ce que tu lui veux ? Il a fait des conneries ?

– Non, démentit Erlendur.

– Je croyais qu'il avait arrêté de boire, reprit Ellidi.

– Il vient de replonger, l'informa l'homme aux lunettes.

Ellidi lui tendit la bouteille.

– Dis, tu n'aurais pas vu Holberg ?

– Non, répondit l'autre en avalant une bonne gorgée.

– Et Grétar ? poursuivit Ellidi.

– Non plus, dit l'autre en buvant une nouvelle rasade.

Ellidi lui arracha la bouteille.

– Tu ne veux pas la finir, tant que tu y es, connard ? s'emporta-t-il en le repoussant violemment. Il faut que je les voie tous les deux, ajouta-t-il à l'intention d'Erlendur. Si tu t'imagines que je suis cinglé, alors tu devrais me laisser te présenter Holberg. Lui et Grétar… ils font vraiment la paire.

Sur ce, il fit entendre un petit ricanement rauque.

Erlendur reprit sa route tandis qu'Ellidi l'accompagnait du regard en riant.

– Péquenot aux gros sabots ! cria-t-il. Espèce de sale péquenot !

Erlendur trouva Bergmundur à côté de la Conserverie suédoise en compagnie de quelques autres clochards qui profitaient du beau temps. Assis au pied de la clôture, ils avaient trouvé de quoi boire et fumaient comme des pompiers. L'un d'eux cherchait à prendre un bain de soleil et s'était mis torse nu, dévoilant sa peau blanche comme un cachet d'aspirine.

Erlendur leur demanda s'ils avaient vu Bergmundur. L'un d'eux se présenta en lui demandant de décliner lui aussi son identité. C'était un homme assez costaud d'une quarantaine d'années et d'apparence moins décatie que ses compagnons. Erlendur le salua d'une poignée de main et lui demanda s'ils pouvaient discuter un moment tranquillement. Bergmundur accepta, se leva et marcha avec lui vers la statue d'Ingolfur Arnarson, le premier colonisateur de l'Islande. Ils s'installèrent sur un des bancs qui faisaient face au centre-ville. Bergmundur prit son flacon d'alcool à 70° et en avala une gorgée.

– C'est mon dernier, commenta-t-il. Les pharmacies refusent de nous en vendre. J'ai réussi à en acheter un à celle de la rue Laugavegur. Un seul par pharmacie. C'est la nouvelle règle en vigueur. Maintenant, il faut faire toute la ville pour acheter ce truc-là.

– Vous connaissiez Olafur ? demanda Erlendur. Il est mort récemment, il s'était installé dans le vieux baraquement militaire de la baie de Nautholsvik.

– Vous étiez copain avec Oli ? s'étonna Bergmundur en rebouchant son flacon avant de le ranger dans sa poche. Je croyais qu'il n'avait pas d'amis.

– Je l'ai rencontré il n'y a pas longtemps et il m'a dit que vous connaissiez Hannibal.

– C'est vrai, je le connaissais. Il s'est noyé l'an dernier. Vous êtes peut-être au courant.

– Oui, vous vous souvenez de cet incendie qui s'est déclaré chez lui, un peu avant sa mort ?

– C'est pour ça qu'on l'a viré de cette cave.

– Le propriétaire croyait que c'était lui qui l'avait déclenché.

– C'est possible, répondit Bergmundur. Je ne sais pas ce qui s'est passé.

– Et Hannibal, quelle était sa version des faits ? demanda Erlendur.

– Pour lui, c'était un incendie criminel, il en était sûr. À tort ou à raison, je ne saurais le dire.

– Il soupçonnait quelqu'un en particulier ?

– Vous pouvez m'en acheter d'autres ? répondit Bergmundur, changeant subitement de sujet.

– D'autres quoi ?

– Des bouteilles, précisa-t-il en sortant à nouveau son alcool à 70°.

– Vous voulez que j'aille vous acheter ça ?

– Vous pourrez en acheter cinq d'un coup, vous n'êtes pas un clochard.

– Et vous avez l'argent ?

– Bah, je me disais que je pouvais peut-être vous taper pour quelques bouteilles ? Si vous m'en achetiez cinq, ce serait pas mal.

– Hannibal vous a dit qui il soupçonnait d'avoir incendié sa cave ?

– Il avait sa petite idée, répondit Bergmundur.

– Il connaissait l'incendiaire ? C'était une personne qu'il fréquentait régulièrement ? Un autre clochard peut-être ?

– Vous devriez plutôt dire *les* incendiaires. Et non, ce n'étaient pas des clochards.

– Donc ils étaient plusieurs ?

– Il m'a dit que les coupables étaient les deux frères qui vivaient dans la maison voisine, répondit Bergmundur.

– Les deux frères de la…

– Je ne connais pas leur nom et je ne sais rien d'eux. Tout ce que je sais, c'est que ces deux gars vivaient juste à côté. Il m'a dit qu'ils avaient mis le feu à sa cave et qu'ensuite ils l'avaient accusé.

Erlendur repensa au couple qui avait vécu à l'étage et à cette femme qui lui rappelait Dirch Passer, le comique danois. Hannibal leur avait dit la même chose. Pour lui, les deux frères étaient les coupables. En outre, ils se livraient à des activités plutôt louches et recevaient des visites tard le soir, si Erlendur se souvenait bien.

– Alors, vous irez à la pharmacie ? reprit Bergmundur.

– Quelle raison avaient-ils d'incendier la cave ? Hannibal avait une idée là-dessus ?

– Allez, quelques flacons et on sera quittes. Prenez-en cinq.

– Quittes ? Mais je ne vous dois rien !

– Bon, c'est à vous de voir, rétorqua Bergmundur, prêt à s'en aller. J'ai autre chose à faire de mon temps. Vous n'avez qu'à trouver quelqu'un d'autre pour vous parler d'Hannibal.

– D'accord, concéda Erlendur, fatigué, je vous promets d'aller à la pharmacie, restez.

– Ils voulaient s'en débarrasser, reprit Bergmundur. Ils s'étaient plaints plusieurs fois au propriétaire de la maison, c'était un ami d'Hannibal et il lui permettait d'occuper la cave. Les deux frères voulaient le voir décamper. C'est lui qui me l'a dit. Il m'a aussi expliqué qu'il n'avait jamais osé allumer ne serait-ce qu'une flamme dans cette cave. D'après lui, les frères ont mis le feu à des saletés accumulées à côté de la porte pendant qu'il dormait. Ensuite, ils ont prétendu que c'étaient eux qui l'avaient sauvé et exigé qu'Hannibal quitte les lieux le soir même. Le propriétaire lui a dit qu'il ne pouvait plus rester là et qu'il devait trouver un autre endroit.

– Il avait des preuves de tout ça ?

– Des preuves ? Comment ça, des preuves ?!

– Je veux dire…

– Hannibal en était sûr, un point c'est tout, trancha Bergmundur, péremptoire. Il n'y avait qu'eux pour faire un truc pareil. Vous croyez peut-être qu'il est allé s'acheter une loupe pour chercher des preuves ?!

– Quand est-ce qu'il vous a raconté tout ça ?

– Quand ? Un peu avant sa mort. On était assis là-bas, sous la clôture. Il savait ce qu'il disait. Je suis sûr qu'ils voulaient lui régler son compte et qu'ils ont fini par réussir. Ça ne me surprendrait pas du tout !

– Vous voulez dire qu'ils l'auraient noyé ?

– Et pourquoi pas ? D'après lui, ce sont de vraies ordures.

– Olafur était persuadé que la noyade d'Hannibal n'était pas un accident, mais qu'elle était le fait d'un tiers.

– Vous voyez…

– Mais il n'a pas été capable de m'en dire plus. Pourquoi ces deux hommes auraient-ils souhaité sa mort ?

– Parce qu'il savait que c'étaient eux qui avaient mis le feu à la cave. Enfin, je suppose. Et peut-être aussi parce qu'il était au courant d'autres choses.

– Vous voulez dire qu'ils auraient voulu le réduire au silence.

– Et pourquoi pas ? Ce ne serait pas la première fois qu'on verrait ça. Hannibal savait des choses à leur sujet et ils l'ont buté pour être sûrs qu'il ne parlerait pas.

Ils entendaient le murmure de la circulation du centre-ville en contrebas. Les yeux baissés sur le port, Erlendur embrassait du regard le golfe de Faxafloi et voyait accoster le ferry d'Akranes.

– Vous ne préférez pas que j'aille vous acheter une bouteille de Brennivin[1] ? suggéra-t-il, réticent à l'idée d'aller dans une pharmacie pour faire plaisir à son interlocuteur.

– Non, répondit Bergmundur après réflexion, je préfère la gnôle.

Quelques instants plus tard, Erlendur l'avait accompagné jusqu'à la rue Laugavegur et s'apprêtait à entrer dans une pharmacie. Chemin faisant, il avait réfléchi à une manière d'acheter cinq flacons de ce que les clochards appelaient de la gnôle sans éveiller les soupçons. Il entra précipitamment et demanda cinq flacons d'alcool à 70° tandis que Bergmundur l'attendait à l'extérieur. L'employée hésita un instant avant d'aller préparer sa commande et le regarda d'un air triste compter son argent. Erlendur était persuadé que la préparatrice imaginait qu'il venait de replonger.

1. Eau-de-vie islandaise.

14

Les deux frères anciens voisins d'Hannibal occupaient maintenant une maison plus confortable rue Falkagata. Erlendur avait obtenu leur nom auprès de Frimann. Il décida d'aller les voir dès le lendemain de sa conversation avec Bergmundur, en faisant sa promenade du soir dans la brise vivifiante et iodée du bord de mer, rue Aegissida. Il crut préférable de leur rendre visite après le dîner s'il voulait les trouver chez eux. Ils étaient tous les deux présents quand il frappa à leur porte. Ils venaient de s'installer devant la télévision pour regarder les actualités. Ellert et Vignir avaient la quarantaine et tout au plus un écart de deux ans. Ils n'avaient aucun air de famille. L'un était petit et monolithique, avec des traits grossiers, tandis que l'autre, grand et svelte, avait les traits fins. Ils étaient manifestement inséparables. Frimann avait raconté à Erlendur qu'ils devaient être maçons ou menuisiers, et, durant les sept années qu'ils avaient vécues à côté de chez lui, jamais l'un d'eux n'avait invité de femme chez eux.

Vignir, le monolithe courtaud, vint lui ouvrir, manifestement peu surpris par sa visite impromptue. Les deux frères semblaient habitués à voir leurs soirées ainsi perturbées. Erlendur se présenta comme une connaissance de leur ancien voisin Hannibal, subitement décédé un an plus tôt, en demandant s'il pouvait leur poser quelques questions.

Avant qu'il ait fini sa phrase, Ellert arriva à la porte. Les deux frères se consultèrent du regard.

– Ça prendra combien de temps ? s'inquiéta Ellert.

– Ce sera très bref, rassura Erlendur. J'ai juste quelques questions.

– On avait prévu de regarder *L'Homme de fer*, prévint Vignir en l'invitant à entrer. C'est hors de question qu'on manque l'épisode.

– Ne vous inquiétez pas, répondit Erlendur, qui ne voyait pas du tout de quoi parlait Vignir. Je serai bref.

Une énorme télévision, manifestement récente, trônait dans le salon. Les actualités terminées, un documentaire animalier passait maintenant à l'écran. Les deux frères jetaient en permanence des regards vers celui-ci en parlant avec Erlendur, comme s'ils ne voulaient surtout pas manquer une minute du programme.

– On vient d'acheter ce poste, précisa Vignir.

– L'autre était nul, ajouta Ellert.

Il apparut qu'ils avaient eu très peu de relations avec Hannibal. Ça ne les avait pas gênés de savoir qu'un clochard avait trouvé refuge dans la cave de la maison voisine. De toute façon, il n'y venait que de temps en temps pour dormir. Frimann, le propriétaire, leur avait demandé un jour s'ils trouvaient à redire à sa présence et ils avaient répondu que ça ne les dérangeait pas. Du reste, ce n'était pas leur problème. Hannibal était discret, il ne recevait aucune visite, ni hommes ni femmes et, en résumé, ils n'avaient jamais eu à se plaindre de lui.

– Et il n'a jamais amené d'autres clodos non plus, précisa Vignir.

– Non, ou je ne l'ai jamais remarqué, compléta Ellert.

– La cave ne fermait pas à clef, observa Erlendur. N'importe qui pouvait entrer.

– Il y avait bien un cadenas, mais Hannibal avait perdu la clef et, une nuit, il a dû forcer la porte, dit Vignir.

– Enfin, on ne s'occupait pas de lui, assura Ellert.

– Frimann a fait preuve d'une grande patience avec son ami, glissa Erlendur.

Les deux frères ne répondirent pas. À l'écran, une lionne bondissait sur une antilope et ils regardaient la scène, ébahis, chacun dans son fauteuil face à la télévision dont la lueur dansait sur leurs visages.

– Nom de Dieu, c'est sacrément impressionnant, commenta Vignir quand les félins se mirent à dévorer leur proie.

Erlendur ne voulut pas les déranger dans leur contemplation et ils restèrent tous les trois à regarder l'écran sans rien dire pendant un long moment. Le petit salon moquetté, meublé de bibliothèques, était décoré de façon sommaire. L'appartement était très propre. De l'endroit où il était assis, Erlendur voyait une petite cuisine et il se demanda si les deux hommes faisaient à manger à tour de rôle et s'ils se partageaient les tâches ménagères. Il ne pouvait s'empêcher de penser qu'il aurait aussi bien pu se trouver chez un couple bien assorti.

– Vous disiez ? interrogea Vignir quand les lions eurent mangé tout leur soûl.

– Je parlais de Frimann. Vous savez pourquoi il vend sa maison ?

– J'imagine qu'il a des difficultés financières, répondit Ellert.

– Oui, il a sans doute besoin d'argent, compléta Vignir.

– Vous savez pourquoi ?

– Aucune idée, dit Ellert.

– Qu'est-ce qui s'est passé, pour l'incendie ? continua Erlendur.

– Eh bien, il a tout bonnement failli brûler vif. Si on avait été couchés, le pire serait arrivé. La maison aurait été réduite en cendres. Heureusement, on était encore debout, soupira Vignir.

– Les émissions se terminaient tard ce soir-là. C'est sans doute ça qui l'a sauvé, ajouta Ellert en jetant un regard l'écran.

– J'ai senti une odeur de brûlé, je suis allé à la fenêtre et j'ai remarqué que de la fumée s'échappait de la cave, reprit Vignir. On est sortis en vitesse et on a vu les flammes derrière la porte. Heureusement, c'était le tout début de l'incendie et on est arrivés à l'éteindre. Ellert s'est un peu brûlé la main.

– Rien de grave. On a sorti Hannibal de la cave. Il toussait comme un perdu, mais à part ça il n'avait rien.

– Il savait de quelle manière le feu avait pris ?

– On n'a pas eu l'occasion de lui poser la question, répondit Vignir. Il est parti comme si tout ça ne le concernait pas. Je crois qu'il n'est jamais retourné là-bas, après.

– Il était complètement ivre, compléta Ellert, péremptoire.

– Il ne savait plus du tout où il était, confirma Vignir.

– Et vous n'avez pas appelé les pompiers ?

– Pourquoi ? On avait éteint le feu et il n'y avait pas de dégâts importants. On a téléphoné à Frimann, il est passé mais n'a pas jugé bon d'appeler la police. Il a dit que c'était un accident regrettable et il l'a tout de suite mis sur le dos d'Hannibal. Bien sûr, il lui a interdit de revenir.

– Le couple qui occupait l'étage du dessus était absent, nota Erlendur.

– En effet.

– Vous pensez qu'Hannibal aurait donné un coup de pied dans une bougie qui a déclenché l'incendie ?

– On en a trouvé une derrière la porte et, juste à côté, il y avait des cartons et des papiers qui ont dû nourrir les flammes, observa Ellert. Pour nous, c'était l'explication la plus probable.

– Vous savez si Hannibal se servait de bougies ?

– À l'époque, je n'étais jamais entré dans cette cave, répondit Ellert. Et, encore une fois, je ne sais rien de cet homme.

– Moi non plus, assura Vignir.

– Vous avez envisagé l'hypothèse que quelqu'un ait pu vouloir lui nuire ?

– Eh bien, il aurait suffi à ce quelqu'un de pousser la porte, répondit Ellert, de plus en plus impatient. Le documentaire animalier touchait à sa fin et *L'Homme de fer* allait commencer.

– Qui était au courant de sa présence dans cette cave ? interrogea Erlendur.

– Aucune idée, répondit Ellert. On ne le connaissait pas du tout. En tout cas, on ne l'a jamais vu recevoir personne.

Une publicité pour les cuisines aménagées qui s'affichait sur l'écran a tout à coup hypnotisé les deux frères. On voyait une main féminine caresser le plateau d'une table en plastique et on entendait une voix demander : C'est du marbre ? Non, du Formica, répondait une autre voix, suave et claire. La porte d'un placard s'ouvrait. C'est du bois massif ? Non, du Formica.

– Hannibal avait peur de mettre le feu, reprit Erlendur. Je sais qu'il n'utilisait pas de bougies pour cette raison justement. Je ne crois donc vraiment pas qu'il en ait allumé une et qu'il lui ait ensuite balancé un coup de pied, peu importe qu'il ait été ivre ou pas.

– Ah bon ? répondit Vignir d'un air absent.

– Ça y est, ça commence ! s'exclama Ellert, l'index pointé sur l'écran.

Les deux frères se mirent à fixer celui-ci.

– Vous ne vous êtes jamais disputés avec Hannibal ?

– Comment ça ?

– Parce qu'il aurait traficoté ou vous aurait accusés de vous livrer à des activités suspectes ?

– Non, répondit Vignir en dévisageant Erlendur. Je ne comprends pas où vous voulez en venir.

Erlendur hésita. Il savait qu'il devait éviter d'aller trop loin et de lancer des accusations sur la base des allégations d'Hannibal. Il était ici à titre personnel et devait se montrer prudent, car il n'avait pas la moindre expérience des enquêtes de police. Aux yeux de ces deux frères, il n'était qu'un gamin inconnu venu troubler leur tranquillité en ce début de soirée.

– On m'a raconté qu'il vous avait accusés d'avoir mis le feu, hasarda-t-il.

– C'est un mensonge, répondit Ellert.

– Mais qu'est-ce que c'est, ces conneries ?! s'exclama Vignir.

– Il aurait su des choses compromettantes vous concernant…

– Il ne savait rien de nous, s'agaça Ellert. On ne le connaissait même pas. On cherche à vous embrouiller, jeune homme.

– Donc, vous démentez ?

– C'est n'importe quoi, assura Ellert. J'espère que vous n'allez pas rapporter ce genre d'âneries.

– Non, et je ne vous embêterai plus avec cette his-

toire, promit Erlendur en se levant. Je vous remercie
et excusez-moi pour le dérangement.

– Ce n'est pas grave, assura Vignir, dommage que
nous n'ayons pas pu vous aider un peu plus.

– Il est en chaise roulante ? s'étonna Erlendur.
L'Homme de fer venait de débuter et le personnage
principal était apparu sur l'écran. Il n'avait pas de
télévision et ne connaissait pas ce feuilleton.

– Oui, mais il n'en est que plus grand, observa Vignir.

Ils ne quittèrent pas leurs fauteuils pour le raccompagner. Le feuilleton avait débuté. Erlendur prit donc
congé des deux hommes rivés devant leur poste. Il
rentra chez lui dans la brise du soir, stupéfait de voir
les frères se passionner pour un feuilleton policier
américain et des histoires purement imaginaires alors
qu'ils ne manifestaient pas le moindre intérêt pour
un événement mystérieux qui avait eu lieu dans leur
propre existence. Et qui avait entraîné la mort d'une
de leurs connaissances.

15

Erlendur dormait profondément quand le téléphone sonna. Les sonneries stridentes retentirent longuement entre les murs de son appartement avant qu'il ne se lève pour répondre. Son correspondant était manifestement très énervé.

– Vous êtes bien Erlendur Sveinsson ? demanda-t-il d'un ton brutal.

– Lui-même.

– Je viens de parler à ma sœur Rebekka. Elle m'a fait part de vos conversations et des propos que vous lui avez tenus à mon sujet. Je voulais vous dire que je n'ai jamais entendu de sottises aussi monumentales ! Oser prétendre... Oser insinuer que j'aie pu faire du mal à mon frère Hannibal relève de la folie et si vous vous avisez de colporter ce genre d'inepties, j'interviendrai. Je vous interdis de dire des choses pareilles ! Vous entendez ? Je vous l'interdis !

Et voici le frère, pensa Erlendur.

– Je n'accepterai pas de vous voir vous mêler d'une affaire qui ne vous regarde pas, poursuivit l'homme. Et que vous colportiez des mensonges et fassiez des insinuations sur moi, c'est inadmissible.

– Il ne me semble pas l'avoir fait, plaida Erlendur.

– Non, mais ma sœur m'a tout raconté.

– Les conversations que j'ai eues avec elle sont purement privées. Je connaissais Hannibal et je voudrais savoir ce qui s'est passé exactement quand il s'est noyé.

– Vous venez fouiner dans des histoires de famille douloureuses qui ne vous concernent pas et j'exige que vous arrêtiez ! tonna son correspondant. Sur-le-champ ! Rebekka m'a dit que vous étiez simple flic et que vous enquêtiez à titre personnel. Je n'hésiterai pas à informer vos supérieurs si vous persistez !

– Rebekka m'a bien aidé, répondit Erlendur.

– C'est-à-dire ?

– Nous avons longuement discuté tous les deux et je vous répète qu'il s'agissait d'une conversation privée. J'ignore ce qu'elle vous a raconté, mais si j'ai tenu sur vous des propos irrespectueux, je vous présente toutes mes excuses. Je serais heureux de pouvoir vous rencontrer pour discuter de tout ça, si cela vous intéresse.

– Me rencontrer ? Pas question ! s'écria l'homme. Fichez-moi la paix ! Et laissez ma sœur tranquille. Cette histoire ne vous regarde pas !

– Hannibal était...

Erlendur n'eut pas le temps d'achever sa phrase. Le frère lui avait déjà raccroché au nez.

Erlendur était plus silencieux qu'à son habitude pendant sa patrouille de nuit en compagnie de Gardar et Marteinn. Le calme régnait. Ils surveillaient la circulation. Ils avaient arrêté un homme soupçonné de conduite en état d'ivresse. Ce dernier avait nié avoir bu quoi que ce soit. Il avait renversé et légèrement blessé un cycliste. L'accidenté, un boulanger qui se rendait à son travail, avait déclaré que l'haleine de l'automobiliste empestait l'alcool et que ce dernier avait avalé une poignée de gommes Opal à la réglisse pendant qu'ils attendaient tous deux l'arrivée de la police. Le cycliste semblait plutôt abattu : il était blessé et, surtout, son vélo était pratiquement hors d'usage. L'automobiliste les avait accompagnés pour faire une prise de sang et, en chemin, ils avaient déposé le cycliste aux Urgences. Le chauffard n'avait cessé de protester en disant que tout ce cirque était inutile. Il était victime d'un malentendu, il n'avait pas avalé une goutte, il allait porter plainte pour abus de pouvoir et s'arrangerait pour qu'ils ne fassent pas de vieux os dans la police.

Ils entendaient régulièrement ce genre de menaces et Erlendur n'avait même pas écouté sa diatribe. Toute la soirée, il avait pensé à Hannibal et à la conversation qu'il venait d'avoir avec son frère.

– Erlendur, quelque chose ne va pas ? demanda Marteinn. Ils avaient rédigé le procès-verbal, la prise de sang avait été faite et, à nouveau assis dans leur voiture, ils descendaient la rue Laugavegur.

– Non, répondit-il, pensif.

– Tu es bien silencieux, observa Gardar, assis au volant.

Erlendur ne répondit pas. Marteinn adressa un regard inquisiteur à Gardar. Ils laissèrent tomber et poursuivirent leur ronde en centre-ville. Ils aperçurent alors un clochard dans la rue Posthusstraeti. Erlendur reconnut Bergmundur. Ce dernier avait sans doute éclusé la totalité de l'alcool à 70° qu'il lui avait acheté en échange de quelques informations sur Hannibal. Adossé à un mur, le clochard ne bougeait pas.

– Tu veux qu'on y aille ? demanda Marteinn.

– J'y vais, répondit Erlendur. Je le connais vaguement. Vous n'avez qu'à faire un tour en m'attendant.

Gardar s'arrêta, Erlendur descendit et ses deux collègues entrèrent dans la rue Austurstraeti. Erlendur s'approcha de Bergmundur et le salua. Le clochard le regarda sans le reconnaître, sans doute perturbé par l'uniforme, la casquette blanche et la matraque attachée à sa ceinture. Il l'inspecta longuement et finit par le situer.

– Vous êtes… un de ces sales flics ? bredouilla-t-il d'une voix alcoolisée et presque incompréhensible.

– Oui, confirma Erlendur.

– Et vous… m'avez acheté… ma gnôle ?

– En effet.

– Eh ben, ça… nom de Dieu. Pourquoi vous me l'avez pas dit ?

– Pourquoi je l'aurais fait ? répliqua Erlendur. Vous croyez que ça va aller ?

– Je suis… je vais bien, répondit Bergmundur. Ne vous… inquiétez pas… pour moi.

Figé dans une étrange position, il tenait debout en s'arc-boutant contre le mur. Il avait eu le temps de s'érafler le visage depuis leur dernière rencontre, sans doute lors d'une chute, et il puait encore plus que la dernière fois.

– Vous ne voulez pas m'accompagner et dormir au commissariat ? proposa Erlendur. Vous n'allez pas rester debout comme ça toute la nuit.

– Non, je… je vais aller rejoindre… ma petite Thuri. Vous n'avez… pas besoin… de vous occuper de moi.

– Thuri ?

– Oui… une femme… merveilleuse. Ma copine… elle est…

Les propos de Bergmundur devenaient incompréhensibles.

– Et où elle est ? s'enquit Erlendur.

– Là-haut… à Amtmannssss… Atma… Amtssti…

Il dut s'y reprendre un certain nombre de fois pour

112

prononcer correctement le nom de la rue. À force d'agiter les bras, il avait presque perdu l'équilibre. Erlendur le rattrapa et le cala solidement contre le mur. Il savait qu'un foyer accueillant les femmes alcooliques, dirigé par les services sociaux de la municipalité de Reykjavik, se trouvait rue Amtmannsstigur, mais n'y était jamais allé. Il en avait juste entendu parler par des malheureuses qui étaient à la rue et passaient de temps en temps une nuit au commissariat de Hverfisgata.

– Elle est au foyer pour femmes ?

– Thuri est… une fille bien… une fille gentille… et honnête, répondit Bergmundur en affichant la mine concupiscente d'un prêtre paillard.

– Je n'en doute pas, mais vous êtes sûr qu'elle a envie de vous voir dans cet état ?

– Quel… état ?

Marteinn et Gardar avaient terminé leur tour et approchaient. Erlendur leur fit signe d'attendre un instant. La voiture de police continua d'avancer sur quelques mètres, puis s'arrêta.

– Vous feriez peut-être mieux d'attendre demain pour lui rendre visite, suggéra Erlendur. Vous dormez où ?

– Où… je dors… ?

– Eh bien, je vais vous y conduire.

– Je veux… all… voir… Thu…

– Vous feriez mieux d'attendre, répéta Erlendur.

– … faire ça… avec… Hannibal… alors… peut le faire… avec moi…

– Hannibal ?

– Oui.

– Comment ça, Hannibal ? Est-ce qu'il connaissait Thuri ?

– Évi… Évidemment.

– Comment ?

– Je… Je…

Bergmundur se tut.

– Ils étaient ensemble ?

Au lieu de lui répondre, le clochard s'affaissa le long du mur et se retrouva assis sur le trottoir, une jambe repliée sous les fesses. Erlendur fit signe à ses collègues. La voiture recula. Ils décidèrent de lui faire passer la nuit au poste. Bergmundur ne protesta pas quand ils le soulevèrent pour l'emmener dans la voiture. Erlendur s'efforçait en vain de continuer à lui parler, mais il avait sombré dans les limbes.

16

Le foyer d'Amtmannsstigur ressemblait à n'importe quelle maison du quartier de Thingholt si ce n'est qu'il accueillait des femmes alcooliques qui n'avaient aucun autre endroit où aller. Une directrice veillait au respect du règlement et à la propreté des lieux. Au moment où Erlendur arriva, huit femmes y avaient trouvé refuge, à l'abri des difficultés de la rue. On leur offrait un lit et un repas chaud. Toutes étaient alcooliques et clochardes, comme les hommes hébergés à Farsott, et certaines luttaient depuis trop longtemps contre ce que l'une d'entre elles appelait le démon.

Erlendur avait eu l'intention d'interroger plus précisément Bergmundur au sujet de cette Thuri qui était une amie d'Hannibal, mais quand il était arrivé au commissariat, le clochard s'était déjà réveillé et avait quitté les lieux. Il était donc tranquillement descendu vers le centre-ville, profitant de cette belle journée d'été pour se rendre au foyer pour femmes de la rue Amtmannsstigur. Il interrogea la directrice qui lui répondit qu'elle connaissait Thuridur, Thuri n'étant que son diminutif. Cette dernière avait séjourné quelque temps ici, elle ne buvait plus une goutte et passait souvent pour partager son expérience, très désireuse d'aider les jeunes femmes qui trouvaient asile dans cette maison.

Comme elle venait de s'absenter, la directrice proposa à Erlendur de l'attendre.

Il préféra s'offrir une promenade et revenir tenter sa chance ultérieurement. À son retour, une heure plus tard, Thuri n'était toujours pas rentrée. Il alla donc s'installer au salon où trois femmes jouaient tranquillement au ludo. Elles levèrent les yeux et le saluèrent, puis reprirent leur partie sans lui accorder aucune attention. Il ne voulait pas se montrer indiscret. Discutant à voix basse, elles semblaient comme anesthésiées, mais il ne pouvait s'empêcher d'entendre leur conversation qui portait sur toutes sortes de tord-boyaux.

– Si on veut de l'eau de Cologne, c'est plus simple quand on connaît un coiffeur, observa l'une d'elles.

– Mais c'est infect, je n'arrive pas à boire cette saleté de portugaise.

– Enfin, le pire, c'est quand même la liqueur de cardamome, j'ai vraiment du mal à l'avaler.

– Mais bon, les flacons sont pratiques, on peut facilement les passer en douce quand on va en discothèque ou dans les bars. Il suffit de les cacher entre les jambes, les videurs n'osent jamais fouiller là.

Elle jeta un regard en direction d'Erlendur, lança les dés et avança son pion.

– En tout cas, je sais bien que l'envie ne s'en va pas si facilement, déclara la plus vieille des trois quelques instants plus tard.

Âgée d'une soixantaine d'années, les cheveux gris et bien en chair, elle avait une grande bouche et des traits épais. La deuxième, le cheveu en bataille, les lèvres pincées, devait avoir la quarantaine et avait déjà perdu la plupart de ses dents. La troisième était manifestement la plus jeune. Erlendur lui donnait environ trente ans, elle avait de longs cheveux lisses, une silhouette svelte et une coquetterie dans l'œil.

– C'est surtout une question de volonté, déclara la deuxième en avançant son pion. Sinon, on n'y arrive pas et on n'arrête jamais. Ça ne sert à rien de passer son temps à se dire qu'on va arrêter tout en picolant constamment.

– L'Antabus aide à supporter, déclara la plus jeune.

– L'Antabus n'est qu'une béquille.

Une femme se présenta à la porte.

– Vous souhaitiez me voir ? dit-elle à Erlendur.

– Vous êtes Thuri ?

– Elle-même. Et vous, vous êtes qui ?

Il se mit debout, se présenta et lui demanda s'ils pouvaient discuter un moment en privé. Les trois femmes levèrent les yeux de leur partie de ludo.

– Qu'est-ce que vous me voulez ?

– Il s'agit de quelqu'un que j'ai connu, et que vous connaissiez également, si je ne me trompe.

– Dis donc, Thuri, tu ne le trouves pas un peu jeune ? lança l'édentée.

La remarque déclencha l'hilarité des trois joueuses. La plus âgée, qui semblait ne pas s'être autant divertie depuis bien longtemps, fut prise de quintes de toux caverneuses et l'édentée riait à gorge déployée, dévoilant ses gencives. Thuri les ignora et pria Erlendur de la suivre.

– Laisse-nous-en un morceau ! lança la plus vieille. Puis toutes trois hurlèrent à nouveau de rire.

Ils sortirent discuter dans la rue. Elle fumait des cigarettes roulées qu'elle préparait d'avance et conservait dans un petit étui en fer-blanc. Elle en alluma une et aspira goulûment la fumée.

– Ces bonnes femmes ! Pires que des gamines ! souligna-t-elle de sa voix éraillée. Elles m'envient parce que je ne bois plus depuis quatre mois et qu'elles voient que je réussis à me sortir de ce merdier.

Thuri avait le teint mat et le visage flétri, parsemé de taches brunes. Petite et maigre comme un clou, elle portait un chandail troué et un jean. Erlendur estimait qu'elle devait friser la cinquantaine. Elle semblait en proie à une agitation permanente, ses petits yeux aussi pétillants qu'inquisiteurs.

– Je voulais vous poser des questions au sujet d'Hannibal, commença Erlendur. On m'a dit que vous le connaissiez.

Thuri le dévisagea, ahurie.

– Hannibal ?

– Oui.

– Que voulez-vous que je vous dise ?

– Vous le connaissiez bien ?

– Plutôt, répondit-elle, après une brève hésitation. Pourquoi vous m'interrogez à son sujet ? Vous savez qu'il est mort, n'est-ce pas ?

– Je suis au courant. Je sais également comment il est mort et je me demandais si vous ne pourriez pas m'en dire un peu plus.

– Sur ce qui lui est arrivé ? Il s'est noyé.

– Vous avez été étonnée en l'apprenant ? Ça vous a surprise ?

– Pas spécialement, répondit Thuri après un instant de réflexion. Quand j'ai appris la nouvelle, je me suis juste dit que son heure était venue. Mais… à l'époque j'étais encore dans ce merdier, les choses sont un peu floues dans ma tête.

– Vous saviez qu'il avait trouvé refuge dans le caisson du pipeline ?

– Oui, je suis allée le voir là-bas, un peu avant qu'on le retrouve dans l'étang. Je voulais qu'il arrête de dormir dehors et qu'il vienne avec moi. À ce moment-là, j'avais une chambre assez confortable. Il n'a pas dit non, il s'ennuyait beaucoup dans cet endroit désert et, surtout, il avait froid pendant la nuit même s'il refusait de le reconnaître.

– Mais il ne vous a pas suivie ?

– Non, il voulait réfléchir. Il était parfois sacrément compliqué. Il ne supportait pas la manière dont je… enfin, il ne supportait pas certaines choses chez moi. Quelque temps plus tard, j'ai appris sa mort.

– Il ne supportait pas la manière dont vous…

– Dont je m'arrangeais pour avoir de l'alcool ou des cachets.

– C'est-à-dire ?

– Il ne supportait pas que je fasse commerce de mon corps ! s'emporta Thuridur. C'est vrai, ça arrivait. Vous pouvez penser ce que vous voulez. Je me fiche de votre opinion.

– Je ne suis pas là pour vous juger, assura Erlendur.

– Que vous dites !

– Vous étiez bons amis ?

– Hannibal et moi on a fait les quatre cents coups ensemble, répondit Thuri en hochant la tête. Puis j'ai arrêté de boire et tourné le dos à tout ça. Il fallait bien que j'essaie, histoire de voir si ça servait à quelque chose. À cette époque, je le voyais très rarement. Ensuite, j'ai rechuté et là, tout a recommencé comme avant. On s'est revus régulièrement. Ce manège a duré des années. Je passais mon temps à retomber dans les mêmes erreurs.

– Vous avez vécu ensemble ?

– On a passé une année entière dans une chambre minable, rue Skipholt, répondit-elle. On campait ici et là. Hannibal était un solitaire, mais ça ne l'empêchait pas d'être aussi de bonne compagnie.

Thuri tira encore une fois sur sa cigarette.

– C'était un brave homme. Il avait un bon fond, il m'a toujours bien traitée et considérée comme son égale, même s'il pouvait aussi être brusque et peu aimable.

Elle rejeta sa fumée.

– Hannibal était un bon ami, conclut-elle, et ce qui lui est arrivé est terrible.

– Vous savez si quelqu'un lui voulait du mal ? Il vous avait parlé de gens qui lui auraient inspiré de la crainte ? Des gens avec qui il se serait disputé ?

– Il était très doué pour s'attirer des problèmes, il s'emportait facilement et se battait parfois pour des broutilles, mais à ma connaissance personne ne lui voulait du mal.

– La dernière fois que je l'ai rencontré, quelqu'un l'avait pourtant agressé en ville.

– Ça arrivait parfois, répondit Thuri. Il faut dire qu'à l'époque où il était encore en forme, il savait comment recevoir ce genre de pauvres types. Mais pas à la fin. Là, il ne faisait plus le poids.

– Vous ne voyez vraiment personne dont il aurait eu peur ou…

– Il ne craignait ni ne haïssait personne, répondit vivement Thuri. Elle s'accorda un moment de réflexion et ajouta : À part peut-être les deux frères.

– Les frères de la maison voisine ?

– C'est leur faute s'il a été expulsé de cette cave. Ils l'ont accusé d'y avoir mis le feu, mais ce sont eux les coupables et ils ont fait ça pour se débarrasser de lui. Le propriétaire n'a pas voulu entendre sa version et l'a mis à la porte. C'est pour ça qu'il est parti vivre au pipeline.

– Hannibal les a revus après l'incendie ?

– Je n'en ai aucune idée. En tout cas, il ne les portait pas dans son cœur. Il les décrivait comme de véritables malfaiteurs.

– Vous savez ce qu'il entendait par là ?

– Non, il n'a jamais donné aucune précision. Mais ils lui faisaient peur. Je suis sûr qu'ils le terrifiaient. Bon, est-ce qu'on pourrait écourter cette conversation ? Je dois vraiment y aller.

– Bien sûr. Merci pour votre aide.

– Quelques jours après la découverte de son corps, j'ai voulu aller récupérer ses affaires dans le caisson, ajouta Thuri en ouvrant la porte du foyer. Mais la police ou quelqu'un d'autre avait pris ce qui était récupérable pour l'envoyer à sa famille. Enfin, c'est ce que je suppose. Ou plutôt, je l'espère. J'espère qu'on ne l'a pas volé.

– Tout de même pas, non ?

– Il n'y avait pas grand-chose d'intéressant, poursuivit Thuri dans l'embrasure. Il n'était pas du genre à amasser. Sa petite valise qui contenait quelques livres et des choses trouvées par-ci par-là avait disparu quand j'y suis allée.

– Ses effets personnels ont sans doute été remis à la famille.

– Je voulais garder un souvenir de lui, reprit Thuri. Une chose qui… Enfin, il n'y avait plus rien à part cette boucle d'oreille.

– Une boucle d'oreille ?!

– Oui, sous la canalisation.

– Vous avez trouvé une boucle d'oreille ?

– Je viens de vous le dire.

– Que… Quel genre ?

– Elle semblait assez neuve, répondit Thuri. Grande et jolie. En or. J'imagine qu'Hannibal l'avait trouvée en ville, puis perdue dans le caisson.

17

Erlendur avait travaillé de nuit ce week-end-là et il avait eu fort à faire. L'été battait son plein, les gens s'attardaient longuement en ville, profitant des nuits clémentes, claires et ensoleillées de la mi-juillet. Bars et discothèques étaient bondés et, dès la fermeture, les clients envahissaient les rues et arpentaient le centre. Nombre d'entre eux rejoignaient le Hljomskalagardur, le parc au kiosque à musique, ou la place Austurvöllur où ils continuaient à s'amuser et à chanter. Certains apportaient leur bouteille et la partageaient. D'autres se disputaient ou se battaient dans les ruelles, souvent pour des histoires de filles. Il y avait aussi les bagarreurs invétérés, ces imbéciles plus ou moins avinés qui écumaient la ville en cherchant les embrouilles. Quand on parvenait à les attraper, on leur offrait un petit séjour d'une nuit en cellule. Il fallait parfois plusieurs policiers pour maîtriser ces demeurés. Au moment où chacun reprenait le chemin de son domicile, les cambriolages se multipliaient : les voleurs profitaient de la joyeuse pagaille pour s'introduire dans les maisons désertes et les dévaliser. Mais certains voisins ouvraient l'œil et n'hésitaient pas à appeler le commissariat pour signaler les effractions.

Erlendur avait participé à deux interventions de ce

type en cette fin de semaine. La nuit du vendredi au samedi, lui et ses coéquipiers avaient été envoyés dans le tout nouveau quartier de Fossvogur où un voisin avait aperçu un rôdeur à l'arrière d'une villa. Erlendur avait mis le véhicule au point mort, puis l'avait laissé glisser en silence jusqu'au fond de la vallée avant de se garer devant la maison. Les trois policiers avaient pris garde de ne pas claquer les portières en descendant de voiture. Marteinn s'était posté devant la villa tandis que Gardar et Erlendur se chargeaient du jardin. La porte de derrière était ouverte et sa vitre, brisée. En s'approchant, ils n'avaient repéré personne à l'intérieur. Ils étaient alors entrés dans la maison puis dans le grand salon où ils avaient découvert une femme d'une cinquantaine d'années endormie sur le canapé, une bouteille de cognac à la main. On entendait du bruit dans le couloir qui menait aux chambres. Gardar était resté auprès de la femme le temps qu'Erlendur aille vérifier. Jetant un œil par la porte ouverte de la chambre conjugale, il avait découvert un homme penché sur une élégante commode. Ce dernier avait trouvé la boîte à bijoux dont il vidait le contenu dans sa main avant de le glisser dans sa poche de pantalon. Erlendur l'avait observé un moment avant de lancer d'une voix forte et résolue :

– Qu'est-ce que vous faites ici ?

Le cambrioleur avait eu une telle frousse qu'il avait fait un bond en l'air en poussant un grand cri mais, reprenant aussitôt ses esprits, il avait fait volte-face et, avant qu'Erlendur puisse réagir, s'était précipité sur lui en le déséquilibrant. Erlendur avait essayé de le rattraper, mais le voleur avait filé et, passant par le grand salon où Gardar continuait de veiller sur la belle endormie, il s'était dirigé vers la sortie où il était tombé nez à nez avec Marteinn qui l'avait maîtrisé et plaqué au sol. Erlendur avait rejoint son collègue pour passer les menottes au voleur et ils l'avaient embarqué. Muet comme une tombe, l'homme avait refusé de leur dévoiler son identité et il n'était pas connu des services de police.

Pas plus d'ailleurs que sa complice qui continuait de sommeiller paisiblement sur le canapé, la bouteille de cognac à la main. Il fallait qu'elle soit ivre morte ou épuisée pour parvenir à s'endormir en plein cambriolage sans être réveillée par les policiers poursuivant son acolyte. Les trois coéquipiers s'étaient consultés à voix basse. Gardar était désolé de devoir la réveiller, mais il fallait bien en passer par là. Il lui avait tapoté le genou et, au bout de quelques tentatives, elle s'était étirée, avait ouvert des yeux encore pleins de sommeil et toisé un à un les trois jeunes gens.

– Qu'est-ce que vous fabriquez ici ? s'était-elle étonnée.

– Ce serait plutôt à nous de vous poser la question, avait rétorqué Marteinn.

– Je voulais dire…

– Vous devez nous suivre, avait déclaré Gardar.

– Je… enfin… je veux dire… mais… enfin, où est Duddi ? avait bredouillé la femme qui s'était redressée sur le canapé.

– Duddi ? avait répété Marteinn en se retenant de rire.

– Que… enfin, où est-il ?

– *Duddi* vous attend dans notre voiture. Vous ne voulez pas le rejoindre ? avait proposé Gardar en lui tendant la main.

Les trois policiers n'étaient pas en mesure de dire si elle était ivre de boisson ou de sommeil. Elle avait scruté leurs uniformes noirs d'un air inquisiteur avant d'attraper la main de Gardar qui l'avait conduite, chancelante, jusqu'à la porte. Elle avait gardé la bouteille de cognac et avalé une grande gorgée avant de la tendre au jeune homme.

– Vous en prendrez bien un petit peu ?

– Merci, sans façon, avait répondu Gardar. Gardez plutôt ça pour Duddi.

Erlendur évitait de regarder Marteinn qui avait du mal à ne pas rire. Dès qu'ils eurent installé la femme dans la voiture, Duddi avait laissé éclater une colère bien compréhensible. Censée monter la garde et le prévenir au cas où quelqu'un approcherait, elle l'avait lamentablement trahi.

– Espèce de sale poivrote ! avait-il crié.

– Ah, la ferme ! avait-elle marmonné en baissant la tête, résignée, comme si ce n'était pas la première fois qu'elle faisait les frais de ses réprimandes.

18

Erlendur s'arma de courage et retourna voir Ellert et Vignir entre deux nuits de travail afin de les interroger plus longuement sur l'incendie de la cave. Hannibal avait décrit ces deux frères comme de véritables malfaiteurs. Plus il avançait, plus Erlendur s'intéressait à cette affaire.

En chemin, il pensa à la boucle d'oreille trouvée par Thuri sous la canalisation. Elle lui avait dit qu'il pouvait venir l'examiner quand bon lui semblerait. Comment ce bijou était-il arrivé là ? Ce n'était sûrement pas Rebekka qui l'avait perdu, d'ailleurs elle ne portait pas de boucles d'oreilles et n'avait pas dit s'être rendue au pipeline, ni avant ni après le décès de son frère. Le bijou n'appartenait pas non plus à une collègue car même si l'institution comptait depuis longtemps quelques femmes dans ses rangs, les premières à être recrutées comme simples policières l'avaient été à la fin du printemps. Il était par conséquent impossible qu'elles aient été là-bas l'année précédente.

Peut-être Hannibal l'avait-il ramassée en ville, comme le pensait Thuri. Son œil était entraîné à repérer les objets de valeur perdus dans la rue. Tout comme celui de son amie qui avait immédiatement trouvé cette boucle d'oreille sous la canalisation.

Erlendur avait posé une dernière question à Thuri juste avant de la quitter sur les marches du refuge d'Amtmannsstigur : comment une femme perd-elle une boucle d'oreille ? C'était la seule fois qu'il l'avait vue sourire. Elle avait répondu qu'il suffisait de pas grand-chose. Le bijou se fermait par un clip et ne nécessitait pas que les lobes soient percés. Ce type de fermoir se détachant très facilement, les femmes les perdaient constamment.

– Il n'y a même pas besoin de tirer dessus ? s'était enquis Erlendur.

– Pas forcément. Si on tire, elles se détachent encore plus facilement, ça va de soi, mais très souvent elles glissent toutes seules et elles tombent par terre. Ça arrive tout le temps.

– On peut imaginer que la personne qui a perdu celle-là s'est battue avec Hannibal ?

– J'en doute fort. Hannibal ne se serait jamais bagarré avec une femme. Je le connaissais depuis des années. Jamais il n'aurait levé la main sur une femme.

Il longea la rue Sudurgata et le vieux cimetière jusqu'au terrain de Melavöllur et obliqua en direction de la rue Falkagata. Il lui arrivait d'emprunter ce chemin quand il se promenait le soir car un écrivain qu'il aimait particulièrement vivait rue Sudurgata et il l'avait aperçu deux fois qui marchait le long de Tjörnin, le lac du centre, sans oser l'importuner. L'écrivain en question avait, des années plus tôt, publié un roman racontant les aventures et le parcours d'un jeune journaliste de province venu s'installer à Reykjavik pendant la guerre. C'était un des livres les plus drôles qu'Erlendur ait lus. Quand il longeait cette rue, il ne pouvait s'empêcher de lever les yeux vers les fenêtres de l'écrivain pour lui transmettre mentalement ses salutations. Il s'attardait également auprès d'un autre écrivain, qui n'était plus de ce monde mais reposait de l'autre côté du mur noir qui ceignait le cimetière d'Holavallagata. Erlendur jeta un regard par-dessus cette clôture traçant la frontière entre les morts et les vivants et salua Benedikt Gröndal. "Mauvais goût et puanteur", murmura-t-il, citant le poète avant de faire un signe de croix. Arrivé à ce point, il entendit des cris sur le terrain de Melavöllur. Il traversa le boulevard Hringbraut, longea l'interminable palissade en tôle ondulée jaune qui délimitait le terrain de foot et entendit plus clairement les cris des supporters. Ne s'intéressant pas à l'actualité sportive, il ignorait quelles équipes disputaient le match. Il avait pourtant autrefois pratiqué la boxe, qu'il avait découverte grâce à un collègue de travail quand il avait une vingtaine d'années et qu'il était maçon. Il avait suivi l'entraînement pendant deux ans, surtout par curiosité. Quand il lui avait fait essayer les gants, le propriétaire de la salle, voyant qu'il était costaud et avait de grandes mains, lui avait dit qu'il était taillé pour devenir boxeur. Dommage que, comme tous ceux qui fréquentaient les lieux, il ne puisse pas en tirer profit, avait-il ajouté. La boxe étant interdite en Islande, on ne s'entraînait que clandestinement. Après ça, Erlendur n'avait plus jamais pratiqué aucun sport.

C'est ainsi qu'il avait peu à peu connu cette ville où il était arrivé à l'âge de douze ans, apprenant une foule de détails sur les maisons, les rues et leurs habitants, vivants ou morts. Il s'était installé à l'orée de la ville avec ses parents dans une petite maison qui avait autrefois abrité les douches de l'armée d'occupation britannique. À la mort de son père, sa mère avait emménagé dans un appartement en sous-sol à Vesturbaer, le quartier Ouest, à proximité du port, et il était bien souvent passé par ce cimetière. Il n'avait pas tardé à y rester de longs moments, à traîner dans les allées et à lire les inscriptions sur les tombes. Les morts ne lui inspiraient aucune crainte, pas plus que le lieu, même s'il avait quelque chose d'inquiétant en hiver, avec ses arbres difformes qui tendaient leurs branches vers le ciel noir. Bien au contraire, il trouvait sérénité et apaisement au milieu de ceux qui sommeillaient.

Il poursuivit sa route le long du terrain de Melavöllur en regardant le tout nouveau bâtiment de l'institut Arni Magnusson qui s'élevait de l'autre côté de Sudurgata, où on conservait les vieux manuscrits islandais. Il s'y était rendu une fois pour voir le plus grand chef-d'œuvre qu'abritait le fonds : *Le Livre du roi*, qui renfermait les textes de l'Edda poétique. Et avait été surpris de constater à quel point cet ouvrage en parchemin d'une valeur inestimable était petit, usé, crasseux et d'apparence insignifiante.

Les deux frères l'accueillirent avec froideur. Ils l'invitèrent certes à entrer, mais ils restèrent dans le vestibule. N'ayant pas prévu de s'attarder chez eux, Erlendur alla droit au fait et les interrogea sur l'incendie en leur rappelant ce qu'il leur avait dit à sa première visite : une rumeur affirmait qu'ils avaient mis eux-mêmes le feu pour se débarrasser d'Hannibal.

– Mais c'est quoi cette rumeur dont vous parlez constamment ? s'énerva Vignir. C'est vous qui col-portez ces âneries ?

– Hannibal en était persuadé, affirma Erlendur. Il en a même parlé à ses amis.

– C'est un tas de mensonges, assura Ellert en regardant son frère. Ce type a réellement raconté ça ?

– Vous vouliez le voir quitter la cave ?

Les deux frères échangèrent un regard. Les émissions

n'ayant pas encore débuté, la télévision était muette et sombre.

– Cette histoire ne nous concernait pas, reprit Vignir. C'est le clochard qui a mis le feu, pas nous. Par contre on est allés l'éteindre et on attend encore des remerciements.

– Il avait tellement peur de déclencher un incendie qu'il n'osait même pas se servir de bougies, poursuivit Erlendur. Or, vous en avez trouvé une devant la porte, là où le feu a démarré. Je ne crois pas une seconde que ce soit lui qui l'ait introduite dans cette cave.

– En tout cas, ce n'est pas nous. Vous avez demandé à Frimann s'il avait par hasard tenté d'incendier sa propre maison ?

– À Frimann ? s'étonna Erlendur.

– Il avait peut-être de bonnes raisons pour le faire.

– Quelles bonnes raisons ?

– Une escroquerie aux assurances ?

– Comment ça, une escroquerie... ?!

– Il essaie tout le temps de s'arranger pour que cette baraque lui rapporte un peu d'argent, non ?

– Vous pensez vraiment que Frimann... ?

– Je n'en sais rien, répondit Vignir. Allez lui poser la question. On n'a jamais allumé ce feu, au contraire on est venus l'éteindre !

– Et puisque ni nous ni le clochard ne sommes coupables, ce n'est pas impossible que Frimann soit votre homme, ajouta le frère.

– Vous avez revu Hannibal après son départ forcé ?

– Non, répondit Ellert.

– Pas une seule fois, confirma Vignir.

– Vous vous rappelez quand il est mort ?

– On a lu son nom dans les journaux, déclara Ellert. Ce vieux hibou devait être soûl, comme d'habitude.

– Vous étiez à Reykjavik à ce moment-là ?

– Non mais, de quoi je me mêle ?!

– Vous saviez où il vivait ?

– Non, nous l'ignorions.

– Vous croyez sérieusement que nous lui avons fait du mal ? interrogea Vignir. Qu'est-ce que c'est que ces questions ? C'est complètement déplacé ! Enfin, mon garçon !

– Vous lui avez fait du mal, oui ou non ? Il savait des choses ?

– Comment ça ? Vous insinuez que nous l'avons tué ?

– Sur nous ? rétorqua Ellert. Où êtes-vous allé chercher une idée pareille ?

Les deux frères échangèrent un regard.

– Vous vendiez du Brennivin ? De la liqueur ? De la gnôle de contrebande ?

Erlendur les observait à tour de rôle en attendant leur réaction qui ne se fit pas attendre.

– C'est quoi ces âneries ?!

– Allez, mon garçon, fichez le camp et ne revenez pas pointer votre nez ici, conclut Ellert en le poussant dehors avant de claquer la porte derrière lui.

19

Erlendur venait d'assurer une nuit de plus et avait dormi toute la matinée quand son téléphone se mit à sonner, peu après midi. Encore endormi, il quitta son lit pour aller décrocher.

– Salut, c'est Halldora.

– Ah, bonjour.

– Je te réveille ?

– Non, enfin, ce n'est pas grave.

– Je t'entends à peine, tu sembles très loin.

– C'est mieux comme ça ? demanda-t-il en haussant la voix. J'étais de service tout le week-end.

– Tu passes ton temps à travailler.

– Oui, et j'assure les nuits depuis un certain temps.

– La nuit dernière aussi ?

– Oui.

– Alors, il s'est passé des choses amusantes ?

– La routine, répondit Erlendur, qui se réveillait peu à peu. Rien de particulier.

– Je crois que je ne supporterais pas de travailler comme ça. Toutes ces nuits que tu passes éveillé finissent par perturber ton sommeil, je suppose.

– C'est assez fatigant, avoua Erlendur, mais bon, ça ne me dérange pas tant que ça.

Halldora se tut un instant.

– Tu m'appelles si rarement.

– Oui, j'ai été très occupé.

– C'est toujours moi qui téléphone. J'ai presque l'impression... l'impression de te déranger.

– Mais non, ne dis pas de bêtises.

– Tu préfères peut-être qu'on mette fin à tout ça ?

– Je... Non, pas du tout, démentit Erlendur. Tu ne me déranges pas du tout. C'est juste que... que j'ai beaucoup travaillé.

Il y eut un moment de silence, comme si ni l'un ni l'autre ne savaient quoi dire. Erlendur crut un instant qu'elle n'était plus là.

– Allô ?

– On pourrait peut-être se voir et faire quelque chose de sympa, suggéra Halldora.

– Oui, ce serait bien, d'accord, répondit Erlendur en se grattant la tête.

– Tu as envie d'aller au cinéma ou... ?

– Tu ne préférerais pas plutôt aller en ville ou dans un café ?

– Il fait beau, on pourrait peut-être acheter une glace et faire une balade, ensuite on avisera.

– D'accord, je veux bien.

Ils se donnèrent rendez-vous vers quatre heures et raccrochèrent. Erlendur alla prendre une douche, fit du café et avala quelque chose. Halldora avait raison, il ne prenait jamais la peine de lui téléphoner et, en général, c'était elle qui l'appelait pour lui proposer de se voir et de faire des choses ensemble. Ils se voyaient rarement et il savait que, tôt ou tard, elle lui demanderait de se décider. Un certain nombre de traits de sa personnalité l'attiraient. Cette manière qu'elle avait de sourire quand elle expliquait une chose qui lui tenait à cœur. L'envie qu'elle avait de lui raconter ses journées. Sa douceur et sa prévenance quand ils faisaient l'amour. La bienveillance qu'elle lui témoignait alors que personne ne s'intéressait à lui. D'une certaine manière, la vie d'Erlendur était à l'arrêt. Peut-être le moment était-il venu de réagir et d'y introduire un peu de changement. D'entreprendre de nouvelles choses. Des choses qui lui permettraient de rompre la routine et les habitudes. Peut-être Halldora offrait-elle une solution.

Il se souvint tout à coup qu'il avait prévu de téléphoner à Rebekka quand Thuri avait mentionné la boucle d'oreille qu'elle avait trouvée dans la tanière d'Hannibal. Rebekka lui avait communiqué son numéro personnel en lui disant qu'il pouvait l'appeler n'importe quand si nécessaire. Ils avaient parlé de se revoir, mais ne l'avaient pas fait pour l'instant.

Elle décrocha au bout de trois sonneries et, après avoir sacrifié aux politesses d'usage, Erlendur en vint au fait.

– Vous est-il arrivé de vous rendre au pipeline où s'était réfugié Hannibal ?

– De son vivant ?

– Ou après sa mort. Peu importe.

– Non, je ne suis jamais allée là-bas, répondit Rebekka.

– Il a laissé des choses derrière lui ? On vous a remis ses effets personnels ?

– Il n'avait pratiquement rien, des guenilles, quelques livres et une vieille valise. La police m'a tout donné. Ils ont pris ça sur place et craignaient que ce ne soit volé. Comme si quelqu'un allait voler ça ! Mais, pourquoi cette question ?

– J'ai parlé à une amie d'Hannibal, une alcoolique repentie qui est allée le voir là-bas. Elle y a trouvé une boucle d'oreille en or juste après son décès.

– Ah bon ?!

– Je me suis dit que vous pourriez peut-être m'éclairer. Je n'ai pas vu ce bijou, c'est l'amie d'Hannibal qui l'a, mais elle m'a confié qu'il était beau et sans doute de valeur, alors…

– Vous avez pensé qu'il m'appartenait ?

– Il m'a semblé logique de vous poser la question.

– Je n'ai jamais mis les pieds là-bas, assura Rebekka.

– Vous auriez une idée de sa propriétaire ?

– Non, je ne connais personne, ni homme ni femme, qui soit allé lui rendre visite dans cet endroit sinistre. D'ailleurs, je ne connais personne qu'il ait fréquenté ces dernières années. Hélas, je ne peux pas vous aider. Cette boucle d'oreille n'est pas à moi, c'était tout ce que je peux vous dire.

– Nous devons nous garder de tirer des conclusions hâtives, prévint Erlendur. Ce bijou peut être arrivé là pour des raisons diverses et rien ne permet d'affirmer qu'il ait un rapport avec Hannibal. Je voulais juste vérifier ce détail avec vous.

– Je me demande si…

– Quoi donc ?

– Non, rien… je ne suis pas très portée sur ce genre de choses, mais pas mal de femmes se couvrent de bijoux jusqu'à ressembler à des arbres de Noël. Mais je ne vois franchement pas ce que quelqu'un de ce genre aurait pu vouloir à mon frère, observa Rebekka.

– En effet. Je vous tiendrai au courant pour cette boucle d'oreille.

– D'accord, j'aimerais bien la voir.

Ils se donnèrent rendez-vous dans la semaine. Après avoir raccroché, Erlendur partit rejoindre Halldora en ville en continuant de réfléchir à cette boucle d'oreille et à la manière dont elle avait pu atterrir dans le refuge d'Hannibal, sans parvenir à une conclusion.

La conversation qu'il venait d'avoir avec Rebekka lui occupait aussi l'esprit : quelque chose l'avait troublé bien qu'il fût incapable de dire quoi. Plongé dans ses pensées, il descendit la rue Laugavegur en vitesse, sans se soucier des devantures des magasins, jusqu'au moment où il passa devant une grande bijouterie. Il y jeta un coup d'œil rapide et machinal tout en continuant de marcher puis, tout à coup, s'arrêta pour observer les bijoux exposés. Montres, bagues en argent ou en or, pour certaines serties de diamants, colliers, bracelets et boucles d'oreilles scintillaient dans la vitrine, placés dans de jolis écrins à la marque du bijoutier.

Il s'attarda longuement devant ces merveilles et comprit peu à peu ce qui le troublait ainsi. Son regard s'arrêta sur un écrin qui abritait deux magnifiques boucles d'oreilles et, tout à coup, les choses s'éclaircirent.

… jusqu'à ressembler à des arbres de Noël…

– Les colifichets et les bijoux, murmura-t-il. Est-ce possible… ?

Il continua de scruter la devanture.

– Est-ce possible… ?

Debout face à cette vitrine qui brillait de mille feux, il se rappela une remarque qu'il avait lue dans les rapports d'enquête concernant la disparue du Thorskaffi. Les procès-verbaux précisaient qu'elle était friande de colifichets et de bijoux, qu'elle portait toutes sortes de bagues, de bracelets, de colliers et de boucles d'oreilles.

Il continua de fixer l'écrin en se demandant si Hannibal pouvait avoir été impliqué dans la disparition de cette femme et, si oui, de quelle manière.

20

Le central signala qu'un accident venait de se produire rue Skulagata. Ils arrivèrent sur les lieux avant les ambulances. Il était quatre heures du matin dans la nuit du dimanche au lundi et malgré l'absence presque totale de circulation, c'était le troisième accrochage, et de loin le plus grave, depuis le début de leur service. Il pleuvait abondamment. Le conducteur d'une jeep avait fait tomber sa cigarette sur son siège et, alors qu'il tentait de la faire rouler sur le plancher pour l'écraser, il avait perdu le contrôle de son véhicule, franchi la ligne blanche et s'était encastré dans une voiture qui arrivait dans l'autre sens avec à son bord une femme et sa fille, toutes deux grièvement blessées. La jeune fille gémissait sur le siège passager et sa mère était inconsciente. L'homme au volant de la jeep, le visage entaillé, en état de choc, allait et venait sur le lieu de l'accident. Erlendur tenta de le calmer et l'installa dans la voiture de police.

– Je n'ai rien vu, déclara le propriétaire de la jeep. Je n'ai vraiment rien vu. Elles vont s'en tirer ? Vous croyez qu'elles vont s'en tirer ?

– Les ambulances vont arriver, rassura Erlendur.

– J'ai essayé de les éviter, mais c'était trop tard et je les ai percutées de plein fouet, poursuivit l'accidenté.

J'ai essayé d'ouvrir sa portière, mais elle est bloquée. Elles sont prisonnières de la voiture. Il faut que vous les sortiez de là !

Apparemment, l'homme n'avait pas consommé d'alcool, mais on lui ferait une prise de sang dès son arrivée aux Urgences.

Les coéquipiers d'Erlendur parvinrent à ouvrir une des portes arrière de la voiture de tourisme. Marteinn entra dans l'habitacle et se pencha sur la jeune fille qui, le visage et les mains entaillés, les jambes bloquées sous le tableau de bord, avait manifestement perdu beaucoup de sang. La mère reprenait peu à peu conscience. Sa tête avait violemment heurté le volant avant de rebondir sur le pare-brise, ce qui l'avait assommée. Elle avait également le visage en sang. Marteinn n'osa pas la déplacer. Il leur expliqua qu'il fallait attendre l'arrivée des pompiers qui allaient ouvrir les portières, retirer le tableau de bord et tout ce qu'il faudrait enlever afin de les sortir rapidement et en toute sécurité du véhicule. Ensuite, on les conduirait directement à l'hôpital.

La femme tendit le bras vers sa fille et lui prit la main.

– Tout ira bien, rassura-t-elle. Ne t'inquiète pas. Ils vont bientôt nous sortir de là. Ne t'inquiète pas.

La jeune fille serra la main de sa mère.

On entendit les sirènes des ambulances et une voiture de pompiers arriva, avec le matériel et les hommes nécessaires pour les désincarcérer de l'épave. Marteinn et Gardar dressèrent le constat, mesurant les distances et relevant les traces de freinage. Gardar poussait devant lui une petite roue d'arpenteur et notait les cotes dans son calepin. Erlendur détournait les rares voitures qui passaient par là afin de protéger le péri-mètre. Les pompiers ouvrirent les portières, sortirent les deux accidentées de la voiture et les emmenèrent dans l'ambulance qui disparut tous gyrophares dehors dans un concert de sirènes stridentes. Le conducteur de la jeep s'en fut à bord de la seconde ambulance. On appela des dépanneuses pour remorquer les épaves et bientôt tout rentra dans l'ordre. Ils balayèrent les éclats de verre qui jonchaient l'asphalte, remontèrent en voiture et reprirent leur route.

Un peu plus tard, ils arrêtèrent deux hommes soupçonnés de conduite en état d'ivresse, veillèrent à ce qu'ils subissent une prise de sang et dressèrent les procès-verbaux. Même s'il savait leur importance, la rédaction de ces rapports occupait une bonne partie de leur temps de travail et Erlendur s'en agaçait. Il fallait tout consigner avec rigueur, noter les noms, rédiger une description circonstanciée des faits, remplir toute une série de formulaires et les classer. Il ne fallait rien négliger. La précision était primordiale.

Gardar et Marteinn évoquèrent l'idée de prendre quelques jours de vacances durant l'été, ce qui n'avait même pas effleuré l'esprit d'Erlendur.

– Mais ce ne sera sans doute pas avant les festivités du Millénaire de la colonisation à Thingvellir, commenta Gardar.

– On doit tous y être, c'est ce qui est prévu, non ? demanda Marteinn.

La préparation des festivités battait son plein. Fin juillet, la nation fêterait ses onze cents ans d'existence. De nombreuses réunions avaient eu lieu pour régler l'organisation du service d'ordre, des horaires de travail et des roulements. On attendait une foule importante devant l'ancien Parlement en plein air de Thingvellir et la police devait veiller au bon déroulement des réjouissances.

– C'est quand même incroyable, observa Gardar.

– Quoi donc ?

– Que nous ayons eu le courage de rester dans ce pays depuis plus de mille ans.

Un peu plus tard, ils intervinrent dans un appartement en sous-sol au centre-ville. Le central avait reçu une plainte pour tapage nocturne, mais à leur arrivée le calme régnait. Ils descendirent de voiture. Erlendur vérifia qu'on leur avait communiqué la bonne adresse. Le voisin qui avait appelé la police sortit du bâtiment, habillé à la hâte par-dessus son pyjama.

– Ils ont fait un boucan d'enfer et, tout à coup, ç'a été le calme plat, expliqua-t-il.

– De qui vous parlez ? interrogea Erlendur.

– Des drogués qui font comme chez eux dans cet appartement et passent leur temps à faire du bruit et des conneries. Ils mettent la musique à fond, poussent des hurlements toute la nuit et reçoivent des copains motards qui font rugir leurs bécanes et roulent à toute vitesse dans la rue. C'est plus ou moins permanent, mais pire encore pendant la nuit. Et il n'y a pas moyen de dormir. On s'est déjà plaints plusieurs fois de ces deux idiots auprès du propriétaire, mais il s'en fiche.

– Qu'est-ce qui vous fait dire qu'ils sont drogués ? demanda Marteinn.

– C'est un repaire de drogués, voilà tout, affirma le voisin. Ils fréquentent des tas de gens bizarres et je suis sûr qu'ils vendent de la drogue. L'un d'eux a même menacé de me casser la figure. Il fumait là, debout sur le trottoir, et j'ai eu la mauvaise idée de lui demander de ne pas jeter son mégot par terre. J'ai bien cru qu'il allait me sauter à la gorge. Il m'a dit d'aller me faire foutre. Regardez un peu tous ces mégots !

– Hélas, on ne peut pas faire grand-chose…

Marteinn n'eut pas le temps d'achever sa phrase. Une musique assourdissante résonna brusquement dans le sous-sol et tous sursautèrent. Poussés à leur puissance maximale, les haut-parleurs pulsaient un rock sombre et extrêmement violent.

– Ah, voilà ! Voilà ce qu'ils écoutent pendant toute la nuit ! triompha le voisin. Vous croyez vraiment qu'on peut vivre dans des conditions pareilles ?

– Ces deux garçons sont seuls à occuper l'appartement ?

– Je n'en sais rien du tout. C'est le défilé permanent et je ne saurais vous dire combien ils sont là-dedans.

Ils frappèrent à la porte mais, n'obtenant aucune réponse, ils tambourinèrent de plus en plus fort. Rien n'y fit. La seule solution était donc d'entrer. Erlendur ouvrit, avança dans le couloir où une ampoule nue pendait au plafond et aperçut une chaîne hi-fi dernier cri sur la table du salon. Gardar et Marteinn suivirent leur collègue dans la pièce où deux jeunes hommes assis sur un canapé moelleux partageaient un shilom. Des volutes de fumée bleue flottaient dans l'appartement. On ne peut plus détendus, les deux gringalets ne s'alarmèrent aucunement de voir trois policiers faire irruption chez eux en pleine nuit.

Gardar s'approcha de la chaîne hi-fi, souleva le bras de la platine-disque et le silence se fit dans le salon jusqu'au moment où l'un des jeunes gens s'aperçut que quelque chose ne tournait pas rond : la musique s'était arrêtée.

– Hé, mec, cria-t-il, arrête. Allez, nous coupe pas la zique.

– Vos voisins se plaignent du bruit, informa Gardar. Nous vous demandons de faire cesser ce vacarme afin qu'ils puissent dormir.

– C'est quoi, ces manières ? rétorqua son compagnon. Ni l'un ni l'autre n'avaient le courage de se lever du canapé. Complètement ailleurs, le regard perdu dans le vague, ils ne comprenaient rien à ce qui se passait.

Trois plaques brunâtres de la taille d'un portefeuille, dont une entamée, reposaient à côté de petits sachets de poudre blanche sur la table basse. Le tout voisinait avec trois pipes, des boîtes d'allumettes, des bouteilles d'alcool, des paquets de cigarettes et des flacons de médicaments.

Le voisin n'avait pas menti en décrivant l'appartement comme un repaire de drogués. Ces deux garçons qui attiraient l'attention sur eux en faisant un tel tintamarre en pleine nuit n'étaient pas bien futés, pensa Erlendur. Sans doute avaient-ils fêté un nouvel arrivage de marchandise qu'ils pensaient pouvoir revendre avec de gros profits. Ils avaient voulu la tester pour s'assurer qu'elle n'avait pas été coupée. Cela dit, ils auraient pu faire preuve d'un peu plus de discrétion.

Marteinn retourna à la voiture pour appeler des renforts tandis que Gardar surveillait les deux compères sur le canapé et qu'Erlendur allait explorer le reste de l'appartement. Il découvrit au fond du salon une chambre meublée d'un grand lit, dont le sol était jonché de vêtements et de saletés. On pouvait à peine mettre un pied devant l'autre. Dans la pénombre, il distingua une masse sous la couette et supposa que c'était le troisième occupant du sous-sol.

Il s'avança, rabattit la couette crasseuse et découvrit une jeune fille qui dormait à poings fermés, entièrement habillée. Erlendur ne mit pas longtemps à identifier les vêtements mentionnés dans l'avis de recherche de la gamine qui avait fugué : jean, chemise indienne rose et chaussures de tennis. La veste militaire ne doit pas être loin, pensa-t-il. Il avait entendu au commissariat qu'elle était pourtant d'une bonne famille. Ses parents avaient expliqué que, très vite et sans qu'ils s'en rendent compte, elle s'était mise à consommer de l'alcool et de la drogue. Elle fuyait tout contact avec eux. Divorcés, ils ignoraient bien souvent où elle se trouvait et elle ne se gênait pas pour les rendre responsables de son mal-être.

Erlendur tapota la gamine qui se réveilla au bout d'un moment, s'allongea sur le dos et ouvrit les yeux sans voir grand-chose dans la pénombre de la chambre.

– Que... qui êtes-vous ?

– Je m'appelle Erlendur.

– Erlendur... qu'est-ce... ?

– Comment vous vous sentez ?

– Vous... vous êtes flic ?

– Votre mère s'inquiète beaucoup.

Au même moment, il entendit du bruit dans le salon : ayant enfin compris ce qui leur arrivait, les deux hommes avaient bondi sur Gardar.

En ce début de matinée morose, l'accident de Skulagata faisait la une des infos à la radio. Avec une gravité dénuée d'affectation, comme s'il avait annoncé bien trop souvent des nouvelles de ce genre, le présentateur parlait de la jeep qui avait franchi la ligne blanche avant d'entrer en collision frontale avec une voiture de tourisme arrivant dans l'autre sens et dont l'une des passagères, une jeune fille âgée de dix-neuf ans, était décédée pendant son transfert à l'hôpital. Pour l'instant, on n'était pas en mesure de communiquer son identité.

Plus tard dans le bulletin d'information, le journaliste annonça que la police venait de retrouver une jeune fille disparue.

21

Erlendur dormit jusque tard l'après-midi, puis alla manger un morceau au Skulakaffi en pensant à Thuridur qu'il tenait à revoir pour examiner la boucle d'oreille. Il la chercha du regard tout en allant à son rendez-vous avec Rebekka, qui lui avait demandé de la retrouver rue Laekjargata, devant le cabinet médical. Il régnait une douceur estivale. Le soleil brillait haut dans le ciel, il n'y avait pas de vent et les gens profitaient du beau temps en se promenant le nez en l'air et légèrement vêtus. Erlendur regarda un instant vers la rue Bakarabrekka et les vieilles maisons en bois délabrées. La controverse faisait rage : fallait-il les déplacer et construire de nouveaux bâtiments, ou devait-on restaurer les anciens pour préserver le centre-ville et protéger ces monuments historiques ?

– Vous voilà, déclara une voix derrière lui.

C'était Rebekka.

– Oui, bonjour.

– Il fait si beau. Je me demande si on ne devrait pas s'offrir une petite promenade autour de Tjörnin. J'ai passé ma journée enfermée.

Ils descendirent la rue Laekjagata et, dès qu'ils arrivèrent au coin du théâtre Idno, ils aperçurent des enfants et leurs parents qui distribuaient du pain aux canards dans l'étang. Les oiseaux criaient, s'ébrouaient et se chamaillaient, et les enfants s'efforçaient de lancer des morceaux à ceux qui n'étaient pas parvenus à en attraper.

Ils longèrent la rive en direction du Hljomskala-gardur, le parc au kiosque à musique, face au soleil. Les sternes arctiques planaient au-dessus de l'îlot de Tjarnarholmur, livrant une bataille perdue d'avance contre les mouettes rieuses.

– Elles sont de moins en moins nombreuses ici, commenta Rebekka. Les mouettes sont tellement envahissantes.

– En tout cas, il y a beaucoup de sternes au cap de Seltjarnarnes, répondit Erlendur. Celles-ci pourraient peut-être aller rejoindre leurs congénères là-bas.

– Qu'avez-vous appris au sujet d'Hannibal ? demanda Rebekka après un long silence.

– Pas grand-chose, avoua Erlendur. Vous étiez au courant, pour l'incendie ?

– Quel incendie ?

– Un peu avant le décès de votre frère, un incendie s'est déclaré dans la cave qu'il occupait et le propriétaire l'a mis à la porte parce qu'il pensait que c'était lui qui l'avait déclenché.

– C'était le cas ?

– Ça me semble peu probable. Il m'a confié que sa plus grande crainte était de mettre le feu à cette cave. Quelqu'un m'a raconté aussi il n'y a pas longtemps que des gens qui vivaient dans la maison voisine voulaient se débarrasser de lui. Vous en avez entendu parler ?

– Non, comme je vous l'ai déjà dit, je n'avais aucun contact avec mon frère depuis des années. C'est par la police que j'ai appris qu'il vivait dans le caisson du pipeline les derniers temps.

– Il est allé là-bas quand on l'a expulsé de la cave.

– Un jour, je l'ai cherché, je suis allée au foyer de Farsott, il doit y avoir environ trois ans. On m'a répondu qu'il lui arrivait de passer, mais qu'en général il était ivre et qu'on ne pouvait rien pour lui.

– Vous vouliez le voir pour un motif précis ?

– Pas vraiment. Il m'arrivait de chercher à le contacter, même après avoir complètement renoncé à l'aider. J'avais envie de savoir comment il allait. Mais on n'a pas pu me dire où il vivait.

Ils étaient arrivés au parc du kiosque à musique, Rebekka s'installa sur un banc. Erlendur vint s'asseoir à côté d'elle.

– J'ai un peu honte de vous dire ça, mais quand j'ai appris la mort d'Hannibal, ça ne m'a pas vraiment étonnée. Les conditions de son décès étaient peut-être surprenantes, mais au fond de moi j'étais persuadée qu'il finirait par mourir quelque part sans logis et sans rien. Quand la police m'a contactée, à cette époque, j'ai tout de suite su que c'était pour me dire qu'il était mort. En réalité, j'attendais cet appel depuis longtemps. Et je me répète, mais ça ne m'a pas surprise.

– Quand l'avez-vous vu pour la dernière fois ?

– Je l'ai croisé tout à fait par hasard sur la place Austurvöllur, répondit Rebekka. Il était avec d'autres gens du même genre. J'ai eu l'impression qu'il était, comment dire, en bon état, apparemment il n'avait pas trop bu et n'était pas drogué ou je ne sais quoi.

– De quoi avez-vous parlé ?

– De rien. On n'avait rien à se dire. D'une certaine manière, tout était fini. C'était le vide, il n'y avait plus rien. On n'était plus que deux inconnus qui s'efforçaient d'être polis et nous étions sans doute aussi soulagés l'un que l'autre à la fin de cette brève conversation.

Il savait où j'habitais. Je lui ai dit qu'il pouvait me contacter quand il voulait et…

Rebekka s'interrompit et regarda longuement la surface de l'étang.

– Quoi ?

– Je l'ai trouvé… En y repensant, plus tard, j'ai eu tellement de peine pour lui lors de cette rencontre. Il ne supportait pas qu'on le plaigne ou qu'on lui manifeste la moindre compassion. Mais à ce moment-là… je l'ai senti gêné, j'ai eu l'impression qu'il avait honte, comme s'il n'avait pas envie que je sois témoin des conditions dans lesquelles il vivait. C'était la première fois que je ressentais ça.

– Comment il en est arrivé là ? Qu'est-ce qui a provoqué ça ?

– Mon autre frère mettait ça sur le compte de la lâcheté. Il a vite renoncé à aider Hannibal. Il ne supportait pas d'être le témoin impuissant de cette déchéance et refusait d'assister à un tel gâchis.

– C'était sans doute un spectacle terrible pour lui.

– Vous croyez qu'Hannibal a été assassiné ?

– Je l'ignore, et je n'ai aucune véritable raison de croire cela. Mais excusez-moi de me répéter, comment en est-il arrivé là ?

– Alors, il ne vous en a jamais parlé ?

– De quoi ?

– De l'accident.

– Non, quel accident ?

– Il était, disons, sensible à l'alcool, depuis toujours. Il avait du mal à s'arrêter, dès qu'il prenait un verre, et après cet événement…

Rebekka grimaça.

– … après ça, j'ai eu l'impression qu'il ne voulait plus jamais dessoûler.

– Après quoi ? Que s'est-il passé ?

– Ils m'avaient emmenée avec eux, reprit Rebekka. Hannibal m'a demandé si je voulais les accompagner. Il était comme ça. Il pensait toujours aux autres. À moi surtout. Si je n'avais pas été là, les choses se seraient sans doute terminées autrement. Dans un sens, tout ça est ma faute.

– Tout ça ? C'est-à-dire ?

– C'est peut-être à cause de moi que cette femme a fini ainsi, murmura Rebekka. Je n'ai jamais vraiment pu répondre à cette question.

Erlendur attendait qu'elle poursuive. Deux cygnes qui longeaient le bord de l'étang s'arrêtèrent un instant devant eux, puis continuèrent leur route.

– Mon frère dit qu'Hannibal manquait de caractère, reprit-elle. Il l'a toujours jugé très durement, que ce soit avant ou après l'accident. Il est marié à la sœur d'Helena, vous comprenez ? Chacun avait épousé une sœur. Ça explique sans doute certaines choses. La femme de mon frère n'a jamais pardonné à Hannibal. Un jour… un samedi soir… il y a presque trente ans… il avait emprunté leur voiture…

22

Hannibal et son frère avaient travaillé successivement pour l'armée britannique puis américaine pendant toute la guerre. Ils avaient participé à la construction des baraquements militaires, de l'aéroport de Reykjavik et des routes autour de la capitale, ce qui leur avait permis de gagner correctement leur vie. Hannibal ne savait pas gérer son argent, il dépensait sans compter, préférant s'amuser et vivre dans l'instant. Très différent, son frère aîné était économe sinon avare et il mettait de l'argent de côté, soucieux d'avoir des biens matériels. Il passait son temps à sommer Hannibal d'être un peu plus prudent, mais il prêchait dans le désert.

Beaucoup plus jeune, Rebekka était encore au collège. Elle préférait Hannibal qui s'intéressait plus à elle et la traitait comme son égale, l'emmenait au cinéma, lui achetait des cadeaux et des friandises ou l'aidait à faire ses devoirs. Elle n'avait pas grand-chose à dire de son autre frère, leur relation étant toute différente : l'aîné s'était toujours contenté d'ignorer sa cadette.

Non seulement il avait quitté le foyer familial, fondé son entreprise de bâtiment avec deux amis tout en apprenant la maçonnerie, mais il avait également acheté une voiture américaine par l'entremise d'un copain militaire et s'était fiancé. Il avait rencontré une jeune fille originaire d'Hafnarfjördur peu après la guerre, alors qu'il travaillait à la construction d'une nouvelle conserverie pour le compte de son père, armateur dans ce port de pêche. La sœur de sa fiancée s'appelait Helena. Les deux jeunes filles étaient très liées et, un soir, les frères décidèrent de les inviter toutes les deux au cinéma. Après cette première rencontre, Helena et Hannibal devinrent inséparables.

Elle était séduite par les qualités que Rebekka connaissait si bien : la générosité, la sollicitude, la gentillesse dont il faisait toujours preuve avec elle, et aussi cette désinvolture qui le conduisait parfois à des excès mais faisait de lui un être joyeux et insouciant. Jamais il n'était de mauvaise humeur ni ne faisait la tête. Si une chose le contrariait, il s'efforçait de la prendre avec le sourire plutôt que de se mettre en colère ou de s'énerver. Cela ne signifiait pas qu'il manquait de caractère. Au contraire, sa cordialité, son absence de timidité et son assurance lui attiraient la sympathie et les gens recherchaient sa compagnie.

Helena et Hannibal. Il suffisait de nommer l'un pour que l'autre apparaisse à l'instant. Animée de la même énergie, Helena avait elle aussi la capacité de ne jamais s'affoler et s'efforçait toujours de tirer le meilleur parti de ses échecs. Lorsqu'ils se rencontrèrent, elle était à l'école d'infirmière. Au bout de six mois environ de fréquentation, le frère d'Hannibal et la sœur d'Helena annoncèrent leur mariage pour l'été suivant. Hannibal avait lui aussi déjà envisagé d'épouser Helena et, dès qu'il apprit la nouvelle, il alla sans plus attendre acheter à crédit deux simples alliances chez un bijoutier d'Hafnarfjördur. Puis, il fit une longue promenade avec Helena jusqu'au cap d'Alftanes et lui demanda sa main alors que le soleil se couchait derrière les montagnes.

Les quatre jeunes gens firent un beau mariage, il y eut des discours et des chants en leur honneur jusqu'au petit matin.

La lune de miel fut toutefois bien courte. Helena venait d'achever ses études et commençait à travailler à l'hôpital Saint-Joseph au moment de l'accident.

Hannibal empruntait parfois la voiture de son frère. Il avait appris à conduire les camions pendant la guerre et passé son permis, mais n'avait jamais acheté d'automobile. Son frère était plutôt réticent à lui prêter la sienne, mais il était absent ce jour-là et sa femme lui donna son accord sans sourciller. Hannibal voulait faire un tour pour profiter de cette belle soirée d'été. Il s'arrêta d'abord à Laugarnes chez ses parents avec Helena pour aider son père à quelques menus travaux. Au moment de repartir, ils aperçurent Rebekka en robe d'été, qui semblait s'ennuyer seule devant la maison, et ils lui proposèrent de les accompagner. Elle monta à bord avec un sourire radieux. Hannibal était toujours si gentil avec elle.

Ils allèrent à Hafnarfjördur, s'offrirent des chocolats et des glaces à la vanille, discutèrent et rirent de bon cœur d'une plaisanterie qu'Hannibal avait entendue à son travail. Helena était assise à l'avant, souriante, tandis que sur la banquette arrière Rebekka se régalait avec la glace et les écoutait parler d'acheter une maison à Hafnarfjördur. Pour l'instant, ils habitaient un appartement modeste dans la partie la plus ancienne de la petite ville, mais on prévoyait de construire un nouveau quartier à Kinnar.

Ils descendirent vers le port. Hannibal n'était pas un conducteur expérimenté même s'il aimait beaucoup prendre le volant. Il avait tendance à rouler un peu vite et Helena le rappelait parfois à l'ordre. Il s'engagea sur la jetée trop vite et freina dès qu'il s'en rendit compte, mais la voiture dérapa sur le revêtement glissant après un arrivage de poisson. Hannibal perdit le contrôle et, en un clin d'œil, ils tombèrent dans le port.

Le véhicule coula immédiatement. L'eau glaciale s'engouffra par les vitres avant grandes ouvertes et ne tarda pas à envahir l'habitacle. Quand le véhicule toucha le fond, la tête de Rebekka heurta violemment la lunette arrière et le toit. Hannibal vit sa sœur inconsciente flotter à l'arrière. Projetée sur le pare-brise, Helena était blessée à la tête et presque assommée, elle avait glissé, coincée entre le tableau de bord et le siège.

Hannibal disposait de très peu de temps. Il comprit vite qu'il ne pourrait pas les secourir en même temps. L'une d'elles devrait attendre. Il perdit de précieuses secondes à évaluer l'affreuse situation. Il regarda Helena, bloquée sous le tableau de bord, et vit Rebekka qui flottait inconsciente sur la banquette arrière. La première se débattait pour se libérer en tendant sa main vers lui pour qu'il vienne à son secours.

Les secondes passaient.

Hannibal décida finalement d'attraper sa sœur et de l'extraire par la vitre latérale en la tirant derrière lui. La robe d'été de Rebekka s'accrocha à la porte. Il tira jusqu'à ce qu'elle cède et se déchire, perdant ainsi d'autres précieuses secondes.

En arrivant à la surface, il suffoquait et personne n'était là pour les secourir. Nul n'avait été témoin de l'accident. Il tenait le corps inerte de Rebekka, appelait à l'aide tout en nageant, désespéré, vers un des piliers de la jetée où pendait un cordage qu'il passa sous les aisselles de sa sœur afin de l'attacher à la poutre, ce qui lui maintenait la tête hors de l'eau.

Il vérifia qu'elle était vivante, la laissa accrochée à

la jetée, prit une grande inspiration et replongea vers l'épave. Il n'était pas vraiment blessé mais un filet de sang s'écoulait toutefois de sa tête et il avait très mal aux côtes. Il nagea de toutes ses forces jusqu'à la vitre latérale et vit Helena, toujours bloquée entre son siège et le tableau de bord. La main qui s'était désespérément tendue vers lui flottait mollement. Il l'attrapa et la tira, mais Helena demeurait prisonnière. Il la saisit par les épaules, tenta de la soulever et parvint à dégager une de ses jambes. La seconde ne tarda pas à suivre. Helena était libre. Il pouvait maintenant la pousser vers l'extérieur par la vitre ouverte.

Resté trop longtemps sous l'eau, il but la tasse en remontant, mais prit garde de ne pas lâcher sa femme. Alors qu'il croyait sa dernière heure arrivée, il atteignit la surface, commença à suffoquer, à tousser et à aspirer de l'oxygène tout en maintenant la tête d'Helena hors de l'eau et en nageant jusqu'au pilier où était accrochée Rebekka toujours inconsciente.

Fou de terreur, il appela à l'aide. Hurla le nom d'Helena qu'il tenait contre lui. Hurla celui de Rebekka. Hurla de désespoir à l'attention de Dieu pour qu'il lui envoie de l'aide, mais personne n'entendit ses cris de dessous la jetée.

Il nagea jusqu'à une petite échelle d'acier, prit Helena sur ses épaules et commença à monter. Chaque barreau était une épreuve et le temps était compté. Le séjour dans l'eau froide l'épuisait. Il tremblait de tout son corps. Arrivé en haut, il allongea sa femme pour tenter de vider l'eau qu'elle avait dans les poumons. Il pressait encore et encore sur sa poitrine, hurlait son prénom, lui parlait, lui disait que tout irait bien, l'encourageait, lui criait de se réveiller. Appelait de temps en temps à l'aide sans que personne ne l'entende.

Elle recracha beaucoup d'eau, mais il savait qu'il était arrivé trop tard même s'il ne parvenait pas à accepter l'idée.

Il savait qu'il ne pouvait plus la sauver.

Il ne devait pas non plus laisser sa petite sœur trop longtemps dans l'eau. Il sauta à nouveau dans le bassin, nagea vers elle et détacha la corde. Rebekka reprit peu à peu conscience alors qu'il remontait l'échelle. Puis il l'allongea à côté d'Helena.

Il fit une nouvelle tentative pour ranimer sa femme. Quand il comprit que tout était perdu, il se coucha à côté d'elle, épuisé, le visage contre sa poitrine inerte, et se mit à pleurer.

23

Le couple de cygnes passa à nouveau devant eux sur l'étang. Les oiseaux ralentirent, sans doute dans l'espoir de recevoir quelques miettes de pain de ces deux humains assis sur le banc, avant de poursuivre leur route jusqu'au moment où, effrayés, ils se mirent à battre des ailes, s'arrachèrent de la surface de l'eau et prirent leur envol vers le nord et le mont Esja. Rebekka les suivit du regard jusqu'à ce qu'ils aient disparu.

– Hannibal ne s'en est jamais remis, reprit-elle. Et c'est compréhensible. De telles tragédies modifient le cours d'une vie. Elles changent tout de fond en comble. Plus rien n'est jamais comme avant.

– Non, je suppose, convint Erlendur.

– Sa gaîté naturelle l'a déserté d'un coup, poursuivit Rebekka. Comme tant d'autres choses qui ont disparu de la vie d'Hannibal après la mort d'Helena. Il était méconnaissable. Il parlait le moins possible de l'accident et ne mentionnait jamais sa femme. Il s'est mis à boire énormément, à changer constamment de travail, il est parti en province pendant un temps et, au cours des dix années qui ont suivi, il est devenu le clochard que vous avez connu. Nous avons tout fait pour l'aider, mais ça n'a servi à rien. Quand on réussissait à le faire parler de l'accident, il se faisait des tas de reproches et exprimait toute la haine et la colère qu'il ressentait envers lui-même. Tout ce qu'on faisait pour l'aider lui paraissait une insupportable intrusion dans son existence.

– Il se sentait coupable, observa Erlendur.

– Oui.

– Mais vous ? interrogea Erlendur. Ça a dû être une épreuve terrible pour vous aussi.

– Aujourd'hui encore, je regrette amèrement de les avoir accompagnés faire cette petite balade. Et la vie d'Hannibal ensuite n'a pas arrangé les choses. Dans un sens, sa seule présence me rappelait constamment cet accident, j'assistais à sa déchéance, je le voyais sombrer et s'isoler, j'étais témoin de la manière dont il vivait. Et… enfin, je ne sais pas…

– Quoi ?

– Et il y a aussi les conditions dans lesquelles il a trouvé la mort, reprit Rebekka. Il s'est noyé lui aussi, même si c'est des années plus tard. On peut vraiment parler d'ironie du sort.

– Le fait que vous ayez survécu devait tout de même lui apporter une forme de consolation.

Rebekka garda le silence.

– Non ? insista Erlendur.

– Je ne sais pas. En réalité, je ne sais pas du tout. Je suppose que oui, dans une certaine mesure. Oui, évidemment. Évidemment. Mais ça n'a pas suffi à le sauver. Il ne pensait qu'à Helena.

– Et l'attitude de votre frère aîné n'a pas aidé, je me trompe ?

– Vous avez raison, mais ce n'était pas tout. Lui et sa femme, la sœur d'Helena, ont laissé entendre un certain nombre de choses et ils auraient mieux fait de se taire. Je sais qu'ils l'ont regretté plus tard, en tout cas mon frère. Ils lui ont demandé sans détour s'il avait bu, sachant qu'il était parfois un peu irresponsable et qu'il supportait mal l'alcool. Mais il n'avait pas avalé une goutte. Je pouvais bien sûr le confirmer et l'enquête ouverte à la suite de l'accident l'a clairement établi. Ils étaient très fâchés et tous les deux se sont à peine adressé la parole après ça. Je suis sûre que la sœur d'Helena n'y était pas étrangère. Je n'ai jamais aimé cette femme.

— Est-ce que vous avez pensé à eux quand Hannibal est mort ? demanda précautionneusement Erlendur.

— À eux ?

— À votre frère ?

— Non, enfin, comment ça ?

— À l'éventualité d'une dispute entre eux ?

— Vous avez déjà évoqué cette idée l'autre fois.

— En effet.

Rebekka s'accorda un instant de réflexion.

— Vous ne pensez pas sérieusement que mon frère aîné aurait fait ça à Hannibal ? Après toutes ces années ? Non, c'est vraiment absurde. Je ne comprends pas... qu'une chose pareille puisse vous venir à l'esprit. Je ne vous ai rien dit qui vous permette de dire ça.

— Non, rien, concéda Erlendur. Il m'a appelé l'autre jour après notre conversation. Il n'était pas content.

— Eh bien, je... je lui ai rapporté notre discussion en détail. Il n'avait plus aucun contact avec Hannibal. Aucun. Depuis des années.

— Ils étaient là à son enterrement ?

— Il est venu, mais elle est restée dans le Nord. Voilà qui décrit bien le personnage. Le pardon est une notion qui lui est entièrement étrangère. Mais n'allez pas croire ça de mon frère. Pas du tout. Jamais il n'aurait pu faire ça à Hannibal.

– Mais est-ce qu'il ne l'a pas fait de manière indirecte ?

Rebekka dévisagea Erlendur, consternée. Il comprit immédiatement qu'il était allé trop loin et regretta ses paroles.

– Comment pouvez-vous… pourquoi me dites-vous de telles horreurs ? Comment osez-vous me parler comme ça ?

– Excusez-moi, je…

– Pourquoi êtes-vous si préoccupé par Hannibal ?

– Parce que je l'ai un peu connu et que je me suis intéressé à son sort, répondit Erlendur. Son mode de vie a piqué ma curiosité et peut-être aussi ce qu'il m'a dit la dernière fois que je l'ai rencontré. On l'avait agressé en ville et nous l'avons emmené au commissariat de Hverfisgata où j'ai discuté un moment avec lui. Il m'a parlé de sa détresse et m'a dit que ça ne changeait rien qu'on vive ou qu'on meure. Je me suis demandé ce qui pouvait conduire quelqu'un à tenir de tels propos.

– Il vous a vraiment dit ça ?

– Oui. Je n'ai aucune intention de juger qui que ce soit. Je vous prie de m'excuser si j'ai laissé entendre ce genre de choses.

Rebekka le fixa longuement, les lèvres pincées, les yeux profondément cernés.

– Ce n'est pas seulement de la curiosité pour Hannibal, déclara Rebekka. Il y a autre chose derrière tout ça.

Erlendur garda le silence.

– Il vous est arrivé quelque chose ? demanda-t-elle.

– Comment ça ?

– Qu'est-ce qui vous intéresse au juste dans l'histoire d'Hannibal ?

– Je viens de vous le dire.

– Non, vous ne m'avez rien dit. En revanche, je

me suis montrée honnête avec vous et je vous ai tout raconté sur ma famille. Je pense que vous me devez une explication. Pourquoi sommes-nous assis ici à parler de mon frère ? Je ne crois pas que vous soyez honnête avec moi.

Erlendur se tut.

– Alors ?

Il s'entêtait à garder le silence.

– Bon, puisque c'est comme ça, je n'ai plus rien à vous dire, conclut Rebekka en se levant du banc. J'espère que vous tiendrez parole et que vous respecterez le caractère privé de toutes nos conversations.

Voyant qu'il ne lui répondait toujours pas, elle s'apprêta à repartir vers le centre tandis qu'il regardait l'étang de Tjörnin. Enfin, il consentit à se lever.

– Je… j'avais moi aussi un frère, s'écria-t-il.

Elle s'arrêta net et fit volte-face.

– Un frère ?

– Il a disparu, poursuivit Erlendur. Dans les montagnes des fjords de l'Est où nous vivions. On était ensemble, on a été surpris par une tempête de neige et on s'est perdus. On m'a retrouvé. Mais pas lui. Quand vous me dites que vous regrettez d'avoir accompagné Hannibal et Helena… je peux vous assurer que c'est un sentiment que je connais bien. Et quand Hannibal évoquait sa détresse, je comprenais parfaitement ce qu'il voulait dire.

Erlendur se rassit sur le banc et Rebekka revint s'installer à côté de lui.

– Et vous en souffrez toujours ? demanda-t-elle après un long silence.

– J'y pense quasiment tous les jours, avoua Erlendur.

– J'ai passé toutes ces années à me torturer avec ça, reprit Rebekka. Si je n'étais pas allée avec eux, si je ne m'étais pas trouvée devant la maison au moment de leur départ, si j'avais été en train de jouer au ballon avec mes amis… J'ai passé ma jeunesse à retourner tout ça dans ma tête. Que serait-il arrivé s'il n'avait pas eu besoin de secourir sa sœur sur la banquette arrière de cette voiture ? Aurait-il eu le temps de sauver Helena ? Est-ce ma faute si elle est morte ? Est-ce que tout ça est arrivé par ma faute ?

— Ces pensées me sont familières, reconnut Erlendur à voix basse.

— J'ai fini par comprendre que j'étais trop dure envers moi-même, reprit Rebekka. Je me suis servie de tout ça pour me tourmenter et maintenant j'ai arrêté. Ça ne sert à rien. Il m'a sauvé la vie, la sienne est partie à vau-l'eau. Il m'a fallu lutter pendant longtemps, mais j'ai fini par apprendre à ne pas établir de lien de causalité entre ces deux choses.

— Hannibal n'a sans doute jamais cessé de se tourmenter avec ces pensées, dit Erlendur.

— En effet, convint Rebekka. Elles ne l'ont jamais quitté.

— Et elles ont fini par le détruire.

— C'est exact, répondit Rebekka en le regardant intensément, elles ont fini par le détruire.

24

Après son rendez-vous avec Rebekka, il passa au foyer d'Amtmannsstigur. Thuri n'était pas là. Les trois femmes qui jouaient au ludo lors de sa précédente visite étaient également absentes. La directrice l'informa qu'elle n'avait pas vu Thuri depuis quelques jours, mais qu'à sa connaissance elle était toujours sobre même si elle n'était pas venue au foyer. Les femmes pouvaient s'absenter à leur guise, il n'existait aucune règle en la matière. Elles allaient et venaient librement sans que personne n'ait rien à redire. La directrice ajouta qu'elle ignorait où se trouvait Thuri.

Erlendur demanda à deux des pensionnaires si elles en savaient un peu plus, mais ni l'une ni l'autre ne furent en mesure de l'éclairer. La première se rappelait vaguement que Thuri avait un temps loué une chambre avec une autre femme dans le quartier Ouest, mais elle ne savait pas l'adresse exacte.

Il descendit vers la place Austurvöllur où, le visage baigné par le soleil de l'après-midi, des clochards de tous âges, plus ou moins vigoureux et plus ou moins sobres, étaient assis sur des bancs. Âgé d'une vingtaine d'années, solidement charpenté et le cheveu long, le plus jeune avait remonté ses manches de chemise, dévoilant des tatouages sur ses avant-bras. Le plus vieux, un gars buriné, édenté et barbu, portait un chandail islandais. Les autres allaient de la jeunesse à l'âge mûr. Ils prenaient le soleil, discutaient ou se taisaient, pensifs, en regardant les voitures passer, quand Erlendur vint troubler leur quiétude.

– L'un de vous aurait-il vu Thuri ? demanda-t-il, espérant que le prénom leur dirait quelque chose.

Personne ne sembla réagir. Deux d'entre eux levèrent toutefois les yeux vers lui en plissant le front.

– Qui tu es ?

– Il faut que je la trouve, répondit Erlendur. Vous savez où elle est ?

– Thuri ? Laquelle ? demanda le tatoué.

– Elle était au foyer d'Amtmannsstigur, mais elle en est partie.

– Et alors ? Tu la sautes ? reprit le tatoué.

Tous éclatèrent de rire. Erlendur avait piqué leur curiosité. Ces hommes l'examinaient, lui se contentait de sourire. Une petite frappe, pensa-t-il.

– Non, mais j'ai besoin de la voir.

– Pour la baiser ? s'entêta le jeune homme.

Le tatoué était en forme. Dès qu'il ouvrait la bouche, tous ses copains rigolaient.

– Vous savez où elle est ? demanda Erlendur aux autres.

– Eh, tu n'as qu'à me parler à moi, lança le jeune homme en se levant. Pas à eux ! Alors, qu'est-ce que tu lui veux, à cette Thuri ? T'es avec elle, ou quoi ? Elle te fait cocu ? Elle veut plus que tu la tringles ?

Erlendur l'observa. Ses yeux étaient dans le vague, il était manifestement drogué.

– Je crois que je l'ai vue justement, reprit le tatoué. Elle se tapait Stebbi, ajouta-t-il, l'index pointé sur le vieil édenté.

Les autres éclatèrent à nouveau de rire. Le jeune homme donna une pichenette à Erlendur.

– Bon, ça te dirait de te casser et de nous lâcher la grappe avant que je t'en colle une ?

– Vous ne frapperez personne, objecta Erlendur.

– Ah ? Comment tu le sais ? Hein, comment tu le sais ?

– Calmez-vous.

– Attends, je vais te calmer, rétorqua l'homme. Il décocha un coup de poing en direction d'Erlendur qui, s'il n'avait pas anticipé, l'aurait reçu en pleine figure, mais il l'avait esquivé comme il avait appris à le faire à la boxe. Son assaillant avait frappé dans le vide et sa colère avait décuplé. Considérant sans doute qu'il en allait de son honneur, il s'apprêta à bondir sur Erlendur, mais s'arrêta net, plié en deux, au moment où ce dernier lui asséna dans le ventre un crochet du gauche, aussitôt suivi d'un second. Ces deux coups puissants, pareils à ceux que le jeune policier avait appris à donner dans le punching-ball pendant les entraînements, avaient suffi à faire tomber le tatoué, qui se tenait le ventre et suffoquait, à genoux. Erlendur le retenait afin qu'il ne se blesse pas au visage en roulant sur le trottoir.

– Vous ne la connaissez pas ? reprit-il en s'adressant aux autres.

– Si, je connais Thuri, répondit l'édenté en regardant son copain qui, à genoux sur le trottoir, s'efforçait toujours de reprendre son souffle. Il y a longtemps que je ne l'ai pas vue. Je crois qu'elle est sobre. Elle a une copine, la patronne de Polinn, le bar. Cette fille s'appelle Svana. Vous devriez aller la voir et lui poser la question.

– Je vais essayer.

Les autres s'approchèrent de la petite frappe qui,

toujours agenouillée, les repoussa en suivant Erlendur d'un regard haineux tandis que ce dernier s'éloignait sur la rue Posthusstraeti.

Polinn était un repaire à clochards, dirigé par une femme solidement charpentée qui avait vécu à Copenhague dans le quartier de Christiania. Elle respectait ceux qui fréquentaient son établissement et les appelait ses clients alors que d'autres disaient qu'ils étaient le rebut de la société. C'étaient essentiellement des clochards comme Hannibal, comme ces femmes qui trouvaient refuge au foyer d'Amtmannsstigur et ces hommes qui passaient leurs journées assis sur les bancs de la place Austurvöllur.

Le bar était désert quand Erlendur poussa la porte. Il n'était même pas sûr qu'il soit ouvert. Il aperçut la propriétaire qui, courbée derrière son comptoir, rangeait des caisses d'alcool où tintaient des bouteilles.

– Svana ?

Elle leva les yeux et le toisa.

– Oui ?

– On m'a dit que vous connaissiez Thuri et que vous sauriez peut-être me dire où elle se trouve en ce moment, expliqua-t-il.

– Et qui êtes-vous ?

– On a discuté tous les deux au foyer pour femmes alcooliques d'Amtmannsstigur il y a quelques jours et je dois lui transmettre un message, répondit Erlendur sans plus de précision.

– Je ne l'ai pas vue depuis un bout de temps, l'informa Svana en se remettant à ranger les bouteilles. Elle ne boit plus et quand elle arrête, elle ne passe jamais ici.

– On m'a dit qu'elle louait une chambre sur la

colline de Bradraedisholt, dans le quartier Ouest. Vous pourriez peut-être m'en dire plus.

– Vous avez besoin de la voir pour quoi ?

– C'est personnel.

– Vous êtes de sa famille ?

Erlendur s'accorda un instant de réflexion. Puisqu'elle lui posait cette question, le plus simple était de mentir et de répondre que oui. Sinon, il serait forcé de mettre Svana dans la confidence, or cette affaire ne la concernait pas.

– Oui, répondit Erlendur.

– Cette pauvre Thuri est une fille adorable, mais c'est une alcoolique invétérée. J'ai été tellement heureuse quand j'ai appris qu'elle avait arrêté de boire. Elle essaie depuis si longtemps, mais à chaque fois elle rechute. Elle est comme possédée par ce démon. Elle ne vit pas très loin des Pêcheries municipales. Sur la colline à côté de Meistaravellir. Vous voulez bien lui passer le bonjour de ma part ? J'espère qu'elle va bien, mais surtout j'espère qu'elle ne s'est pas remise à boire une fois de plus.

Thuri occupait une chambre en sous-sol dans une maison en ciment brut à un étage. Elle avait son entrée privative qui donnait sur un jardin en friche. Erlendur frappa doucement à la porte et constata qu'elle était légèrement entrouverte. Des bruits indistincts, comme de profonds soupirs, provenaient de l'intérieur. Croyant un instant Thuri en danger, il s'enhardit et ouvrit un peu plus grand la porte.

La chambre ressemblait à un cagibi plein de toutes sortes de saletés, accumulées par la locataire au fil du temps. Des guenilles, des récipients ayant contenu de la nourriture et des sacs en plastique jonchaient le sol. Dans un coin, on voyait un caddie de supermarché.

Il n'y avait pour tout mobilier qu'un vieux fauteuil et un divan aussi crasseux qu'élimé sur lequel Thuri buvait un verre de tord-boyaux, allongée sur le dos, tandis que tout habillé et vêtu de son manteau crasseux, Bergmundur la besognait en haletant copieusement.

25

Ni l'un ni l'autre ne remarquèrent sa présence. Il quitta la chambre à pas de loup, referma la porte, retourna à l'avant de la maison, puis dans la rue. Il aurait préféré ne pas avoir l'image des deux tourtereaux gravée dans son esprit, mais il était trop tard. Deux choses étaient toutefois limpides : Bergmundur avait retrouvé sa Thuri et cette dernière avait replongé.

Vingt minutes plus tard, le clochard contourna l'angle de la maison et, le regard assuré, sortit à grands pas dans la rue avant de prendre la direction du centre, sans apercevoir Erlendur qui, posté derrière le mur, le suivit des yeux jusqu'à ce qu'il disparaisse sur le boulevard Hringbraut.

Il attendit cinq minutes, puis retourna dans le jardin derrière la maison et frappa à la porte quelques coups résolus. Cette fois-ci, elle était fermée. Il dut frapper trois fois avant d'entendre du bruit à l'intérieur et de voir Thuri apparaître dans l'embrasure.

– Non mais, c'est quoi ce boucan ?!

– Vous vous souvenez de moi ? On a discuté l'autre jour à Amtmannsstigur.

– Non, répondit sèchement Thuri. Pourquoi je me souviendrais de vous ? Vous êtes qui ?

Vêtue d'un chandail déformé et d'une jupe, elle tirait

sur une cigarette dont la cendre tombait directement sur le sol.

– Je vous ai posé des questions au sujet d'Hannibal.

Thuri le regarda attentivement sans que rien ne lui revienne en mémoire.

– J'ai connu Hannibal.

Elle retourna dans la chambre en laissant la porte ouverte et Erlendur la suivit. Elle ramassa sur le sol une bouteille d'alcool contenant quelques restes d'un liquide opaque dont elle avala une gorgée, puis s'essuya la bouche d'un revers de manche et alla s'asseoir sur le divan au pied duquel gisaient plusieurs flacons d'alcool à 70°. Le salaire de l'amour, pensa Erlendur.

– Vous m'avez dit que vous étiez allée le voir au pipeline où il s'était installé avant sa mort et que vous conserviez un objet que vous y avez trouvé. Je me demandais si vous me permettriez de le voir. Vous m'avez dit que je pouvais venir ici et que vous me le montreriez.

Thuri le dévisagea longuement. Elle semblait enfin se souvenir.

– C'est vous ? L'ami d'Hannibal. Ah oui, ça me revient. Rappelez-moi votre nom.

– Erlendur.

– Et vous étiez ami avec Hannibal ?

– Exact. Vous avez trouvé une boucle d'oreille dans le caisson du pipeline. Un bijou en or. Vous m'avez proposé de me le montrer.

Thuri but à nouveau au goulot de sa bouteille, faisant fi de toute forme de dignité.

– J'ai rechuté, annonça-t-elle d'un ton réprobateur. J'ai arrêté pendant des mois et me voilà retombée. Je ne suis qu'une pauvre fille. Une putain de pauvre fille minable. Laissez-moi vous dire que dans le temps, je ne picolais pas avec n'importe qui et je fréquentais des gens bien. Je m'amusais et je buvais des cocktails en bonne compagnie. Maintenant, je bois dans les flaques d'eau comme un chien errant.

Thuri agitait la bouteille transparente devant elle comme pour donner plus de poids à ses paroles.

– Et je n'aurais jamais avalé ce tord-boyaux, conclut-elle.

Erlendur, ne sachant que répondre, préféra s'abstenir et se contenta d'observer la chambre. Thuri vivait dans des conditions déplorables. Elle avait plusieurs fois tenté de s'en sortir, mais invariablement rechuté, pour son malheur.

– Vous vous rappelez cette boucle d'oreille ? demanda Erlendur, désireux de quitter au plus vite cet antre puant où flottait une odeur qu'il associait à la scène qu'il avait vue un peu plus tôt.

– Évidemment, répondit Thuri. C'est moi qui l'ai trouvée. Vous croyez que je l'aurais oubliée ? Quand même pas. C'est mon porte-bonheur.

– Je peux la voir ? Elle est toujours en votre possession ?

– De quoi je me mêle ? rétorqua Thuri. Je l'ai prêtée… je l'ai mise en gage.

– Comment ça ?

Elle agita à nouveau la bouteille sous le nez d'Erlendur.

– Il faut bien se désaltérer.

– Vous l'avez vendue pour acheter du Brennivín ?

– De la gnôle, corrigea-t-elle. Et je ne l'ai pas vendue. Je l'ai mise en gage en échange d'une bouteille et j'irai la reprendre dès que j'aurai de l'argent. Et là, je vous la montrerai. Pourquoi vous tenez tant à voir cette fichue boucle d'oreille ? Qu'est-ce que vous en avez à foutre ? C'est moi qui l'ai trouvée. Donc, elle est à moi. Je la vends si je veux et je peux me passer de votre permission.

Erlendur n'avait aucune envie de rendre Thuri plus irritable encore qu'elle ne l'était déjà. Il lui fallut donc un certain temps et beaucoup de patience pour obtenir l'adresse de l'homme qui lui avait vendu l'alcool.

– Vous saviez qu'Hannibal était marié autrefois ? demanda-t-il.

– Oui.

– Il aurait mentionné un grave accident de voiture dans sa jeunesse ?

– Je sais comment il a perdu Helena, répondit Thuri. Il en parlait très rarement. Et pas à n'importe qui. Enfin, il m'a raconté tout ça et ce n'était pas facile. Il n'était pas du genre à s'épancher ni à s'apitoyer sur son sort.

– Non, j'imagine. Il vous a parlé de son frère aîné ? Ou de sa femme ?

– Non, il les voyait ? En tout cas, je ne l'ai jamais entendu prononcer leurs noms.

– Vous savez si ce frère se trouvait à Reykjavik au moment du décès d'Hannibal ?

– Comment voulez-vous que je le sache ? Je n'en ai aucune idée. Vous avez de ces questions !

– Peu importe, observa Erlendur. En tout cas, j'ai eu affaire à lui au téléphone et il n'a pas été très sympathique.

– Je ne le connais pas.

Assise sur le divan, la bouteille à la main, Thuri essayait à grand-peine de sortir une cigarette de son paquet froissé. Erlendur prit le paquet, en tira une clope qu'il alluma.

174

– Vous devriez peut-être retourner au foyer d'Amt-mannsstigur, conseilla-t-il en guise d'au revoir.

– Ouais, ouais, ouais. Fichez-moi la paix !

Le vendeur de gnôle vivait dans le quartier de Sker-jafjördur, à deux pas de l'aéroport. Aux dires de Thuri, il se livrait à son activité parfaitement illégale dans un petit garage d'où il sortait justement à l'arrivée d'Erlendur. Les deux hommes se saluèrent. Petit et bedonnant, le vendeur semblait sur ses gardes.

– Que puis-je pour vous ? demanda-t-il en fermant à clef la porte du garage.

– C'est Thuri qui m'envoie, annonça Erlendur, sup-posant qu'elle faisait partie de ses clients réguliers.

– Ah oui, Thuri, alors, comment va-t-elle ?

– Mal, répondit Erlendur. Elle boit votre tord-boyaux et ça ne la rend pas aimable. Vous avez la boucle qu'elle vous a vendue ?

– La boucle ?

– La boucle d'oreille en or qu'elle vous a donnée en échange d'une ou deux bouteilles. Elle dit que c'est vous qui l'avez.

– Et alors ?

– Je voudrais vous l'acheter, proposa Erlendur. Pour le prix auquel vous l'avez acquise. Ça coûte combien, une bouteille de votre gnôle ?

– Eh bien, je ne suis pas…

– Bon, coupa Erlendur, qui n'avait aucune envie de se perdre en palabres après une journée entière à parcourir la ville, à rencontrer des gens et à voir des choses qui n'avaient pas contribué à atténuer sa fatigue. Je suis policier, informa-t-il, et je suis certain que si nous venons faire un tour dans votre garage, nous trouverons des alambics, des fûts et de l'alcool distillé

175

de manière illégale. Je suis sûr que vous vendez aussi de l'alcool de contrebande que vous achetez sur les cargos, des bouteilles de qualité importées, là encore en toute illégalité.

– Vous êtes policier ?

– Je ne veux qu'une chose : cette boucle d'oreille, assura Erlendur. Je sais que vous l'avez. Si vous me la donnez, vous n'aurez rien à craindre de moi.

L'homme piétinait devant son garage.

– Une boucle d'oreille toute seule n'a aucune valeur, concéda-t-il.

– Tout à fait, convint Erlendur.

– D'ailleurs, elle n'est même pas en or. Loin de là. Je l'ai faite examiner. C'est une babiole en plaqué.

– Vous voulez dire que Thuri vous aurait roulé ? interrogea Erlendur.

– Non, pas vraiment. Mais elle n'a pas grande valeur. Par conséquent… je peux… je peux bien vous la donner.

L'homme avait dit cela les yeux rivés sur la porte du garage. Erlendur voyait qu'il faisait de son mieux pour exploiter ses atouts, mais qu'il comprenait parfaitement qu'il n'avait pas beaucoup de cartes en main et qu'elles étaient plutôt mauvaises.

26

Le bijoutier soupesa longuement la boucle d'oreille et l'examina sous tous les angles avant de se prononcer : jamais il n'avait vendu dans sa boutique un bijou de ce type.

– Ce n'est pas du toc. Le plaquage est épais et le travail d'orfèvrerie très soigné.

– Et la perle ? s'enquit Erlendur.

– C'est une vraie, mais je ne l'ai ni fabriquée ni vendue.

Selon le bijoutier, cette boucle d'oreille n'était pas très vieille car elle était encore à la mode aujourd'hui. Constituée de deux grands anneaux plutôt épais, elle était en plaqué or, comme avait dit le fournisseur de Thuri. L'anneau extérieur était un peu plus grand que l'intérieur, auquel était fixée une petite perle blanche. C'était une assez belle pièce, sans doute unique, même si l'homme de l'art n'était pas en mesure de dire qui de ses confrères l'avait fabriquée avec autant de soin et de savoir-faire. Elle avait peut-être été achetée à Reykjavik ou ailleurs en Islande, mais il n'était pas exclu qu'elle provienne de l'étranger. Elle n'avait pas souffert de son séjour dans le caisson du pipeline et ne présentait aucune éraflure. Erlendur supposait que l'objet n'était pas resté longtemps au contact de la terre. Peu de temps s'était écoulé entre le moment où sa propriétaire l'avait perdu et celui où Thuri avait vu scintiller dans le caisson ce qui deviendrait ensuite son porte-bonheur. Un bonheur bien maigre jusqu'à présent.

Deux jours avaient passé depuis qu'Erlendur avait repris la boucle d'oreille au vendeur de gnôle. Il l'avait gardée sur lui, glissée dans la poche de son uniforme pendant ses patrouilles et examinée sous toutes les coutures à la lumière de sa lampe de bureau. Il s'interrogeait sur les indices dont ce bijou était porteur et n'était pas certain qu'il ait joué un rôle dans l'histoire d'Hannibal qui l'intriguait tellement, cette histoire à laquelle il désirait tant apporter des réponses et qu'il ne pouvait chasser de ses pensées. Le plus probable était que la boucle d'oreille n'avait aucun rapport avec Hannibal et qu'elle se soit retrouvée dans le caisson par le plus pur des hasards. Cela dit, c'était la seule chose qui n'y avait pas sa place. La seule chose qui soit arrivée là sans qu'on puisse l'expliquer. Le seul objet brillant dans le refuge crasseux du clochard.

Le bijoutier la rendit à Erlendur. C'était le deuxième qu'il allait consulter dans l'espoir d'en retrouver le propriétaire. Il ne voyait aucune autre manière de faire que de se rendre chez les orfèvres et horlogers de la ville pour leur soumettre le bijou et leur demander si c'étaient eux qui l'avaient vendu ou fabriqué.

– Ce serait un beau cadeau de Noël, pas trop cher mais très joli. Ça irait aussi très bien pour un anniversaire de mariage ou ce genre de choses. On offre ce type de présent pour des occasions particulières. Oui, je dirais un anniversaire. Si vous le voulez, je peux vous fabriquer l'autre sur ce modèle.

– Ce n'est pas nécessaire, répondit Erlendur. Je l'ai trouvée et je souhaiterais la rendre à sa propriétaire.

Le bijoutier le dévisagea, surpris.

– Dites donc, vous êtes sacrément honnête !

– Ça ne coûte rien d'essayer.

– Le fermoir est en état, reprit l'homme en l'examinant. En parfait état. Évidemment, ce type de boucle se perd très facilement. Il vaut mieux se faire percer les oreilles, mais un grand nombre de femmes ne veulent pas en entendre parler.

– Comment font-elles pour se détacher ? Il faut leur donner un coup ou elles glissent toutes seules ?

– Elles glissent, répondit l'homme en blouse blanche, sa lunette de bijoutier attachée à une ficelle autour du cou. Ces clips ne sont pas toujours de bonne qualité. Qu'entendez-vous par *un coup* ?

– Par exemple, une bagarre, précisa Erlendur.

– Là, évidemment.

Dans la troisième bijouterie, il fut accueilli par une jeune femme qui examina la boucle d'oreille en lui disant qu'elle n'en avait jamais vendu de semblables. Elle travaillait depuis deux ans seulement à la boutique, comme apprentie, ajouta-t-elle. Peut-être ce bijou avait-il été proposé à la vente avant qu'elle ne soit employée ici. Le patron s'étant absenté brièvement, elle invita Erlendur à s'asseoir pour l'attendre et lui fit part de son étonnement quand il lui expliqua qu'il désirait retrouver la propriétaire. C'était bien la première fois qu'elle entendait une chose pareille. Bavarde, elle semblait vouloir lui faire la conversation, mais elle comprit assez vite qu'il n'était pas très doué dans ce domaine.

Erlendur se demandait s'il devait s'en aller ou attendre le retour du patron en espérant qu'il ne soit pas trop long quand, finalement, la porte s'ouvrit. L'homme entra et se dirigea droit vers son cabinet de travail, à l'arrière du comptoir. Pressé, il n'avait pas même jeté un regard autour de lui et avait refermé la porte de son atelier pour signifier qu'il voulait être tranquille.

– C'est lui, chuchota la jeune femme en faisant un signe à Erlendur. Il est en plein divorce, précisa-t-elle comme si elle avait honte des manières de ce patron qui semblait si peu soucieux de vendre, et encore moins de saluer ses clients.

– Ah bon, répondit Erlendur en s'interrogeant sur l'utilité de cette précision.

Elle alla chercher le bijoutier qui réapparut aussitôt, après avoir enfilé sa blouse blanche. Erlendur s'étonnait de voir que ceux qui exerçaient cette profession s'habillaient comme des médecins ou des scientifiques, mais il se disait que, peut-être, l'orfèvrerie était une forme de chirurgie ou de recherche en laboratoire.

– Je peux voir cette boucle d'oreille ? demanda l'homme sans préambule.

Erlendur la lui tendit et il la reconnut aussitôt.

– C'est moi qui l'ai fabriquée. Si je me souviens bien, j'en avais fait deux paires. Je dirais que ça remonte à deux ou trois ans. Je les ai vendues de suite. Alors, vous avez perdu l'autre et vous voulez que j'en fabrique une pour la remplacer, c'est bien ça ?

– Non, il ne l'a pas perdue, mais trouvée, et il voudrait la rendre à sa propriétaire, corrigea l'apprentie.

– Oui, j'ai trouvé celle-là, répéta Erlendur, et je me suis dit que vous pourriez peut-être m'indiquer où est l'autre.

– Je ne tiens pas de registre pour les petites transactions, je n'ai pas vendu ça bien cher, répondit l'homme qui, de très haute taille, dominait le comptoir.

– Mais vous pourriez… ?

– En revanche, je me rappelle avoir réparé une de

ces boucles d'oreilles. Elles sont garanties, comme tout ce que je vends ici.

Il examina le bijou à l'aide de la lunette qu'il fixa à son œil.

– Je ne sais pas s'il s'agit de celle-là. Apparemment, la perle ne s'est jamais détachée. La réparation n'avait rien de bien compliqué, ce ne serait pas étonnant qu'elle soit invisible.

– Mais vous ne pourriez pas retrouver le nom de sa propriétaire ? s'enquit Erlendur.

L'homme reposa le bijou sur son comptoir.

– Un instant, s'il vous plaît.

La jeune femme lui adressa un sourire encourageant. Le bijoutier revint de son atelier avec un gros classeur qu'il se mit à feuilleter.

– Je garde une trace de toutes les réparations, précisa-t-il en passant en revue les factures des ventes et des réparations, avec montants et observations, avant de trouver ce qu'il cherchait.

– Ah, voilà, déclara-t-il en détachant une facture du classeur. Réparation sous garantie. Oui, je me souviens.

– Alors, comment s'appelle la propriétaire ? interrogea Erlendur.

– Son nom ne figure pas sur la facture. Ça me revient, c'est un homme qui me les a achetées. J'ai noté son nom uniquement parce qu'il m'a demandé cette réparation. Vous devriez pouvoir le retrouver sans difficulté. Je n'ai jamais vu sa femme, je ne peux pas vous dire si ces bijoux lui vont. Je crois me souvenir qu'il voulait les lui offrir pour son anniversaire, enfin, je ne suis pas sûr.

L'homme lui tendit le document par-dessus le comptoir.

Erlendur lut le nom et le mémorisa, puis reprit la

boucle d'oreille, la rangea dans sa poche et remercia le commerçant.

– Je vous trouve vraiment honnête, observa le bijoutier géant.

– On essaye, conclut Erlendur.

Le soir, après s'être discrètement documenté au commissariat, il se rendit à la maison du quartier de Fossvogur où avait vécu la propriétaire des boucles d'oreilles, à une demi-heure de marche de chez lui. Il se trouva bientôt devant une petite villa au toit en terrasse dans une rue tranquille. Le mari y vivait toujours, mais les rideaux étant tirés, il ne distinguait aucune présence à l'intérieur. Peut-être le maître des lieux était-il absent.

La facture du bijoutier était à son nom. L'homme avait signalé la disparition de sa femme un an plus tôt. Cette dernière était sortie au Thorskaffi avec ses collègues et n'était jamais rentrée chez elle. Erlendur avait lu dans certains procès-verbaux qu'elle aimait les bijoux et les colifichets. Son mari lui avait offert ces belles boucles d'oreilles une année avant sa disparition et, désormais, Erlendur avait la certitude que c'était l'une d'elles qui avait été trouvée par Thuri dans le caisson d'Hannibal.

27

La patrouille de nuit fut riche en événements. Ils durent intervenir pour des bagarres chez des gens et devant une discothèque du centre, et arrêtèrent également trois automobilistes en état d'ivresse. L'un d'eux était un adolescent qui roulait, sans permis et complètement ivre, à bord d'une voiture volée. Ils avaient remarqué l'étrange comportement du véhicule sur le boulevard Miklabraut et entrepris de le suivre en mettant leur gyrophare. Dès qu'il les avait aperçus, le conducteur avait tenté de les semer et s'était engagé sur le boulevard Breidholtsbraut aussi vite que possible. Sa voiture, une Cortina assez vieille, manquait nettement de puissance. Ils l'avaient vite rattrapée et avaient forcé l'adolescent à se garer sur le bas-côté. Lorsqu'ils étaient parvenus à immobiliser le véhicule, le gamin en était sorti à toute vitesse et s'était enfui en direction de Kopavogur. Marteinn étant le meilleur coureur de l'équipe, il avait poussé un gros soupir avant de se lancer aux trousses du fuyard qu'il avait rattrapé assez vite. L'adolescent les avait copieusement insultés tandis qu'ils l'emmenaient faire une prise de sang à l'hôpital municipal. L'affaire étant considérée comme réglée, on ne jugea pas nécessaire de le garder au chaud pendant la nuit, d'autant plus qu'il n'avait jamais eu maille à partir avec la police. On avait contacté le propriétaire du véhicule pour l'informer du vol, mais ce dernier n'avait pas souhaité porter plainte contre celui qu'il avait qualifié de "gredin". La voiture était en bon état et il ne s'était même pas aperçu qu'elle avait été volée avant de recevoir l'appel de la police.

Furieux, le père du chauffard était venu le chercher au commissariat de Hverfisgata. Ils avaient bien cru qu'il allait mettre une trempe à son fils, mais ils étaient parvenus à l'en dissuader.

– Espèce de sale petit con ! s'était-il emporté en poussant le gamin hors du commissariat.

Erlendur s'était montré plutôt taciturne pendant la patrouille et Gardar avait fini par lui demander si tout allait bien. À l'exception de Rebekka, Erlendur n'avait fait part à personne des recherches qu'il avait entreprises sur Hannibal.

– Oui, très bien, assura Erlendur qui avait passé toute la nuit à réfléchir sur la disparue du Thorskaffi.

– Quelque chose ne va pas ? s'entêta Gardar.

– Pas du tout.

– On est à ce point rabat-joies ?

– On ne peut pas dire que vous soyez des boute-en-train !

Gardar et Marteinn éclatèrent de rire. Ils se séparèrent devant le commissariat et Erlendur rentra chez lui sous le soleil du matin en continuant de réfléchir à Hannibal, à la boucle d'oreille, à la villa du quartier de Fossvogur, au trajet emprunté par la disparue du Thorskaffi et au sort qu'elle avait connu. Il se demandait comment interpréter le fait qu'on avait retrouvé sa boucle d'oreille dans la tanière d'Hannibal peu après son décès. Ce dernier s'était noyé dans la tourbière le week-end où cette femme avait disparu, mais jusqu'à présent ni Erlendur ni personne n'avait fait le moindre rapprochement. Les deux événements étaient envisagés comme deux choses distinctes et il fallait reconnaître que la police avait consacré autant de moyens à rechercher cette femme qu'elle avait délaissé l'enquête sur le décès d'Hannibal, d'autant que ça n'intéressait personne et que la solution semblait évidente.

Erlendur tenait toutefois à se garder des conclusions hâtives. Il n'était pas certain que le mari avait acheté ce cadeau pour son épouse, il pouvait très bien l'avoir offert à sa mère, à sa sœur, ou même à sa maîtresse, si tant est qu'il en avait une. Rien ne permettait d'affirmer non plus qu'elle avait perdu le bijou la nuit de sa disparition. Elle pouvait l'avoir égaré n'importe quand. Vivant à proximité du pipeline, elle était sans doute plus d'une fois passée par là et avait pu perdre sa boucle d'oreille à côté de l'abri d'Hannibal, qui l'avait ensuite récupérée.

Peut-être avait-elle simplement longé la canalisation une dernière fois avant de mettre fin à ses jours et de dire adieu à ce monde cruel. Le quartier de Fossvogur n'était pas très éloigné du fjord de Skerjafjördur dans les eaux duquel on pouvait imaginer qu'elle était partie à la nage, bien décidée à ne pas revenir. Le bijou aurait alors pu tomber sans qu'elle le remarque à côté du caisson avant qu'elle n'entreprenne son dernier voyage. Dans ce cas, sa disparition n'avait rien à voir avec Hannibal ni avec son décès, quelle que soit la manière dont les choses s'étaient passées.

On ne pouvait pas non plus exclure l'éventualité qu'Hannibal ou un ami venu lui rendre visite ait trouvé la boucle d'oreille ailleurs et l'ait ensuite perdue dans le caisson.

Après avoir dressé dans sa tête la liste de ses réserves,

Erlendur tenta d'imaginer ce qui avait pu se produire aux abords du pipeline si la femme avait effectivement croisé la route d'Hannibal après avoir quitté le Thorskaffi. Autant qu'il sache, les deux intéressés ne se connaissaient pas et cette hypothèse ne lui semblait pas envisageable. Elle avait déclaré qu'elle voulait rentrer chez elle à pied car elle était pompette et pensait que la marche lui ferait du bien. Un des itinéraires possibles entre le Thorskaffi et le quartier de Fossvogur passait à proximité du pipeline. Quelque chose était arrivé et elle avait perdu sa boucle d'oreille. Sans doute se trouvait-elle alors non loin de l'abri d'Hannibal, voire à l'intérieur.

Le clochard lui avait-il fait du mal ?

Erlendur n'admettait pas cette idée. On pouvait imaginer que la femme avait croisé la route de quelqu'un d'autre, qu'ils avaient eu des échanges verbaux ou même en étaient venus aux mains, ce qui lui avait fait perdre son bijou et finalement coûté la vie. Rien ne prouvait qu'Hannibal ait été présent sur les lieux à ce moment-là. Peut-être n'avait-il jamais vu cette femme ni été témoin de quoi que ce soit.

Erlendur avait beau retourner les choses dans tous les sens en rentrant vers son domicile, il se perdait chaque fois en contradictions et en conjectures. Il décida donc de se rendre sur les lieux, après être passé chez lui prendre une lampe torche, puis il continua sa route jusqu'à la colline d'Öskjuhlid où il monta sur le caisson du pipeline qu'il longea en direction de l'est jusqu'à parvenir à la brèche dans le ciment.

Vilhelm, le dernier occupant, avait disparu. Sans doute avait-il trouvé un meilleur refuge. Il avait laissé derrière lui des sacs en plastique, des bouteilles et des flacons d'alcool à 70° vides. Même si l'herbe à proximité était couchée, il était évident que le lieu n'était plus occupé.

Erlendur s'allongea par terre, alluma sa lampe torche et pénétra dans le caisson. Les canalisations dégageaient une vague chaleur. La lumière du jour n'éclairait que le périmètre correspondant à la brèche. Des deux côtés, le tunnel obscur était constitué de deux murs rugueux hauts d'environ un mètre, qui serpentaient jusqu'à Mosfellssveit, et sur lesquels reposait une rangée de dalles légèrement convexes d'une longueur de trois mètres, jointes par du ciment. Un homme de la corpulence d'Erlendur pouvait aisément se glisser entre le mur et la canalisation et s'allonger, le dos calé contre le pipeline.

En éclairant la zone sombre à sa gauche, il n'apercevait que le tuyau et il en allait de même quand il éclairait vers la droite en remontant vers la colline d'Öskjuhlid. C'était là qu'Hannibal s'était installé, pas très loin de l'ouverture. C'était également là qu'Erlendur avait vu Vilhelm. Thuri affirmait avoir trouvé la boucle d'oreille sous la canalisation. Erlendur longea l'intérieur du caisson en rampant sur les deux côtés, hésitant et angoissé, en quête d'autres indices laissés par la disparue du Thorskaffi.

Il fut soulagé de retrouver l'air libre. Il se sentait mal dans les lieux exigus et clos. Il examina attentivement l'herbe devant l'ouverture et élargit le périmètre de ses investigations sans rien découvrir d'intéressant.

Il ne trouva qu'une balle de golf à demi enfoncée dans la terre et supposa qu'elle ne datait pas des années 50, époque où le green se trouvait au pied de la colline d'Öskjuhlid. Elle était sans doute plus récente. Il se rappela que le gamin qu'il avait croisé un soir à Kringlumyri lui avait parlé d'un golfeur demeurant dans le quartier de Hvassaleiti, qui venait pratiquer dans les environs.

Il la glissa dans sa poche et prit le chemin du retour. La matinée était avancée et, comme bien souvent cet été-là, le soleil brillait généreusement. Il s'était employé à chasser de son esprit l'idée qu'Hannibal avait pu croiser la disparue du Thorskaffi. Cela dit, Hannibal vivait dans le caisson au moment de sa disparition et une boucle d'oreille appartenant très probablement à cette femme y avait été retrouvée.

Le rapprochement semblait évident.

Erlendur ne parvenait pas à envisager qu'Hannibal ait pu être à l'origine de cette disparition, mais il ne pouvait pas non plus exclure l'hypothèse et se demandait quoi faire. Devait-il informer la Criminelle ? Le moment était-il venu de lui parler d'Hannibal et de cette femme ? Ou encore de la boucle d'oreille trouvée par Thuri ?

Il avançait à grands pas, plongé dans ses pensées, en ruminant et en revoyant Hannibal assis sur un banc de la place Austurvöllur, à demi gelé sous la clôture sur la colline d'Arnarholl, puis dans sa cave. Il pensa à l'accident du port de Hafnarfjördur et au décès de son épouse. Était-il dans un état second quand il avait croisé la route de la disparue du Thorskaffi ?

Erlendur n'était pas en mesure d'exclure cette hypothèse.

Il était soulagé de n'avoir rien trouvé dans le caisson. Il était terrifié à l'idée qu'Hannibal ait pu rencontrer cette femme et la traîner jusque dans sa tanière d'où elle ne serait jamais ressortie.

S'il l'avait fait, il n'avait en tout cas pas abandonné le corps sur place. Erlendur avait pu le vérifier.

Il continua sa route en pensant aux paroles d'Hannibal lors de leur dernière rencontre dans la cellule du commissariat, ces mots pour évoquer sa détresse. Le clochard en était-il arrivé à ce point ? Erlendur aurait-il dû se rendre compte qu'il était devenu dangereux pour lui-même et pour les autres ?

Il n'en savait rien. Il ne savait plus du tout que penser.

28

Erlendur avait vu Hannibal pour la dernière fois quelques jours avant que les gamins ne trouvent son cadavre. C'était en milieu de semaine, par une nuit des plus calmes. Il terminait sa patrouille après avoir effectué quelques interventions. Accompagné par Sigurgeir, un policier chevronné, il avait arrêté trois automobilistes pour excès de vitesse et consacré, comme toujours, un certain temps aux prises de sang et à la rédaction des procès-verbaux. Ils étaient intervenus pour une tentative de cambriolage dans une boutique de la rue Laugavegur, mais n'avaient pas réussi à appréhender les voleurs. Quelqu'un les avait vus tenter de forcer la porte de service d'un horloger, mais sans doute pas très doués ils avaient renoncé et disparu au moment où la police était arrivée sur les lieux.

Sigurgeir s'était engagé dans la rue Hafnarstraeti. Le central avait annoncé à la radio qu'on venait d'arrêter les voleurs de Laugavegur alors qu'ils tentaient de commettre un autre cambriolage. Un de leurs collègues avait laissé dans le véhicule un numéro d'*Althydubladid*, l'organe du parti social-démocrate. Erlendur était plongé dans la lecture du roman-feuilleton traduit du suédois et intitulé "Le policier qui rit". Il y était question d'un massacre commis dans un autobus à Stockholm. Le nom de l'auteur n'était mentionné nulle part, mais Sigurgeir avait déjà lu ce feuilleton et lui avait raconté qu'il avait été écrit à quatre mains, par un couple, pensait-il.

– C'est quoi, ça ? demanda-t-il tout à coup en ralentissant.

Erlendur leva les yeux de son journal et vit un homme vêtu d'un anorak vert allongé dans le caniveau.

– Ce n'est pas Hannibal ?

– Tu as l'œil ! commenta Sigurgeir.

– Je l'ai croisé plusieurs fois, répondit Erlendur.

Ils descendirent de voiture et s'approchèrent. C'était effectivement Hannibal. Il avait le visage en sang et une blessure à la tête. Soit il était tombé, soit on l'avait agressé.

– Hannibal ! cria Sigurgeir en le tapotant du bout de sa chaussure.

Erlendur s'agenouilla et lui prit la main. Elle était glacée. Il essaya de le réveiller et l'entendit gémir de douleur.

– Tu ne crois pas qu'on devrait appeler une ambulance ? suggéra-t-il.

– À mon avis, ce n'est pas nécessaire, répondit Sigurgeir. Hannibal, tout va bien ?

Le clochard ouvrit les yeux et dévisagea Erlendur.

– Ah, c'est toi ?

– Comment vous vous sentez ? demanda Erlendur.

– Ils sont partis ? s'enquit Hannibal.

– Qui donc ?

– Ces ordures !

– Qu'est-ce qui s'est passé ?

– Ils m'ont agressé, expliqua Hannibal en se redressant à grand-peine pour s'adosser à un lampadaire, aidé par le jeune policier. Ils se sont mis à trois contre moi. Ces ordures !

– Qui c'était ?

– Qu'est-ce que j'en sais ! s'énerva le clochard. Je ne les avais jamais vus.

– Bon, vous allez vous en remettre, non ? demanda Sigurgeir. Vous pouvez marcher ?

– Oui, tout va bien, répondit Hannibal avec une grimace de douleur en portant la main à sa poitrine. La blessure qu'il avait à la tête n'était pas profonde et elle ne saignait plus.

– Vous pensez qu'ils vont ont cassé des côtes ? s'inquiéta Erlendur.

– Ils m'ont donné des coups de pied sur le côté et m'ont aussi frappé à la tête, mais ça ira, assura Hannibal. Ce n'est pas la première fois que j'ai affaire à ce genre d'ordures.

– Vous pouvez vous lever ?

– Laissez-moi tranquille, je m'en remettrai. Je n'ai pas besoin d'aide, et surtout pas de la vôtre.

La dernière phrase s'adressait à Sigurgeir qui souriait, bien campé sur ses jambes, manifestement indifférent aux malheurs du clochard.

– Vous devriez venir avec nous, conseilla Erlendur. Nous vous emmènerons aux Urgences. Il faut qu'un médecin vous examine.

– Je n'irai pas à l'hôpital, je n'ai rien à faire là-bas. Je vais bien.

– Pas question de dégueulasser la voiture en transportant ce pauvre type, observa Sigurgeir. Puisqu'il te dit qu'il va bien.

– On devrait au moins le garder au commissariat le temps qu'il se remette, objecta Erlendur en aidant Hannibal à se lever. Ça nous permettra de le surveiller et d'appeler un médecin en cas de besoin.

– Je n'irai pas à Hverfisgata, répondit le clochard, adossé au lampadaire.

– Tu entends ? S'il est capable de la ramener, c'est qu'il va bien, lança Sigurgeir.

– Je t'interdis de dire que je suis un pauvre type ! s'écria soudain Hannibal en assénant une gifle à Sigurgeir. C'était arrivé si vite et de manière si inattendue que Sigurgeir n'avait pas eu le temps d'esquiver. La gifle s'était abattue en plein sur sa joue.

– Espèce de connard, alors comme ça, tu me frappes ?!

Sigurgeir s'apprêtait à rendre à Hannibal la monnaie de sa pièce quand Erlendur lui attrapa le bras.

– Je te l'interdis !

Sigurgeir dévisagea son jeune collègue.

– Lâche-moi, ordonna-t-il.

– Si tu le laisses tranquille.

Sigurgeir regarda alternativement Erlendur et Hannibal, puis sa colère sembla retomber. Erlendur desserra son emprise et lui lâcha le bras.

– Je peux déposer plainte contre lui pour agression sur un représentant de l'ordre, fit-il remarquer.

– À quoi ça te servirait ? rétorqua Erlendur. Vous venez avec nous, dit-il à Hannibal en le soutenant jusqu'à la voiture. Sigurgeir les observa, hésitant, puis vint reprendre sa place au volant. Erlendur aida le clochard à s'asseoir sur la banquette arrière, puis retourna s'installer à l'avant, à côté de son collègue.

– Laissons-lui le temps de se remettre dans une de nos cellules.

– Enfin, mon garçon, fiche-moi un peu la paix ! protesta Hannibal. Et arrête de t'occuper de mes affaires !

Il commença à descendre de voiture, mais Erlendur l'en empêcha et parvint à le calmer.

– Vous venez avec nous, insista le jeune policier, il faut que vous fassiez examiner ces blessures.

– Non, mais quelle gentillesse ! ironisa Sigurgeir. Tu ne veux pas l'inviter chez toi, tant qu'on y est ?!

Hannibal mit fin à ses protestations et poussa des gémissements quand Sigurgeir démarra en trombe pour rejoindre à toute vitesse le commissariat de Hverfisgata. Toutes les cellules étaient vides. Erlendur le soutint jusqu'à l'une d'elles et l'allongea sur le lit. Comme il refusait obstinément d'aller aux Urgences de l'hôpital municipal, Erlendur appela un médecin qui vint l'examiner et pansa ses blessures. Apparemment, il ne souffrait d'aucune fracture, même s'il se plaignait de douleurs au côté. Le médecin lui laissa de puissants analgésiques en cas de besoin.

Le service d'Erlendur prit fin peu après le départ du docteur. Il était soulagé de se débarrasser de sa casquette, de sa matraque, de l'épaisse ceinture de sa veste, et de pouvoir se rhabiller en civil. Il n'avait jamais aimé porter l'uniforme et trouvait qu'il avait l'air d'un imbécile quand il arpentait les rues en tenue.

Il retourna jusqu'à la cellule d'Hannibal, ouvrit le judas et le vit allongé, fixant le plafond, le visage inexpressif. Il poussa la porte et le rejoignit.

– Vous vous sentez comment ? demanda-t-il.

Hannibal ne lui répondit pas. La même et habituelle puanteur émanait de lui, une odeur d'urine mêlée de crasse.

– Inutile de vous rappeler qu'il faut prendre les analgésiques que le médecin vous a laissés, observa-t-il, constatant que les médicaments étaient intacts sur la table à côté du lit.

Hannibal demeurait impassible.

– Ils vous mettront dehors en début d'après-midi,

poursuivit Erlendur. Je leur ai demandé de vous apporter quelque chose à manger.

Il continuait de fixer le plafond sans rien dire.

– Vous ne savez vraiment pas qui étaient vos agresseurs ?

Il s'entêtait à garder le silence.

– On pourrait essayer de les retrouver. Ça vous permettrait de porter plainte contre eux. Vous avez des droits, même si vous pensez le contraire. Et vous pouvez toujours vous adresser à nous en cas de besoin.

Hannibal secoua la tête.

– Bon, eh bien, dans ce cas, je vous laisse, conclut Erlendur. Passez une bonne journée. J'espère que vous vous remettrez vite.

Alors qu'il s'apprêtait à sortir dans le couloir, Hannibal toussota.

– Pourquoi tu fais tout ça ? interrogea-t-il.

– Pourquoi ? répliqua Erlendur, immobile à la porte de la cellule.

– Pourquoi tu m'aides ? Qu'est-ce que tu me veux ?

– Rien.

– Dans ce cas, pourquoi tu ne me fiches pas la paix ?

– Je pourrais parfaitement.

– Tu devrais, conseilla Hannibal.

– D'accord, répondit Erlendur. Je tâcherai de m'en souvenir.

– Oui, n'oublie pas. Tu n'as pas besoin de t'occuper de mes affaires.

– D'accord.

Hannibal continuait de fixer le plafond. Erlendur avait l'impression qu'il bouillonnait de colère. Peut-être était-ce momentané, à cause des violences que ses agresseurs lui avaient infligées avant de l'abandonner dans le caniveau. Il avait également des raisons d'être

196

furieux parce que, après tout, on l'avait emmené contre sa volonté dans cette cellule, même si c'était pour son bien. Peut-être sa fureur avait-elle été déclenchée par les insultes de Sigurgeir qui l'avait traité de pauvre type. Erlendur pensait toutefois qu'il s'agissait d'une colère ancienne et froide qui couvait depuis longtemps parce que sa vie n'avait jamais été drôle.

– Qu'est-ce qui t'est arrivé ? interrogea le clochard.

– Rien du tout, répondit Erlendur.

– Quelle faute tu essaies de réparer ?

– Je ne vois pas de quoi vous parlez.

– Tu en es sûr ?

– Oui. De quoi parlez-vous ?

– De toi, mon petit, je parle de toi !

– Vous ne me connaissez pas du tout, rétorqua Erlendur. Qu'est-ce que vous pouvez dire sur moi ?

– À quel moment tu as déraillé ? poursuivit Hannibal en se redressant péniblement sur le lit.

– Comment ça ?

– Qu'est-ce qui te pousse à faire des bonnes actions comme ça ?

– Rien du tout.

– Pourquoi tu as l'impression que tu dois te racheter ? C'est à cause de ça que tu m'aides ? Pour pouvoir effacer tes fautes ? C'est pour ça ? Je suis l'instrument de la rémission de tes péchés ?

Hannibal avait haussé le ton et le fixait intensément.

– Pourquoi tu fais tout ça ? cria-t-il. Je suis censé t'apporter la rédemption ?

– Vous…

– Tu m'en diras tant !

Erlendur se demandait ce qu'il devait faire.

– C'est pour ça que tu ne peux pas me foutre la paix ?! hurla Hannibal d'une voix rauque, hors de lui.

Je n'ai pas besoin de ta pitié ! Je n'ai pas envie que tu t'apitoies sur mon sort ! Je m'en fous ! Tu peux bien aller au diable avec tous ceux de ton espèce ! Je ne veux ni de ta pitié ni de celle de personne ! N'oublie pas ça ! Personne ! Tu m'entends ? Personne !!

29

Hannibal se laissa retomber sur la banquette et porta
la main à sa poitrine en grimaçant de douleur. Erlendur
hésita un instant avant de sortir dans le couloir, puis
ferma la porte sans la verrouiller. Il ne comprenait pas
ce qui était arrivé dans cette cellule et jugeait préférable
de se conformer aux souhaits de cet homme qui lui
demandait de le laisser tranquille. Il avança, pensif, dans
le couloir. La subite violence des propos d'Hannibal le
déconcertait. Ce qu'il avait dit du rachat des fautes et
de la rémission des péchés continuait à résonner dans
sa tête alors qu'il quittait le commissariat. Il ne savait
plus vraiment où il était quand un collègue le rattrapa
et l'arrêta en chemin.

– Le clodo veut te parler, informa le policier, essouf-
flé par la course.

– Le clodo ?

– Le clochard que tu héberges en cellule. Il demande
à te parler.

– Ah bon ?

– Oui, il t'appelle. Il est sorti dans le couloir en
gueulant comme un perdu et en demandant à te voir.
Il pue autant qu'une poubelle.

– Dis-lui que je suis parti, répondit Erlendur.

– Il est très déterminé, précisa son collègue. Il veut

te parler et ne nous fichera la paix que lorsqu'il obtiendra gain de cause.

Erlendur hésita. Il n'avait aucune envie de revoir Hannibal tant qu'il n'était pas calmé.

– Il nous a même menacés et on a été obligés de fermer la cellule à clef.

– Vous n'êtes pas censés faire ça, répondit Erlendur. On ne l'a pas arrêté. Il a été victime d'une agression et peut partir quand bon lui semble.

– Il ne s'en ira que lorsqu'il t'aura vu.

Erlendur secoua la tête.

– Eh bien, dans ce cas, on va le remettre à la rue.

– Ne faites pas ça, il a besoin d'un peu de temps.

– Tu ne veux vraiment pas revenir lui parler ? Ça le calmera et tout le monde sera content. Ce ne serait pas plus simple ?

Quelques instants plus tard, Erlendur retourna dans la cellule. Assis tête baissée sur le lit, Hannibal se leva en le voyant entrer. Il se passa une main dans les cheveux, comme animé de l'étrange espoir de les arranger un peu. Erlendur comprit qu'il s'agissait sans doute là d'une ancienne habitude datant d'une époque révolue, que curieusement il avait conservée. Même si cet autrefois avait disparu depuis longtemps, il avait gardé ce geste, ce vestige d'amour-propre qui n'avait plus vraiment sa place dans sa vie d'aujourd'hui. L'anorak vert semblait lui coller à la peau, luisant de la crasse accumulée dans la rue, déchiré çà et là au cours de bagarres comme celle de la nuit précédente. Il portait un pantalon noir et ample, une ceinture noire en cuir lui serrait la taille par-dessus l'anorak et un bonnet en laine dépassait d'une des poches. Il avait noué une fine écharpe verte autour de son cou. Ses pieds étaient chaussés de gros godillots sans lacets d'où dépassaient d'épaisses chaussettes en laine dans lesquelles il avait rentré ses bas de pantalon. Son visage crasseux et fatigué était buriné de profondes rides après l'impitoyable lutte pour la survie qui se livrait dans les recoins sombres de la ville. Si la joie avait autrefois illuminé son regard, elle avait depuis bien longtemps déserté ses yeux gris et durs comme une falaise battue par les vents.

– Je vous remercie d'être revenu, déclara Hannibal.

– Qu'est-ce que vous me voulez ?

– Je souhaitais vous présenter mes excuses pour m'être si mal comporté avec vous. J'ai été injuste de vous parler comme ça et je tiens à ce que vous sachiez que je ne pensais pas un mot de ce que je vous ai dit. J'espère que vous me pardonnerez de m'être emporté.

– Vous n'avez pas à me demander pardon, répondit Erlendur. On se connaît à peine. Vous avez le droit de me dire ce que vous voulez, ça ne fait rien.

– Je serais quand même heureux que vous me pardonniez, reprit Hannibal. Vous avez toujours été gentil avec moi et je n'aurais pas dû m'en prendre à vous de cette manière. Je sais… je sais que vos intentions sont louables et je n'ai pas le droit de les piétiner. Je n'aime pas beaucoup qu'on vienne fourrer son nez dans ma vie et je ne supporte pas qu'on me dicte ma conduite.

– Ça ne me viendrait pas à l'esprit.

– Non, je sais.

– Vous avez déjà eu affaire à eux ? demanda Erlendur.

– À eux ? Qui ça ?

– Vos agresseurs ?

– Non, mais ça m'est arrivé d'avoir affaire à d'autres.

– Et vous ne savez pas qui c'est ?

– Non.

– Ils avaient quel âge ?

– Jeunes. Ils étaient jeunes. Et ils avaient de bonnes chaussures, je m'en suis rendu compte quand ils ont commencé à me donner des coups de pied. Ce n'est pas la première fois que des gamins… des mômes comme ça essaient de me frapper. La plupart du temps, je prends mon mal en patience, mais quand j'ai la mauvaise idée de répondre aux coups, en général je n'ai pas le dessus.

Hannibal se rassit sur le lit en portant sa main à son flanc avec un gémissement étouffé.

– Mais ils n'auront pas ma peau. Pas plus que ceux qui ont tenté de mettre le feu à ma cave.

– Comment ça ? Quelqu'un a tenté de l'incendier ?

– Frimann m'accuse d'être responsable. Il n'en démord pas. Mais ce n'est pas moi. Vous pouvez me croire.

– Vous connaissez le coupable ?

– J'ai une petite idée, répondit Hannibal. Vous avez raison quand vous dites que je devrais prendre ces cachets, ajouta-t-il en tendant le bras vers les analgésiques. Vous n'êtes pas de Reykjavik, n'est-ce pas ?

– Qu'est-ce qui vous fait croire ça ?

– Vous êtes né en province, non ?

– Je suis arrivé ici quand j'avais douze ans, répondit Erlendur.

– Vous venez d'où ?

– D'Eskifjördur, dans les fjords de l'Est.

– J'y suis passé, joli village. Et vous aimez la vie à Reykjavik ?

– Assez.

– Pas plus que ça, commenta Hannibal. Pourquoi vous avez déménagé ?

– J'ai suivi mes parents, répondit Erlendur sans plus d'explications.

– Moi, je suis né ici. À Laugarnes. J'ai passé toute ma vie à Reykjavik et je serais incapable de vivre ailleurs.

– Malgré tout ?

– Oui, je ne peux m'en prendre qu'à moi-même si j'en suis arrivé là, reprit Hannibal. On doit saisir les chances que la vie nous offre et je suis le premier à reconnaître que je n'ai pas su me débrouiller.

– Pourquoi m'avez-vous parlé du rachat des fautes ? s'enquit Erlendur.

– C'était des conneries. Je suis assez doué en la matière. Il ne faut pas écouter tout ce que je raconte.

– Vous en êtes sûr ?

– Oui, je préfère parler d'autre chose, répondit Hannibal.

– Vous avez l'impression que je dois me racheter ? s'entêta Erlendur.

– Laissons ça.

– Est-ce que vous vous punissez en vivant comme ça ?

Voyant qu'Hannibal se taisait, Erlendur n'insista pas.

– Dans un sens, vous êtes aussi exclu que moi de cette société, déclara le clochard après un long silence.

– Je ne dis pas le contraire.

– C'est pour cette raison que vous m'avez pris en pitié ?

– Je ne veux pas que vous mouriez dehors, dans le froid, répondit Erlendur.

– En quoi ça vous concerne ?

– Et pourquoi ça ne me concernerait pas ?

– Que je vive ou que je meure n'a aucune importance pour personne d'autre que vous. Je ne vois pas pourquoi mon sort vous importe à ce point. Pourquoi vous avez déménagé à Reykjavik ? Qu'est-ce qui est arrivé ?

– Mes parents ont voulu venir ici.

– Pourquoi ?

– Pour plusieurs raisons, répondit Erlendur.

– Vous ne voulez pas me les dire ?

– Je ne pense pas que ça vous concerne.

– C'est vrai, convint Hannibal à voix basse, confus. Excusez-moi, ça ne me regarde pas. Il faut dire que je suis curieux comme une pie. J'ai toujours eu ce défaut, je me demande où je l'ai attrapé. C'est une sale habitude.

Il passa à nouveau sa main dans ses cheveux pour remettre en place une mèche devenue imaginaire. Assis sans rien dire, manifestement désemparé, il fixait le mur de la cellule comme si c'était une des murailles qu'il avait érigées autour de son existence et qui le maintenaient dans un purgatoire volontaire depuis bien trop longtemps.

– Peu importe qu'on meure ou qu'on vive, répéta-t-il, pensif, tout bas.

– Pardon ?

– Je mettrais sans doute fin à tout ça si je n'étais pas aussi lâche, chuchota Hannibal.

– Mettre fin à quoi ? s'enquit Erlendur.

– À cette détresse, murmura Hannibal qui continuait de fixer le mur. Toute cette foutue détresse.

30

Âgée de trente-quatre ans lors de sa disparition, la disparue du Thorskaffi se prénommait Oddny. Née à Reykjavik, elle avait passé son enfance dans le quartier de Thingholt et fréquenté le lycée après son certificat d'études, mais n'avait pas tardé à quitter l'établissement pour travailler. Avant de devenir chargée de clientèle à l'agence immobilière, elle avait exercé diverses professions. Elle avait été vendeuse dans un self-service de la rue Hafnarstraeti où elle avait rencontré son futur mari. Étudiant en commerce à l'université, ce dernier y occupait un emploi d'été. Ils s'étaient mariés, mais n'avaient pas eu d'enfant. À la fin de ses études, son mari avait trouvé un travail à la banque Althydubankinn, puis dans une caisse de retraite. À force de courage, ils étaient parvenus à économiser suffisamment pour s'offrir une maison dans le quartier de Fossvogur où ils avaient emménagé trois ans avant la disparition d'Oddny.

– Ils étaient tous les deux très travailleurs, déclara l'interlocutrice d'Erlendur avec un sourire. On ne peut pas dire le contraire. Dommage qu'ils n'aient pas eu d'enfant. Elle en avait tellement envie. Elle en parlait souvent. J'ai cru comprendre qu'ils avaient fait un tas d'examens et, enfin, je ne sais pas si je suis censée crier ça sur tous les toits…

– Quoi donc ? s'enquit Erlendur.

– Eh bien, un jour, elle m'a confié que le problème venait de son mari. C'est ce qu'elle m'a dit. J'ignore si c'était la vérité.

Erlendur acquiesça d'un hochement de tête. Un grand poster de Londres ornait le mur derrière l'employée et trois pendules indiquaient respectivement l'heure de Moscou, Paris et New York. La scène se passait dans une importante agence de voyages. La femme assise en face d'Erlendur vendait des billets d'avion internationaux. Elle avait rencontré Oddny quand elle travaillait à l'agence immobilière. Depuis, elle avait démissionné et trouvé ce nouvel emploi qui lui offrait à la fois un meilleur salaire et plus de sécurité.

– C'est moi qui lui avais trouvé ce travail, ajouta-t-elle. Elle était très douée. Elle avait le contact extrêmement facile et savait convaincre les clients.

Astridur, l'interlocutrice d'Erlendur, était un des témoins clefs de l'enquête. Présente au Thorskaffi avec ses collègues, elle avait été l'une des dernières à voir Oddny vivante. Erlendur s'était plongé dans les procès-verbaux et avait noté les noms mentionnés à l'époque, témoins et autres personnes impliquées, en vue de les interroger sur cette soirée au Thorskaffi. L'enquête n'étant toujours pas close, ses questions n'éveillaient pas de soupçon particulier et il n'avait pas besoin de dissimuler qu'il était policier. Pour l'instant, aucun indice ne permettait d'affirmer qu'on était en présence d'un crime même si certaines personnes le pensaient.

Bien que non habilité à enquêter sur cette affaire, il considérait qu'il pouvait passer outre. L'idée que la police puisse découvrir ses démarches ne l'inquiétait pas spécialement. N'importe qui avait le droit de se renseigner. Dans son esprit, il défendait les intérêts d'Hannibal. Si ses supérieurs lui faisaient des remarques, il verrait le moment venu et leur parlerait de la boucle d'oreille. Il était résolu à le faire dès que possible, mais tenait tout d'abord à découvrir si Hannibal avait joué un rôle dans la disparition de la femme. Il voulait examiner les choses sous cet angle et craignait que la police n'informe la presse que ce clochard avait sans doute été la dernière personne à croiser la route d'Oddny et, pire encore, qu'il l'avait probablement assassinée. Il espérait parvenir à lever ces soupçons, même si la tâche s'annonçait difficile. Il savait également qu'il ne pourrait pas garder longtemps le silence sur la boucle d'oreille. Il était toutefois sûr que dès qu'il en parlerait et qu'il en mentionnerait l'origine, ce qui n'était jusque-là que de simples investigations sur une disparition changerait de statut et se transformerait en enquête criminelle.

– Ça avait des retentissements sur leur couple ? demanda-t-il.

– C'est-à-dire ?

– Le fait qu'ils n'aient pas pu avoir d'enfants.

– Non, enfin, à l'époque, nous en avons parlé à mon club de couture et nous nous sommes demandé si elle n'avait pas trouvé un nouvel amant. Il y a tellement de rumeurs, on entend toutes sortes de choses, vous comprenez ? Mais je n'en suis pas sûre. Je la connaissais très bien et je n'étais pas au courant de ça, par conséquent… je crois que c'est de la pure invention. Nous avons pensé qu'il pouvait s'agir de l'homme qu'elle avait rencontré ce soir-là au Thorskaffi. L'homme du portrait-robot, ajouta Astridur en baissant le ton.

Erlendur hocha la tête. La famille d'Oddny avait

obtenu qu'un portrait-robot d'un des clients du Thors-kaffi soit dressé à partir de la description fournie par l'amie d'enfance de la disparue. Ce portrait avait été diffusé dans les journaux et à la télévision. L'amie en question avait vu Oddny discuter avec un homme juste avant de quitter le bar et avait décrit l'individu à un dessinateur. Le portrait avait suscité quelques réactions, quelques pistes étaient apparues, mais elles avaient débouché sur des impasses.

– En ce qui concerne ce portrait... on a découvert qu'elle avait trompé son mari par le passé, observa Erlendur.

– Oui, il y a même eu un journal pour en parler ! s'exclama Astridur, consternée. Quelle idée de publier une chose pareille ! Pauvres gens !

– La situation présentait certains points communs, répondit Erlendur. Il semblait important d'explorer cette piste.

– Elle avait rencontré cet homme dans une disco-thèque, c'est vrai, convint Astridur, mais c'était bien le seul point commun.

Erlendur savait que la police avait longuement inter-rogé l'ancien amant d'Oddny pour s'assurer qu'il n'était pas présent au Thorskaffi et qu'il ne l'avait pas revue ce soir-là. Ils avaient passé une nuit ensemble trois ans plus tôt après s'être rencontrés au Rödull, la discothèque. Ils s'étaient revus deux ou trois fois, elle avait voulu mettre fin à leur relation, il s'était accroché. Puis le mari d'Oddny avait découvert son existence. Il s'était emporté, avait menacé de la quitter, mais les choses s'étaient arrangées et elle n'avait, pour autant qu'on sache, jamais revu son amant.

– Qu'est-ce qui l'avait poussée vers cet homme ? interrogea Erlendur.

– Je n'en sais rien, répondit Astridur. Je n'étais pas au courant de cette histoire avant de l'apprendre par le journal.

– Ensuite, vous avez entendu dire qu'elle avait recommencé, qu'elle avait à nouveau trompé son mari ?

– C'est possible qu'elle ne se soit pas contentée de parler avec le type qu'elle a rencontré au Thorskaffi, il y avait peut-être autre chose entre eux et on pouvait imaginer qu'ils avaient quitté le bar ensemble. En tout cas, avec mes amies du club de couture, on a trouvé très étrange qu'il ne se manifeste pas.

– Ils avaient des problèmes de couple ?

– Je ne crois pas, il me semble que tout allait bien, répondit Astridur. En tout cas, elle ne se plaignait jamais. Son mari était sympathique. Notre club invite parfois les hommes à se joindre à nous et ça m'est arrivé de le croiser. Enfin, on ne le voit plus. Nous l'avons pourtant invité, mais… évidemment, il a traversé des moments difficiles et…

– Et… ?

– Je trouve qu'il se débrouille plutôt bien étant donné la situation.

– Il est toujours célibataire ?

– Je crois, enfin, pour autant que je sache. Je ne sais pas combien de temps ça durera. Comme on dit, la vie continue.

– Oui, je suppose, convint Erlendur, les yeux levés vers la grande affiche de Londres au mur.

31

Rebekka remettait le cabinet médical en ordre quand Erlendur passa en fin d'après-midi. Il n'y avait plus de patients dans la salle d'attente, les médecins achevaient leur dernière consultation et s'en allaient les uns après les autres en lui disant au revoir. Elle le pria d'attendre quelques instants, le temps de terminer son travail, puis ils marchèrent sous un soleil radieux en direction de l'étang de Tjörnin et s'assirent sur un banc à proximité du théâtre Idno. Erlendur sortit la boucle d'oreille de sa poche et la lui tendit.

– Qu'est-ce que c'est ?

– La boucle d'oreille retrouvée là où habitait Hannibal.

– Ah oui, vous l'avez récupérée ?

Elle examina le bijou au creux de sa paume.

– Vous l'aviez déjà vue ? demanda Erlendur.

– Non, que…

– Vous en êtes sûre ?

– Certaine, assura Rebekka. Elle était dans ses affaires ?

– Non, elle n'était pas à lui, répondit Erlendur. En revanche, je crois connaître l'identité de sa propriétaire et le fait qu'on l'a retrouvée à cet endroit est très surprenant.

– Et elle était à qui ?

– Vous êtes sûre de ne l'avoir jamais vue ?

– Jamais, j'en suis certaine, répéta Rebekka. Elle appartient à une amie d'Hannibal ? À quelqu'un qui lui aurait rendu visite là-bas ? Qu'est-ce que vous voulez dire quand vous dites que c'est très surprenant qu'on l'ait retrouvée à cet endroit ? Qu'est-ce qu'il y a de surprenant ?

– La propriétaire de ce bijou est sans doute décédée. On peut imaginer qu'elle était avec Hannibal le soir de sa disparition.

– Je ne comprends pas. Où voulez-vous en venir ? Sa propriétaire aurait disparu ?

– Elle s'appelait Oddny, vous en avez sans doute entendu parler aux informations.

Rebekka eut un temps de réflexion.

– C'est cette femme qui était sortie s'amuser au Thorskaffi ?

Erlendur acquiesça.

– Et elle serait allée jusqu'au pipeline ?

– C'est probable, répondit Erlendur.

– Comment… enfin, que… ?

– Elle a disparu depuis une année entière et on ne sait toujours pas ce qui lui est arrivé. Soit elle a mis fin à ses jours, soit quelqu'un l'a assassinée. Sa disparition a eu lieu le week-end où on a retrouvé Hannibal noyé à Kringlumyri. Personne n'a jamais établi aucun lien entre ces deux affaires, d'ailleurs il n'y avait jusque-là aucune raison de le faire. Mais j'ai discuté avec une amie de votre frère récemment. Cette dernière affirme être allée là-bas quelque temps après son décès et y avoir trouvé cette boucle d'oreille. Je crains qu'on ne puisse pas exclure l'hypothèse qu'Hannibal ait croisé la route d'Oddny la nuit où elle a disparu.

Rebekka le dévisageait : ses paroles lui inspiraient une terreur indescriptible. Elle baissa les yeux sur sa paume et ramena sa main à elle en un geste brusque, comme si le bijou l'avait brûlée. La boucle d'oreille tomba par terre. Erlendur s'était attendu à cette réaction, il avait tenté de mesurer ses propos afin d'en minimiser la portée, mais il avait échoué. Peut-être que ce n'était pas possible, d'ailleurs.

– Et… la police est au courant ? bredouilla Rebekka. Évidemment, elle l'est, après tout, vous êtes policier.

– Jusqu'à présent, j'ai gardé tout ça pour moi, mais je ne pourrai pas me le permettre encore très longtemps. La femme qui a trouvé ce bijou n'a pas jugé bon de prévenir mes collègues à l'époque, donc, pour l'instant, cela reste entre nous.

– Vous essayez de me dire qu'Hannibal… que mon frère serait impliqué dans la disparition de la femme du Thorskaffi ?!

– Pas forcément, répondit Erlendur. C'est possible qu'il ait trouvé ce bijou ailleurs tout à fait par hasard et qu'il l'ait ensuite ramené au pipeline. On peut aussi imaginer qu'il ignorait la présence de cette boucle d'oreille dans le caisson et qu'il n'a absolument rien fait à cette femme. En revanche…

– Vous pensez qu'il lui a fait du mal ! s'affola Rebekka.

– Je n'ai jamais dit ça.

– Mais c'est ce que vous pensez.

– Et vous ? Vous pouvez imaginer que ce soit le cas ?

– Non, Dieu tout-puissant ! C'est impossible. Ça ne tient pas debout. Pas du tout. Hannibal ne lui aurait jamais fait de mal ! Je ne peux pas… En quoi la disparition de cette femme pourrait-elle être liée au décès de mon frère le même week-end ? Vous pensez que les deux événements sont liés ? Elle disparaît et il se noie ?

– Ce bijou a été retrouvé là où demeurait Hannibal. Il appartenait à cette femme. Ce sont là des faits simples et incontournables. Quant à découvrir la manière dont ils s'articulent, c'est une autre paire de manches.

– Elle disparaît. Il se noie. Et vous croyez qu'il existe un lien ?

– On peut être tenté d'établir un rapport, observa Erlendur.

– Je suppose que vous allez devoir parler à vos collègues de cette boucle d'oreille.

– Oui, il faudra que je le fasse très rapidement.

– Vous pensez pouvoir découvrir la vérité ? s'enquit Rebekka. Vous croyez que vous pourrez découvrir si Hannibal a fait du mal à cette femme ? Enquêter en toute discrétion avant d'aller raconter tout ça à vos collègues ?

– J'essaie, mais je ne pourrai pas garder ça secret bien longtemps, précisa Erlendur.

– Vous voulez bien le faire pour moi ? S'il vous plaît, Erlendur, faites ça pour moi. Hannibal n'était pas comme ça. Il n'avait pas ça en lui. Il n'a jamais eu ça en lui.

– Je vais…

– Dès que vous mentionnerez cette boucle d'oreille, tout le monde pensera qu'il a assassiné cette pauvre femme. L'enquête sera close, on ne saura jamais la vérité et Hannibal sera désigné comme coupable. Pour toujours. Erlendur, il faut que vous m'aidiez. Il n'a fait de mal à personne. Vous devez me croire. Il n'a fait de mal à personne !

– Je ferai de mon mieux, mais je suis dans une situation impossible…

– Bien sûr, sachez que je le comprends, mais…
Rebekka s'interrompit.
– Il faut que vous m'aidiez, répéta-t-elle après un long silence. Essayez de découvrir la vérité avant qu'il ne soit trop tard.

32

Il apparut que la police n'avait pas jugé utile d'interroger Ingunn, l'amie d'enfance d'Oddny. Femme au foyer et mère de quatre enfants, elle vivait dans une maison mitoyenne récente du quartier de Breidholt où les constructions poussaient comme des champignons depuis quelques années. Les rues, les bâtiments, les jardins, tout était neuf. Bien souvent, le désordre régnait sur les parcelles et on accédait aux maisons par des planches placées devant la porte principale, parfois surmontées d'un paillasson afin de leur conserver un semblant de propreté. Les seules choses qui étaient vieilles, c'étaient les voitures. Pour payer les travaux, un certain nombre des habitants avaient dû échanger leurs véhicules contre de vieux tacots qui peinaient à démarrer le matin. Lorsque Erlendur arriva, l'un d'eux quittait justement la rue : il cala et redémarra en toussotant avant de disparaître à l'angle dans un nuage de fumée bleue.

Il avait appelé Ingunn pour la prévenir de sa visite et elle l'attendait avec un café et quelques tranches de quatre-quarts. Ses quatre enfants jouaient sur les chantiers des alentours et son mari était déjà au travail. Tous étaient en photo dans le salon.

– Alors, vous continuez à rechercher Oddny, dit-elle

en remplissant la tasse d'Erlendur. Je suppose que vous vous êtes démené pour découvrir ce qui lui est arrivé.

– En effet, nous continuons d'enquêter. La police ne vous a jamais interrogée, n'est-ce pas ?

– Non, je… Elle ne m'a jamais contactée et je crains de ne pas pouvoir vous être d'un grand secours. En fait, c'est la première fois que je parle à un policier. Mon mari voulait que j'aille au commissariat pour témoigner, mais… enfin, il y a assez de ragots comme ça qui traînent sur cette pauvre Oddny.

Erlendur lui avait expliqué qu'il s'intéressait à cette affaire mais n'avait rien à voir avec l'enquête elle-même. Ingunn ne lui avait demandé aucune précision et semblait dénuée de toute curiosité. Discrète, elle parlait si bas qu'on l'entendait à peine. Elle avait passé son enfance dans la même rue qu'Oddny et elles ne s'étaient jamais perdues de vue. Elles étaient ensemble au lycée, mais contrairement à Oddny, Ingunn était allée jusqu'au baccalauréat. À cette époque, déjà en couple, elle attendait un enfant et, au lieu de s'inscrire à l'université, elle avait choisi d'être mère au foyer tout en encourageant son époux à poursuivre ses études. Ce dernier était aujourd'hui médecin.

– J'ai toujours eu envie de m'inscrire à la fac de lettres, déclara-t-elle avec un sourire.

– Vous savez pourquoi Oddny a quitté le lycée au bout de deux ans ? interrogea Erlendur.

– Ça ne m'a pas surprise. Les études ne l'intéressaient pas spécialement et elle avait besoin d'argent. Elle passait son temps à s'amuser et ne faisait pas grand-chose à l'école. Puis elle a échoué aux examens, quitté le lycée et ne l'a jamais regretté. Vous savez, elle était très courageuse, elle a toujours travaillé et tout ça, mais elle n'était pas faite pour les études. À l'époque, elle vivait encore chez ses parents et refusait d'être un fardeau pour eux. Ils étaient pauvres, ils n'avaient pas grand-chose.

– Et quelques années plus tard elle s'est mariée.

– Exact, avec Gustaf.

– Elle a connu d'autres hommes ?

– Oui, oui, mais ce n'était jamais très sérieux jusqu'à ce qu'elle rencontre Gustaf. Ils ont rapidement emménagé ensemble.

– Ils n'ont pas eu d'enfants ?

– Non, à son grand regret. Elle en avait pourtant toujours rêvé. Mais son souhait n'a pas été exaucé, hélas. Ça lui arrivait de m'en parler.

– Vous savez ce qui l'en empêchait ?

– Non, pas exactement. Elle était... Gustaf ne voulait pas qu'elle en parle. Je me souviens d'une soirée où on était sortis s'amuser tous ensemble. Elle s'apprêtait à évoquer la question et il s'est mis très en colère. Ce n'était pourtant pas son habitude, en tout cas on ne le connaissait pas sous cet angle. Mais bon, c'était pour lui un sujet sensible, ça se comprend.

– Elle l'avait trompé.

– C'est vrai.

– Et on l'a vue discuter avec un inconnu au Thorskaffi juste avant sa disparition.

– Oui, j'ai lu ça dans le journal.

– Vous en savez un peu plus sur cet homme ?

– Pas du tout.

– Vous avez connaissance d'autres infidélités ?

– D'autres hommes dans la vie d'Oddny ? Non. Celui à qui elle parlait au Thorskaffi ne serait pas un inconnu ?

– Si, tout à fait, assura Erlendur. Il ne s'est jamais manifesté et on ignore totalement qui c'est. Le portrait-

219

robot n'a pas servi à grand-chose et rien ne dit qu'il a joué un rôle dans cette histoire. Quand avez-vous vu Oddny pour la dernière fois ?

– Une semaine avant sa disparition, au club de couture qu'on a fondé avec quelques copines. On s'y retrouvait régulièrement depuis une dizaine d'années. Elle était comme d'habitude, débordante de joie et d'énergie. Elle m'a ramenée à la maison et... je ne l'ai plus jamais revue.

– Pourquoi votre mari voulait-il que vous alliez au commissariat ? reprit Erlendur.

– Comment ça ?

– Vous m'avez dit qu'il vous avait poussée à venir témoigner, mais qu'il y avait déjà assez de ragots comme ça sur Oddny.

Ingunn grimaça, manifestement réticente à parler de la vie privée de son amie. Elle semblait sur ses gardes, se montrait suspicieuse face à certaines questions et s'arrangeait pour qu'il ne l'entraîne pas sur un terrain qu'elle voulait éviter.

– Je ne suis pas sûre que ce soit important, répondit-elle.

– Quoi donc ?

– Elle m'a raconté quelque chose, disons, un an et demi environ avant sa disparition. Elle n'en a jamais reparlé par la suite et, un jour, je lui ai posé la question, mais elle a changé de sujet. Enfin... comme je viens de vous le dire, je ne suis pas sûre que ça change quoi que ce soit et il y a déjà assez de ragots qui traînent sur Gustaf, sur elle et sur son infidélité. Elle m'a fait promettre de ne jamais répéter à personne ce qu'elle m'avait dit. Elle avait tellement honte. Elle ne voulait surtout pas que les gens l'apprennent. À l'époque, j'ai voulu aller voir ceux qui menaient l'enquête, et mon

220

mari… mais je n'ai pas eu le courage. Par respect pour elle, vous voyez. Elle était tellement blessée dans son amour-propre. Il l'avait humiliée et elle s'en voulait de ne pas réagir.

– Qu'est-ce qu'elle vous a confié ?

– J'essaie de ne pas en tirer de conclusions hâtives. Je ne sais pas si c'est important, si ça a quelque chose à voir avec ce qui s'est passé…

– Mais qu'est-ce qu'elle vous a dit ?

– Gustaf… il était violent, déclara Ingunn. Il l'étouffait et l'humiliait. Il l'a même frappée, deux fois.

– Ah bon ?

– J'aurais peut-être dû aller raconter tout ça à vos collègues. Mon mari… je lui en avais parlé et il voulait que j'y aille. Je ne l'ai pas fait et ça me poursuit…

– Vous excluez l'hypothèse d'un suicide ?

– Évidemment, c'était la première chose qui venait à l'esprit, répondit Ingunn. Et même si cette idée est affreuse, celle que quelqu'un ait pu l'assassiner est bien pire encore.

– Son mari a déclaré qu'il assistait à une réunion du Lions Club ce soir-là.

– Je n'ai eu aucun contact avec lui depuis le drame. Il a fait dire une messe à sa mémoire, mais je ne me suis pas senti la force d'y aller.

– Il n'est jamais revenu sur sa déposition, observa Erlendur.

– Non, et c'est évident qu'il ne le fera jamais.

– Vous pensez qu'il lui faisait peur ?

– Elle ne m'a pas dit ça, mais étant donné ce qu'elle m'a raconté sur la manière dont il se comportait avec elle, elle avait peut-être des raisons de le craindre. Mais je ne devais en parler à personne. Elle craignait tellement que les gens l'apprennent. Elle ne le voulait surtout pas.

– Dites-moi, vous savez si elle connaissait un certain Hannibal ?

– Hannibal ? Non, ça ne me dit rien. Qui est-ce ?

– Un des noms apparus dans l'enquête, mais ce n'est sans doute pas important. Oddny ne vous a jamais parlé de quelqu'un qui s'appellerait comme ça ?

– Non.

– Vous croyez que son mari peut être impliqué dans sa disparition ? demanda Erlendur.

– Je ne peux pas dire. Oddny m'a confié ça, je lui avais promis de n'en parler à personne et je viens de la trahir. Elle voulait le quitter, mais il refusait de la laisser partir. Il l'avait prévenue qu'il l'en empêcherait.

– Vous pensez que c'est la raison pour laquelle elle allait voir ailleurs ?

Ingunn hocha la tête.

– Je crois, oui. Oddny m'a dit qu'elle regrettait de ne pas être partie dès que ça avait commencé.

33

Ils avaient rendez-vous au café Hressingarskalinn. Elle lui adressa un sourire quand il poussa la porte de l'établissement. Une pluie fine tombait sur la ville, il secoua les pans de son imperméable, s'avança vers elle et s'installa à sa table. Si elle s'était attendue à recevoir un baiser de sa part, elle fut déçue. Jamais il ne lui avait manifesté ce genre d'attention en public. Elle tentait parfois de lui prendre la main quand ils se promenaient en ville, il y consentait quelques brefs instants, puis trouvait un prétexte pour ôter sa main de la sienne en la mettant dans sa poche ou en se grattant la tête. Dans son esprit, ce genre de chose était inutile. Il semblait n'éprouver aucun besoin de contact physique.

– Quel temps de chien ! s'exclama-t-elle.

– Ça devrait s'arranger dans la soirée. Les prévisions sont bonnes pour demain.

Il jeta un œil rapide autour de lui. Le Hressingars-kalinn, que tout le monde appelait simplement Hresso, était un des rares cafés du centre. Des peintres, des acteurs, des poètes et des journalistes s'y retrouvaient pour discuter et médire, lire le journal, discuter de tous les sujets sans épargner personne. À une époque, le lieu avait été le quartier général de Steinn Steinarr, qu'Erlendur considérait comme le poète des poètes. Il y

223

avait également aperçu Tomas Gudmundsson, un autre grand poète, en train de discuter tranquillement avec un ami. Hresso proposait des repas de bonne qualité le midi. Il arrivait qu'Erlendur vienne y déjeuner, lire les journaux et observer les gens.

– Qu'est-ce que tu dirais d'une gaufre ? proposa Halldora. Et d'un chocolat viennois bien chaud ?

– Une gaufre et un chocolat viennois. Ça ne me fera pas de mal.

– Oui, et c'est idéal vu le temps qu'il fait, tu ne trouves pas ? observa-t-elle avec un sourire.

– C'est vrai.

Ils passèrent commande, Halldora sortit ses cigarettes et lui en offrit une, ils fumèrent en silence. Puis elle lui raconta un film qu'elle était allée voir avec ses amies au Tonabio. Elle lui résuma l'intrigue et lui parla des acteurs. Erlendur avait déjà entendu le nom de l'actrice principale, Shirley MacLaine, mais n'avait jamais vu *Irma la Douce*. Il allait très rarement au cinéma.

Ils dégustèrent les gaufres en buvant leur chocolat viennois à petites gorgées. Le calme régnait dans le bar, seules quelques tables étaient occupées par des clients discutant à voix basse. Halldora lui annonça qu'elle avait obtenu l'emploi qu'elle convoitait à Landsimi, les Télécommunications islandaises. Elle serait désormais opératrice à l'international. Elle avait hâte de commencer ce nouveau travail, de recevoir les appels des usagers et de les mettre en relation avec leurs correspondants étrangers. Elle lui demanda comment se passaient ses patrouilles de nuit. Il lui raconta quelques événements survenus pendant qu'il travaillait en se gardant bien de les enjoliver ou de les transformer en roman d'aventures, mais en mettant plus l'accent sur la monotonie qu'il y avait à poursuivre des cambrioleurs, à arrêter des chauffards et à se rendre sur les lieux des accidents. Il ne lui avait jamais parlé d'Hannibal ni de l'enquête personnelle qu'il menait pour déterminer la manière dont cet homme était mort. Il savait que, tôt ou tard, il devrait rédiger un rapport où il exposerait tout ce qu'il avait découvert.

– Tu n'en as pas assez de travailler la nuit ? demanda-t-elle. Je suppose que tu perds toute notion du temps.

– Non, ça me plaît bien, répondit Erlendur. Mes coéquipiers sont sympathiques et les nuits passent vite.

Ce n'était pas la première fois qu'elle lui posait la question. Il savait qu'elle le faisait par affection, mais également pour meubler la conversation.

– Tu veux parler de Gardar et Marteinn ?

– Oui, ils sont très sympas.

– Tu ne fais jamais équipe avec les femmes qu'ils viennent de recruter ?

– Non, répondit Erlendur avec un sourire.

– Est-ce vraiment un travail qui leur convient ? Imagine que des imbéciles s'en prennent à elles ? Ce n'est pas un peu dangereux ?

– Je ne crois pas, répondit Erlendur. Évidemment, il y en a qui grincent des dents à voir des femmes dans la police, mais, à mon avis, il était temps qu'on le fasse. Certaines situations seraient plus faciles à gérer si on était accompagnés par un agent féminin pendant les interventions.

– Tu m'imagines en policière ?

– Sans problème, répondit Erlendur avec un sourire.

Halldora éclata de rire. Ils reprirent une gorgée de chocolat chaud. Erlendur la sentait mal à l'aise et hésitante. Elle semblait vouloir lui parler d'un sujet précis, sans vraiment savoir comment s'y prendre.

– Je... tu... je me demandais si...

Elle s'efforçait de trouver les mots justes.

– Tu disais ?

– Non, je… je me demandais si tu voulais… enfin, si ça ne te gênerait pas… je ne sais pas mais… qu'est-ce que tu dirais de louer un appartement avec moi ? C'est juste une idée comme ça. Ça nous permettrait d'économiser un loyer. Et… oui, enfin… on économiserait pas mal d'argent… et… je me disais que l'idée était tout à fait sensée.

Erlendur croqua dans sa gaufre. Il lui avait plusieurs fois rendu visite dans le petit appartement qu'elle louait à Breidholt, au sous-sol d'une maison individuelle. Elle se plaignait depuis toujours de son exiguïté et de sa mauvaise situation, à des kilomètres du centre. Il supposait que cet éloignement serait encore plus problématique, puisque Halldora allait désormais travailler à Landsimi, en pleine ville.

– En tout cas, les propriétaires me mettent à la porte, poursuivit-elle. Leur fille rentre après deux années d'études à l'étranger. Apparemment, elle n'en peut plus… enfin, peu importe, ils m'ont prévenue que je devais libérer l'appartement avant l'automne.

Erlendur l'écoutait sans rien dire.

– Voilà, je pensais qu'il fallait que je t'en parle. Qu'est-ce que tu en dis ?

– Je…

– On se connaît ou plutôt on est ensemble, enfin, peu importe comment tu qualifies notre relation, depuis maintenant… je ne sais combien de temps, et le moment est peut-être venu d'agir. De prendre des décisions. De faire quelque chose de tout cela. Tu sais…

Jamais Erlendur n'avait envisagé de transformer la nature de leur relation. En général, il se posait très peu de questions sur la manière dont elle évoluait. Ils se voyaient régulièrement, chez elle à Breidholt ou chez lui dans le quartier des Hlidar, ce qui était plus pratique quand ils sortaient en ville, mais ils n'avaient jamais évoqué l'avenir. Un jour, il avait cédé à Halldora et consenti à rencontrer ses parents. Il pensait qu'elle était satisfaite de la situation. En tout cas, elle n'avait jamais exigé qu'il s'engage plus que cela. Jusqu'à maintenant.

Elle perçut clairement ses hésitations.

— Enfin, c'était juste une idée comme ça, reprit-elle. Si tu ne veux pas, ce n'est pas grave. Je trouverai une autre solution. Évidemment, les locations sont beaucoup moins chères à Breidholt, mais ça me fera beaucoup de route pour me rendre au travail. Enfin… je dois peser le pour et le contre.

— Non, tu as de très bons arguments, concéda Erlendur. J'ai juste besoin de réfléchir. Je ne m'attendais pas à ce que tu me demandes ça. Excuse-moi si… je n'ai vraiment pas du tout pensé à tout ça et c'est la première fois que tu m'en parles.

— C'est vrai.

— Et par conséquent c'est tout à fait nouveau pour moi.

— Oui, je sais, mais ce n'est qu'une idée, répéta Halldora en esquissant un sourire. Tu n'as qu'à réfléchir. Ne t'inquiète pas. Tu as juste besoin de temps pour digérer tout ça. Évidemment. J'aurais peut-être dû t'annoncer ça avec un peu plus de tact. Excuse-moi de t'avoir mis au pied du mur.

— Halldora, tu n'as pas besoin de me demander pardon.

— J'aurais pu m'y prendre mieux que ça.

— Je ne pense pas, répondit Erlendur.

— Je dois t'avouer que notre rendez-vous m'angoissait un peu.

— T'angoissait un peu ? Il n'y a vraiment pas de quoi.

Il avança la main et la posa sur celle d'Halldora, comme pour donner plus de poids à ses paroles.

– J'avais juste besoin d'avoir ton sentiment sur la question. Ça me semblait important étant donné la situation.

– Bien sûr.

– Et il y a autre chose, reprit Halldora.

Erlendur lisait l'inquiétude sur son visage. Ses paroles n'avaient manifestement pas suffi à la rassurer. Les clients de la table voisine se levèrent et disparurent sous la bruine. Un courant d'air froid s'engouffra dans le bar quand ils ouvrirent la porte.

– Mais je voulais d'abord te soumettre cette idée et te parler de notre relation.

– Eh bien, c'est fait.

– Oui.

– Mais cette *autre* chose, qu'est-ce que c'est ?

– Je crois que je suis enceinte, annonça-t-elle.

34

Erlendur se rendit à Kringlumyri en traversant les anciennes tourbières. Le temps s'était arrangé et le vent avait faibli. Les mares étaient lisses comme autant de miroirs dans la quiétude du soir. Il continua à marcher en direction du quartier de Hvassaleiti. Il était déjà passé par là après avoir discuté avec l'adolescent à vélo, un des gamins qui avaient découvert le corps d'Hannibal. Ce dernier lui avait parlé d'un golfeur qui venait pratiquer à cet endroit et qui vivait à Hvassaleiti. Erlendur désirait rencontrer cet homme, mais jusque-là son souhait n'avait pas été exaucé.

Il longea les rues bordées de maisons jumelées ou à deux étages. Les enfants s'amusaient à l'extérieur, mais il ne voyait pas son jeune ami à vélo. À la moindre éclaircie, tous se précipitaient dehors pour jouer au ballon ou à cache-cache. Debout dans la rue, les gens discutaient avec angoisse de l'inflation ou évoquaient les célébrations grandioses qui se préparaient à Thing-vellir, en se demandant s'ils iraient. Tout dépendra du temps, déclara l'un d'eux au passage d'Erlendur.

Arrivé à l'extrémité du quartier, il remarqua un homme debout dans l'herbe à proximité du carrefour des boulevards de Hvassaleiti et Haaleiti où on pré-voyait de construire le nouveau bâtiment qui abriterait

Rikisutvarpid, la Radio nationale. Il avait à ses pieds un petit caddie et un seau rempli de balles. Il en attrapa une avec la tête de son club. Il ne les lançait qu'à quelques mètres pour travailler son approche.

Erlendur lui dit bonsoir. L'homme répondit à sa salutation, envoya sa balle à cinq ou six mètres avant d'en sortir une autre du seau. Il avait frappé la balle sous le mauvais angle et arraché une plaque d'herbe avec la tête du club. Erlendur avait troublé sa concentration. Le golfeur se tourna vers lui.

– Je peux faire quelque chose pour vous ? demanda-t-il, la voix teintée d'un soupçon d'agacement.

– Vous vous exercez souvent ici ?

– Ça m'arrive, répondit le quadragénaire grand et svelte au teint hâlé.

Il avait revêtu la tenue adéquate, gilet et pantalon beige à carreaux, et sa main gauche était gantée. Erlendur imagina qu'il avait passé le plus clair de l'été à visiter les rares terrains existants dans la région de Reykjavik. Cet homme ne faisait que le conforter dans son opinion : ce sport avait été inventé pour distraire des gentlemen anglais et écossais qui n'avaient rien de mieux à faire de leur temps.

– Ça vous dérange ?

– Non, répondit Erlendur. Les gamins du quartier m'ont dit qu'un golfeur venait parfois s'exercer ici le soir.

Il sortit la balle qu'il avait ramassée à proximité du pipeline et la lui montra.

– Elle est peut-être à vous ? Je l'ai trouvée là-bas.

L'homme baissa les yeux sur la paume ouverte et prit la balle pour l'examiner. Elle ne portait aucune marque distinctive. Il n'était donc pas en mesure de dire si elle lui appartenait. Il en utilisait de toutes sortes et ne les marquait pas. Ce qui piquait sa curiosité en revanche était le fait que ce jeune homme ait fait le déplacement pour la lui rendre.

– Peut-être, répondit le golfeur. Les miennes ne sont pas personnalisées, par conséquent… mais celle-là me semble plutôt ancienne. Non, il y a peu de chance qu'elle m'appartienne.

Il la rendit à Erlendur.

– Vous tirez en direction du pipeline, n'est-ce pas ? s'enquit Erlendur, l'index pointé vers la zone déserte entre le quartier de Fossvogur et Kringlumýri.

– En me servant du driver, j'arrive à lancer à, disons, deux cent cinquante mètres. Mais je travaille surtout mon approche. Ça m'évite de perdre trop de balles.

– Du driver ?

– C'est comme ça qu'on appelle le club le plus long.

– Ah, je vois.

– Vous n'y connaissez rien en golf, n'est-ce pas ?

– Non.

– Le plus important, c'est l'approche. On peut toujours lancer aussi loin qu'on veut, mais c'est plus difficile de réaliser les petits coups, ce qu'on appelle l'approche.

– Comme vous dites, je n'y connais rien, avoua Erlendur.

– On n'est pas très nombreux à s'y intéresser.

– Il y a d'autres gens qui viennent s'entraîner ici ?

– Non, je pense être le seul, répondit le sportif.

– Et il y a longtemps que vous vous exercez dans le coin ?

– J'ai emménagé dans le quartier il y a quatre ans.

– Vous avez déjà remarqué du passage aux abords du pipeline ? Des gens qui le longeraient ?

– Ça m'est arrivé.

– Et vous vous exercez tard le soir ?

– Parfois jusqu'après minuit, répondit le golfeur. Je fais de mon mieux pour profiter au maximum des nuits d'été. Mais, excusez-moi, je ne vois pas bien où vous voulez en venir avec toutes vos questions. En quoi je peux vous aider exactement ?

– J'ignore si vous vous en souvenez, mais un clochard s'est noyé dans les tourbières de Kringlumyri l'an dernier. Il s'était installé dans le caisson qui protège le pipeline. J'ai trouvé la balle que je viens de vous montrer juste à côté. Je me suis dit que c'était peut-être vous qui l'aviez envoyée là-bas et que vous aviez peut-être remarqué la présence de cet homme.

– Je me rappelle quand on l'a découvert.

– Vous vous rappelez l'avoir vu dans les parages en allant vous exercer là-bas ?

– Vous le connaissiez ?

– Un peu, répondit Erlendur.

– Non, je ne l'ai jamais vu et je ne savais pas qu'il s'était installé à cet endroit avant de le lire dans les journaux. Il devait être sacrément désespéré pour accepter de dormir dans ce caisson en ciment.

– Il avait de gros problèmes, convint Erlendur.

– Maintenant que vous en parlez… je me rappelle une nuit l'été dernier, je suis resté très tard à travailler mon approche et j'ai vu quelqu'un, accroupi au pied du pipeline.

– C'était le clochard ?

– Je n'en sais rien. Il était accroupi, il a jeté des coups d'œil autour, il est entré dans le trou, puis en est ressorti. Je suis incapable de dire s'il s'agissait de l'homme dont vous parlez, je ne l'ai pas bien vu. J'ai simplement aperçu quelqu'un qui traînait, voilà tout.

– Vous avez remarqué dans quelle direction il est parti ?

– Non, je l'ai vu très brièvement. Ensuite, je suis rentré chez moi. Je me rappelle y avoir repensé quand les gamins ont découvert le corps du clochard dans les tourbières quelques jours plus tard. C'est là que j'ai appris qu'il s'était installé à l'intérieur du caisson.

– Vous en avez parlé à la police ?

– À la police ?

– Oui…

– Pas du tout.

– Vous n'avez pas eu l'impression que ça pouvait être important, sachant que cet homme était mort ?

– Non, l'idée ne m'a même pas effleuré, répondit l'homme au pantalon beige à carreaux tout en prenant une nouvelle balle qu'il posa sur l'herbe. Vraiment pas. D'ailleurs, j'aurais été bien incapable de fournir le moindre signalement. Et je ne vois pas pourquoi j'aurais raconté ça à la police sous prétexte qu'on avait retrouvé un clodo flottant dans une mare.

– Vous pourriez me décrire un peu l'homme que vous avez vu ?

– Non, je ne peux pas vous en dire plus.

– Si ce n'est qu'il traînait là-bas…

– Je ne sais pas du tout ce qu'il y faisait, mais j'ai eu l'impression qu'il cherchait quelque chose. Il était loin de moi et je ne l'ai pas bien vu. Comme je viens de vous le dire, je l'ai juste aperçu.

– C'est possible que ç'ait été une femme ?

– Je ne sais pas, répondit le golfeur. Peut-être. Je l'ignore.

– Et ça remonte à l'époque où le corps du clochard a été découvert dans la mare ? Vous vous rappelez le moment précis ?

– Disons, deux jours avant. Il devait être plus de minuit.

– Donc, quelqu'un était accroupi là-bas.

– Oui, je suppose que c'était le clodo lui-même. Au fait, il s'agissait bien d'un accident, n'est-ce pas ?

– Pardon ?

– Sa noyade ? C'était juste un accident ?

– Sans doute, répondit Erlendur, c'était sûrement un accident.

Quand Halldora lui avait annoncé qu'elle était enceinte, Erlendur n'avait pas su comment réagir. Il n'était pas du tout préparé à cette nouvelle qui l'avait totalement désarçonné.

– De moi ?! s'était-il exclamé.

– De toi ? Évidemment, avait répondu Halldora.

– Tu es… ?

– Je n'ai pas… il n'y a pas d'autre homme dans ma vie, si c'est ce que tu crois.

– Tu en es sûre ?

– Sûre ? Comment ça ? Évidemment que j'en suis sûre ! Tu es le seul père possible.

– Non, je voulais dire : tu es sûre d'être enceinte ? Tu viens de dire que tu croyais être enceinte.

– Je… je ne voyais pas comment te l'annoncer autrement, mais c'est certain, avait répondu Halldora. Mon médecin me l'a confirmé.

– Et… quand… ?

– Au printemps dernier. Tu rentrais du bal de la police, ça te revient ? Je vois que tu ne sautes pas de joie.

– C'est juste que je suis surpris. Que… ?

– Tu n'imagines même pas ce que je ressens.

Erlendur s'était tu un moment, le temps de digérer

la nouvelle. On avait entendu un vacarme assourdissant dans la cuisine. Une pile d'assiettes était tombée par terre, les clients avaient levé les yeux, mais Halldora et lui avaient à peine remarqué ce qui venait de se passer.

– Toute cette conversation sur l'idée de louer un appartement tous les deux… ?

– Je ne voyais pas comment m'y prendre pour te l'annoncer, avait expliqué Halldora. Je suis incapable de dire quelle place j'occupe dans ta vie. Tu étais très réticent à rencontrer mes parents. J'en sais si peu sur toi. Sur ta famille, par exemple. On se fréquente depuis deux ans et demi. Malgré ça, je ne peux pas dire que je te connaisse et, en fin de compte, tu ne sais rien de moi. On sort tous des deux, on couche ensemble, on va se promener en ville comme maintenant et…

Erlendur avait craint qu'elle ne fonde en larmes.

– Soit on fait vraiment quelque chose, soit on arrête de se voir, avait-elle murmuré par-dessus la table.

Erlendur n'avait pas su quoi lui répondre.

– Qu'est-ce que tu veux ? avait-elle demandé, les yeux pleins de larmes. Erlendur, qu'est-ce que tu veux qu'on fasse ?

35

Il avait déjà raconté deux fois son histoire à la police et n'avait aucune réticence à recommencer, il était calme, posé et précis dans ses souvenirs. Erlendur comprit pourquoi elle avait succombé à son charme. Avenant, poli et joli garçon, il avait la peau mate, une belle chevelure noire, les mains soignées et le sourire franc. Vêtu d'un costume-cravate, ses cheveux mi-longs retombaient sur ses épaules et ses joues étaient ornées d'une barbe fournie. Erlendur l'avait contacté par téléphone après avoir cherché son nom dans les rapports de police. Isidor lui avait immédiatement proposé de passer le voir à son travail. Il dirigeait une petite entreprise qui importait des produits américains dont quelques échantillons étaient exposés dans son bureau : friandises, chips et autres délices vendus dans les *sjoppas*.

Il s'inquiéta de savoir si de nouveaux éléments étaient apparus dans l'enquête. Erlendur répondit que non et lui expliqua qu'il se livrait à des investigations à la demande de proches sans préciser leur nom. Isidor ne lui en demanda pas plus. Il semblait impatient d'évoquer cette histoire.

La première fois qu'il avait rencontré Oddny, il ignorait qu'elle était mariée. Ils avaient engagé la conversation au Rödull et il lui avait offert un verre. Elle lui avait raconté qu'elle était sortie avec des collègues dans un autre endroit et qu'elle était venue seule au Rödull. Très vite, elle lui avait demandé s'il était libre. Il lui avait répondu qu'il était divorcé et sans enfant. Elle avait déclaré qu'elle n'avait pas d'enfant non plus, mais il ne s'était pas inquiété de savoir si elle était mariée.

– Elle n'en avait pas l'air, observa Isidor en lissant sa cravate. En tout cas, ça ne se voyait pas dans son comportement.

Ils avaient pris un taxi jusqu'à chez lui, à Breidholt, où il s'était lancé dans la construction d'une petite maison jumelée sur le versant nord de la colline. Les travaux n'étaient pas encore terminés, mais les sols en ciment avaient été peints et une cuisine de fortune aménagée. Ils avaient couché ensemble et décidé de se revoir.

– Comme je l'ai dit à vos collègues à l'époque, j'ai été très surpris quand elle m'a dit qu'elle était mariée. On se voyait pour la troisième fois, elle m'a déclaré qu'on ne pouvait pas continuer et qu'elle devait mettre fin à notre relation. Évidemment, je l'ai questionnée et c'est à ce moment-là qu'elle m'en a dit la raison. Vous imaginez ma surprise. Je suis complètement tombé des nues.

– Elle vous a expliqué pourquoi elle ne vous l'avait pas dit dès le début ?

– Je crois qu'elle s'est simplement servie de moi pour se venger de son mari, répondit Isidor. C'est lui qui vous envoie ?

– Non, pas du tout, assura Erlendur. Pourquoi aurait-elle voulu se venger ?

– Je pense qu'elle n'était pas heureuse.

– Elle vous en a parlé ?

– Oui, quand elle a rompu. Elle m'a dit qu'elle voulait le quitter, mais qu'elle devait attendre. Elle avait besoin de temps. Elle m'a expliqué qu'elle avait agi de manière irréfléchie en sortant avec moi et qu'elle ne pouvait pas se partager entre deux hommes. Je lui ai parlé après que son mari avait découvert notre relation et elle m'a dit qu'il s'était mis très en colère.

– C'était compréhensible, non ?

– Peut-être, en tout cas il l'avait menacée des pires maux.

– Vous connaissez la nature exacte de ces menaces ?

– Non, mais j'ai eu l'impression qu'elle avait peur de lui. Évidemment, je l'ai dit à la police, mais elle n'a pas jugé utile de m'écouter.

– Vous n'acceptiez pas qu'elle rompe avec vous, observa Erlendur.

– Non, ce n'est pas ça... Je la croyais vraiment en danger.

Le téléphone sonna sur son bureau. Il décrocha, nota la commande que lui passait son correspondant, puis s'excusa en disant qu'il était en réunion et mit fin à l'appel.

– C'est bien vous qui avez contacté son mari pour l'informer de votre relation ? interrogea Erlendur.

– Je voulais lui venir en aide, plaida Isidor. Je pensais à ce qui était le mieux pour elle. C'est tout.

– Elle ne vous avait pas demandé de garder le secret sur votre histoire ?

– Pas vraiment.

– Vous ne pensez pas que c'était logique ?

– Évidemment, j'avais du mal à accepter que ça se passe comme ça et je l'ai appelée plusieurs fois. Une fois, son mari a répondu et il m'a demandé qui j'étais.

Je lui ai simplement dit la vérité : Oddny et moi, on a une liaison.

– À ce moment-là, elle avait pourtant déjà rompu et cessé de vous voir.

– Je crois qu'elle a rompu contrainte et forcée, répondit Isidor.

– Vous saviez sans doute que votre attitude lui attirerait des ennuis.

– Comme je viens de le dire, je pensais lui venir en aide. Elle m'avait confié que son couple était à la dérive, mais je voyais qu'elle n'osait pas y mettre vraiment fin.

– Elle avait décidé de ne pas le quitter.

– Cela m'a extrêmement déçu, avoua Isidor.

– Elle vous avait dit qu'il était violent ?

Isidor hocha la tête.

– C'est pour cette raison qu'elle voulait le quitter. Et c'est aussi pour ça que notre relation n'a pas fonctionné.

– Vous croyez qu'il lui a fait du mal ?

– C'est à la police de le découvrir, répondit Isidor. Elle est au courant de tout cela, mais dit n'avoir aucune preuve contre lui. Personnellement, je trouve qu'elle traîne des pieds.

– Un témoin l'a vue discuter avec un inconnu au Thorskaffi. Vous avez une idée de l'identité de cette personne ?

– Aucune, répondit Isidor.

– Ce n'était pas vous ?

– Non. J'étais chez moi ce soir-là. Je me suis couché tôt. Je ne lui ai rien fait. J'ai juste essayé de l'aider.

– Qu'est-ce que vous pensez qu'il lui est arrivé ?

– Posez la question à son mari.

– Que voulez-vous dire ?

– Bien sûr, j'ai été très choqué en apprenant qu'elle

avait disparu. Je ne dis pas qu'il l'a tuée ni rien de
semblable. Je crains que cette pauvre femme n'ait mis
fin à ses jours, mais c'est lui le responsable. La police
en est sans doute persuadée, elle aussi. Mais elle semble
n'avoir aucun moyen de prouver sa responsabilité.

– Elle vous semblait envisager de recourir à de
telles extrémités ?

– Naturellement, cette situation la rendait assez triste,
mais je n'imaginais pas qu'elle puisse en arriver là.
Non, elle n'a jamais parlé de faire une chose pareille.
En tout cas, pas devant moi.

– Mais vous ? Vous n'étiez pas du tout content de
cette rupture.

– Elle avait rompu depuis trois ans avec moi quand
elle a disparu, précisa Isidor. J'avais eu le temps de
m'en remettre et je tiens à souligner que je n'ai jamais
été considéré comme suspect au cours de l'enquête.
Vous pouvez le vérifier.

– Et à présent vous êtes marié ?

– Non, répondit Isidor, je ne suis pas marié. J'ai…
je vis en concubinage, mais je ne vois pas le rapport
avec cette affaire.

– C'est elle qui vous a fourni un alibi ? Je veux
dire, votre compagne ?

– Fourni un alibi… ? Elle n'a pas eu besoin de me
fournir quoi que ce soit. On était ensemble le soir où
Oddny a disparu. Je ne lui ai rien fait. Vous pouvez me
croire. Rien du tout. Mon seul rôle dans cette histoire a
consisté à lui rappeler qu'elle avait une vie misérable.

36

Erlendur s'apprêtait à débuter une nouvelle nuit de travail quand, tard dans la soirée, il aperçut Thuri à Hlemmur. Elle descendait de l'autobus desservant la ligne 3 Nes-Haaleiti, avec d'autres passagers. Il avait plu pendant la journée et des flaques s'étaient formées sur le parking. Les clochards traînaient parfois sur la place Hlemmur où se trouvait la plus importante station de bus de la ville, récemment baptisée Station centrale des autobus de Reykjavik. Malgré son appellation ronflante, elle se résumait à un parking goudronné, battu par les vents, et à un grand abribus froid orienté vers l'est où les gens attendaient par tous les temps en espérant que la ligne Loin-d'ici-et-vite n'ait pas trop de retard.

Bergmundur, l'amant de Thuri, était absent. Quant à elle, elle lui parut à peu près en forme. Il s'approcha pour la saluer. Elle le reconnut tout de suite, manifestement de mauvaise humeur. Il comprit qu'elle venait d'avoir une altercation dans l'autobus. Plutôt que de supporter les insultes, elle avait préféré descendre à Hlemmur et attendre le prochain passage.

– Quelle bande de connards ! s'exclama-t-elle en reniflant.

– Qu'est-ce qui vous arrive ? demanda Erlendur.

– Des sales mômes m'ont emmerdée dans le bus. Ils ont entendu parler du pays, croyez-moi, ces petits cons !

– Ça vous arrive souvent de croiser… des petits cons ?

– De quoi je me mêle ? lança-t-elle, encore furieuse de l'altercation.

– Pardon, je pensais simplement que…

– Ouais, pensez ce que vous voulez, mon vieux.

Erlendur était arrivé en avance. Il lui restait une heure avant de prendre son poste et il avait prévu d'en profiter pour se plonger dans les dossiers. Il proposa un café à Thuri, dans le coin. Il voulait la revoir pour lui poser d'autres questions sur la boucle d'oreille qu'elle avait découverte et décida de profiter de l'occasion que lui offrait cette rencontre imprévue.

– Vous me paierez un verre d'alcool ? répliqua-t-elle immédiatement.

– Je crains qu'ils n'en vendent pas dans le bar auquel je pensais.

– Dans ce cas, laissez tomber, répondit Thuri en retournant vers l'abribus vide. Elle s'installa sur l'un des bancs et Erlendur vint s'asseoir à côté d'elle. Le sol était jonché de chewing-gums écrasés et d'emballages de bonbons que le vent faisait tourbillonner. Une poubelle vide reposait sur le côté dans un coin, voisinant avec une bouteille de soda brisée. Les parois étaient maculées de graffitis obscènes et vulgaires.

– Vous avez croisé Bergmundur récemment ? demanda Erlendur.

– Cette espèce de crétin ?!

– Je vous croyais amis.

– Bergmundur n'a pas d'amis. N'allez pas croire ça ! C'est un pauvre type. Rien de plus. Un pauvre type !

244

– Je m'apprêtais à passer vous voir chez vous, déclara Erlendur.

– Ah bon ?

– J'avais d'autres questions à vous poser sur la boucle d'oreille.

– Vous êtes allé la récupérer chez cet escroc ?

Erlendur supposa qu'elle voulait parler du vendeur de gnôle de contrebande qui avait accepté le bijou en guise de paiement.

– Oui, elle est chez moi.

– Ça ne me gênerait pas de la récupérer, observa Thuri.

– À quoi bon ? rétorqua Erlendur.

– Je ne la revendrai pas, si c'est ce que vous croyez, assura Thuri, vexée. Je ne voulais pas la vendre, mais la garder. Donc…

Une adolescente, les yeux maquillés, entra dans l'abribus et les regarda à tour de rôle. Ils ne semblèrent pas l'inspirer et elle ressortit aussitôt. Elle portait une minijupe et des chaussures à plateformes, pas très pratiques pour marcher.

– Je voulais vous demander, où avez-vous trouvé cette boucle d'oreille ? reprit Erlendur.

– Enfin, dans le caisson, quelle question ! s'exclama Thuri.

– Oui, mais où exactement ? Vous vous rappelez l'endroit précis où vous l'avez trouvée ?

– Qu'est-ce que ça peut vous faire ?

– J'ai envie de le savoir, c'est tout.

– Elle n'était pas très loin de l'ouverture, répondit Thuri.

– À droite ou à gauche ?

– À droite, à gauche, c'est quoi ces questions ?! Qu'est-ce que ça change ?

– Rien, enfin, sans doute, répondit Erlendur, mais ça m'aiderait si vous arriviez à vous en souvenir.

– À gauche, finit par dire Thuri, elle était sous l'une des canalisations. L'endroit où elle se trouvait était sombre et je suis tombée dessus parce que je me suis cogné la tête dans ce putain de caisson en y entrant. J'ai vu un truc qui brillait et c'était cette boucle d'oreille. Vous avez trouvé le nom de sa propriétaire ?

– J'y travaille.

– Et la raison pour laquelle ce bijou était là-bas ?

– Je l'ignore, répondit Erlendur. Mais vous, vous pensez que quelqu'un aurait pu le perdre là où vous l'avez trouvé ? Vous auriez une idée de la manière dont il est arrivé là ? J'ai vérifié, l'autre jour : c'est impossible de se glisser sous la canalisation à cet endroit, elle est vraiment à ras de terre.

– Peut-être que quelqu'un l'a balancé d'un coup de pied, suggéra Thuri.

– C'est possible.

– À moins que…

– Quoi donc ?

– À moins que quelqu'un ne l'ait posé là.

– Comment ça ? Qui aurait pu vouloir le mettre là ?

– Je n'en sais rien, s'emporta tout à coup Thuri, fatiguée des questions d'Erlendur. Je n'ai jamais réfléchi à ça. Vous, si ! Je n'ai aucune idée de la manière dont cette boucle d'oreille est arrivée là-bas. Je l'ai trouvée, c'est tout. Je me fiche de savoir comment elle est arrivée là, qui l'y a mise et à qui elle appartient. Je me demande pourquoi vous me posez toutes ces questions. Je ne sais même pas qui vous êtes. Enfin, nom de Dieu, qui êtes-vous ?

– D'accord, répondit Erlendur. J'essaie seulement de découvrir comment Hannibal est mort.

– Eh bien, je n'en sais rien !

Thuri sortit son étui à cigarettes, en prit une, l'alluma et inspira profondément la fumée.

– Est-ce que cette boucle d'oreille aurait un rapport avec sa mort ? s'inquiéta-t-elle.

– Je l'ignore, répondit Erlendur. Mais c'est la seule chose qui n'avait pas sa place dans le caisson. La seule qui n'avait pas sa place dans les affaires d'Hannibal.

– Pauvre Hannibal, il n'y en a pas beaucoup d'aussi bien que lui, observa Thuri.

– Ça lui est arrivé de vous parler de sa sœur ?

– De celle qu'il a sauvée dans le port ?

– Oui. Elle s'appelle Rebekka. Elle est très malheureuse du sort de son frère et elle a l'impression d'en être responsable. Bien sûr, c'est complètement faux. On a fait connaissance, elle et moi, et elle m'a raconté l'accident. Elle veut savoir ce qui s'est passé exactement quand Hannibal s'est noyé.

– C'est pour ça que vous me harcelez constamment ? interrogea Thuri en le regardant droit dans les yeux.

Erlendur lui fit un sourire.

– Alors, elle s'appelle Rebekka ? Je ne savais pas. Il parlait rarement d'elle ou de sa famille.

– Il n'a pas pu les sauver toutes les deux, précisa Erlendur.

– Mais en quoi serait-elle responsable de ce qui est arrivé ?

– Elle n'était pas censée être avec eux dans la voiture, reprit Erlendur. Il n'aurait dû y avoir qu'Hannibal et sa femme. Et elle ne parvient pas à s'en remettre. Aujourd'hui encore, c'est… très douloureux pour elle de penser à tout ça.

Thuri tira sur sa cigarette. La colère qui avait suivi l'altercation dans le bus était retombée, ce qu'Erlendur

247

lui avait dit de la sœur d'Hannibal et de l'accident l'avait calmée.

– Vous allez où ? demanda-t-il, en espérant ne pas la froisser ni déclencher une nouvelle colère.

– Où je vais ?

– Quelle était votre destination à bord de ce bus ?

– Je n'en avais aucune, répondit Thuri. J'aime bien me balader comme ça dans la ville pour regarder les bâtiments, les rues et les nouveaux quartiers comme celui de Breidholt. Ça me donne presque l'impression de voyager. Mais je n'ai aucune destination précise. Je ne vais jamais nulle part. Je reviens toujours au même endroit.

Elle laissa tomber sa cigarette par terre et l'écrasa après l'avoir fumée presque jusqu'à se brûler les doigts.

– Tout ce que je sais, c'est qu'il regrettait beaucoup sa femme, reprit-elle.

– Helena ?

– Il m'a dit qu'elle avait repoussé sa main, poursuivit Thuri, les yeux baissés sur les flaques de Hlemmur. Il pensait pouvoir les sauver toutes les deux, mais sa femme lui a fait signe de s'occuper de la petite. Il m'a dit qu'elle s'était sacrifiée pour qu'il sauve sa sœur. Elle avait compris qu'il ne pourrait jamais les sortir toutes les deux de la voiture, que ça lui prendrait trop de temps et de force pour la libérer et sauver ensuite la petite. Elle voulait qu'il se concentre sur sa sœur. Elle l'a repoussé. C'est la dernière vision qu'il a eue d'elle vivante. Il m'a dit qu'elle lui avait souri. J'ai l'impression qu'Hannibal avait inventé ce détail, il m'a raconté ça un jour où il était mou, mais il ne m'en a plus jamais parlé après.

Quelques instants plus tard, un autobus arriva. Thuri se leva et salua froidement Erlendur, comme si elle voulait le voir disparaître de sa vie. Le ciel était lourd. La pluie s'était remise à tomber. Il la regarda monter et s'installer près de la vitre pour continuer son errance perpétuelle à travers la ville, sans se soucier de sa destination. Sa vie était un voyage sans but et, en voyant l'autobus s'éloigner de Hlemmur, Erlendur avait presque l'impression de se voir à sa place, voyageur solitaire et sans but, condamné à une éternelle errance dans l'existence.

37

Erlendur ne connaissait personnellement aucun de ceux qui travaillaient à la Criminelle sous l'autorité du procureur de Reykjavik. Il s'était rendu quelquefois aux bureaux situés rue Borgartun pour y porter des paquets ou des documents, et ses collègues de la Criminelle intervenaient parfois sur les cambriolages et les agressions particulièrement violentes. Il arrivait aussi que des policiers soient convoqués pour apporter leur témoignage dans des affaires en cours. Jamais on ne le lui avait demandé, il n'avait donc jamais eu affaire à ce service en tant que simple policier.

Il avait cherché le nom du commissaire chargé de l'enquête sur la disparition d'Oddny. Hrolfur avait la trentaine, c'était quelqu'un de tranquille qui ne semblait pas se passionner outre mesure pour son travail. Mais, ce jour-là, il était très occupé à quelque chose dont Erlendur ignorait la nature et avait manifestement mieux à faire que de discuter. Pensant que cela pouvait être utile, Erlendur était venu en uniforme. Il avait réussi à coincer Hrolfur dans le cagibi réservé à la photocopieuse toute neuve achetée par l'administration. Aussi bruyante qu'un tracteur, cette dernière projetait des rayons aveuglants à l'intérieur d'un placard obscur. Il interrogea son collègue sur la disparation d'Oddny.

– Nous n'avons aucun élément nouveau dans cette affaire, répondit Hrolfur en photocopiant à toute vitesse des documents. Pourquoi cette question ?

Les papiers concernaient une transaction immobilière. Erlendur se dit que soit Hrolfur s'était lancé dans ce genre d'aventures, soit il enquêtait sur une affaire d'escroquerie. Il était venu le voir dans l'intention plus ou moins claire de lui faire part de ce qu'il avait découvert au cours de ses investigations. Il avait mauvaise conscience à dissimuler ce qu'il savait et, même si Rebekka lui avait demandé de garder encore un peu le silence, il tenait à mettre fin à cette situation très inconfortable.

– Simple curiosité, assura-t-il. Et vous n'avez pas découvert de nouveaux indices ou exploré de nouvelles pistes ?

– Pas vraiment. Ce qui s'est passé semble assez clair.

– Et qu'est-ce qui est arrivé exactement ?

– Eh bien, cette malheureuse s'est arrangée pour disparaître. Elle s'est très probablement jetée à la mer. C'est la seule hypothèse crédible.

– Mais elle trompait son époux, n'est-ce pas ?

– Elle ne l'avait fait que très brièvement et ça remontait à plusieurs années avant sa disparition.

– Vous avez vérifié son alibi ? Je veux dire, celui de l'amant ?

– Oui, il était chez lui avec sa compagne.

– Et si c'était un mensonge ?

– Un mensonge ? Qu'est-ce qui vous fait penser une chose pareille ?!

– Et l'homme qu'elle est censée avoir rencontré au Thorskaffi ce soir-là ? poursuivit Erlendur.

– On ne l'a jamais retrouvé, répondit Hrolfur, le

visage balayé par le faisceau aveuglant de la photocopieuse. En quoi est-ce que tout cela vous concerne ?

– Vous avez surtout exploré la piste du mari, n'est-ce pas ? éluda Erlendur.

– Nous n'avons rien contre lui, répondit Hrolfur en soulevant le couvercle de la machine. C'est possible qu'il lui ait parfois collé quelques gnons, mais ça ne prouve rien.

– Comment ça, quelques gnons ?

– Nous avons assez vite découvert qu'il y avait un petit problème entre eux. Il lui arrivait de frapper sa femme. Rien de très grave, mais ça a suffi pour qu'on le cuisine bien, et nous avons interrogé tous ceux qu'ils fréquentaient. Mais ça n'a rien donné.

– C'est lui qui vous a informé de ces violences, ou quelqu'un d'autre ?

– Quelqu'un d'autre.

– Et il a avoué ?

– Oui, il a reconnu les faits. Dites-moi, qui êtes-vous ?

– Je m'intéresse à cette affaire, répondit Erlendur.

– Il y a longtemps que vous êtes dans la police ?

– Non.

– Vous connaissez ces gens ?

– Pas du tout. Par conséquent, l'enquête est dans une impasse, c'est ça ?

– Il n'y a ni corps, ni arme du crime, ni mobile, énuméra Hrolfur. L'hypothèse la plus probable est celle d'un suicide. Elle était malheureuse en ménage. Elle désirait sans doute quitter son mari et l'a fait à sa manière.

– Il était seul à leur domicile le soir de sa disparition.

– Oui, mais que je sache, ce n'est pas un crime, jeune homme, rétorqua Hrolfur. Il avait assisté à une réunion du Lions Club. Mais je me demande pourquoi je vous raconte tout ça. Rappelez-moi votre nom ?

– Erlendur.

– Ah, Erlendur, vous avez des informations sur cette affaire ? Comment ça se fait qu'elle vous intéresse autant ?

– Je suis tombé sur des articles de journaux et j'ai entendu des collègues en parler à Hverfisgata.

– Nous avons fouillé le domicile du couple, reprit Hrolfur, et cuisiné très longuement le mari sans y aller avec le dos de la cuiller. Nous avons interrogé les voisins. Personne ne l'a vu quitter la maison ou y entrer ce soir-là. Et, malgré ça, nous n'avons rien trouvé qui permette au procureur de l'inculper. Le mari n'a même pas jugé bon de prendre un avocat. Les choses n'en sont jamais arrivées à ce stade.

– Mais il était suspect ?

– Oui, et bien sûr il l'est toujours. Tout comme l'ancien amant. L'enquête n'est pas close, elle est toujours en cours. Nous procédons à des investigations et nous passons des coups de fil de temps à autre. Et nous examinons soigneusement le moindre indice qui nous parvient. Par conséquent… En tout cas, son mari maintient qu'elle n'est pas rentrée chez elle après sa soirée au Thorskaffi. Il affirme qu'il ne l'a jamais revue. Voilà où nous en sommes.

– Pas d'élément nouveau dans ce domaine non plus ?

– Aucun.

– Un clochard s'est noyé à Kringlumyri le week-end où cette femme a disparu, observa Erlendur.

– Et alors ?

– Vous êtes au courant de cette affaire ?

– Ah oui, comment il s'appelait déjà ? Il s'appelait…

– Hannibal.

– Voilà. C'était un de ces clodos qui traînent en ville.

– Vous n'avez pas jugé nécessaire d'enquêter plus que ça sur son décès ?

– Eh bien, il s'est noyé, rétorqua Hrolfur, je ne vois pas en quoi il y avait matière à enquêter. Le corps a été autopsié. Aucune trace anormale susceptible d'avoir entraîné sa mort n'a été relevée. Vous vous intéressez à ce genre d'enquêtes ?

– Non, répondit Erlendur, pas spécialement.

– On a mis le paquet pour retrouver cette femme, reprit Hrolfur en ramassant ses documents avant d'éteindre le photocopieur qui fit enfin silence. Vous savez ce que c'est...

– Comment ça ?

– Ce sont les deux premières journées qui comptent le plus dans les disparitions, répondit Hrolfur d'un air grave.

– Et qu'est-ce que vous faites de l'incendie dans la cave d'Hannibal ? Vous n'étiez pas au courant ?

– Si, mais on nous a affirmé qu'il l'avait déclenché lui-même.

– C'est possible que vous lui ayez accordé moins d'importance qu'à Oddny ?

– C'est-à-dire ? s'agaça Hrolfur. C'était tout aussi important ! Mais on pouvait imaginer qu'Oddny était encore en vie. Nous ignorions ce qui lui était arrivé, mais nous avions encore des chances de la sauver et nous avons logiquement décidé de nous concentrer sur elle. Le clochard était tombé dans la mare et s'était noyé. Nous ne pouvions plus rien faire pour lui. Il était ivre. Il avait un fort taux d'alcool dans le sang. Pour- quoi... Qu'est-ce que vous... ? Vous le connaissiez ?

– Un peu. Je l'ai croisé quelquefois pendant mes

patrouilles, précisa Erlendur. C'était un brave homme, rudement malmené par la vie.

– Oui, il s'était installé dans le caisson du pipeline, c'est ça ?

– Effectivement.

– Vous aviez d'autres questions ? interrogea Hrolfur en ramassant ses documents pour les prendre sous le bras. Je dois aller en réunion.

– Non, merci pour votre aide.

Erlendur regarda le policier quitter son bureau en toute hâte. Apparemment, il pouvait attendre encore un certain temps avant de lui parler de cette boucle d'oreille. Ce que lui avait dit Hrolfur laissait clairement entendre que cela n'avait rien d'urgent.

38

À l'arrivée d'Erlendur, l'homme bricolait dans son garage. La grande porte coulissante était remontée et une voiture récente garée sur le parking en ciment devant la maison. Le propriétaire de la belle Américaine noire et étincelante venait manifestement de la lustrer. Tout était rangé avec soin à l'intérieur du garage, de petites boîtes posées sur les étagères qui tapissaient les murs permettaient de tout maintenir en ordre. Le sol luisait de propreté au point qu'on se demandait s'il ne fallait pas y marcher en chaussettes. Des ustensiles de jardinage et des outils étaient suspendus au mur. Deux pelles brillantes étaient accrochées par la partie métallique.

Le maître des lieux n'avait pas immédiatement remarqué la présence d'Erlendur, qui attendit un moment et en profita pour l'observer. Il n'était pas sans lui rappeler Isidor : peau mate et cheveux bruns, svelte et soigné. Légèrement plus âgé qu'Erlendur, vêtu d'une chemise à carreaux et d'un jean, il rangeait un bidon et quelques chiffons, manifestement très soucieux de remettre chaque chose à sa place. Constatant que le parking en ciment où il avait garé sa voiture était humide, Erlendur supposa que l'homme l'y avait lavée avant de lui appliquer la cire noire. Le tuyau d'arrosage était soigneusement enroulé à sa place sur l'un des murs.

On ne pouvait pas reprocher à cet homme de ne pas entretenir sa voiture. Ni son garage.

Il travaillait comme chef de service dans une importante caisse de retraite. Erlendur considérait ne pas pouvoir éviter cette entrevue, même s'il avait retardé le moment de cette rencontre qui l'angoissait un peu. Il ne voyait pas comment s'y prendre pour aborder avec lui ce sujet sensible et craignait sa réaction. Son épouse avait disparu un soir à Reykjavik. Depuis, il avait dû faire face à toutes sortes d'accusations et maintenant Erlendur, un parfait inconnu, s'apprêtait à venir raviver ses souffrances.

Il resta à piétiner à l'entrée du garage en attendant que l'homme lève les yeux de sa tâche et lui prête attention. Ce dernier sortit et lui dit bonsoir. Erlendur répondit à sa salutation, puis se tut.

– Et que… Je peux faire quelque chose pour vous ? s'enquit-il au terme d'un silence aussi long qu'embarrassant.

– Vous êtes bien Gustaf ?

– Lui-même.

– Je m'appelle Erlendur. Je suis policier.

– Policier ?

– Police de proximité. Je voulais vous parler d'Oddny, votre femme.

– D'Oddny ?

– Je sais que…

– Qu'est-ce que vous avez à me dire là-dessus ? rétorqua l'homme. De quoi je me mêle ? Rappelez-moi votre nom.

– Je m'appelle Erlendur. Je me suis penché sur cette affaire à titre personnel parce que je m'intéresse à un homme qui est mort le week-end où votre femme a disparu.

– À titre personnel ?!

– Oui, parce que je connaissais un peu cet homme. Et aussi sa sœur.

– De qui parlez-vous ?

– Il s'appelait Hannibal. C'était un clochard.

– Clochard ? De quoi… enfin, de quoi parlez-vous ?

– Il s'était installé dans le caisson du pipeline, pas très loin d'ici, en bas de Kringlumyri. Il s'est noyé dans les anciennes tourbières. Ça s'est produit à l'époque de la disparition de votre épouse. Peut-être exactement au même moment.

Debout à la porte de son garage, le maître des lieux dévisageait Erlendur, cet inconnu arrivé dans la quiétude du soir qui lui racontait une histoire de clochard et venait perturber son univers parfaitement ordonné.

– Quel est le rapport avec Oddny ? interrogea Gustaf.

– C'est justement ce que je voulais vous demander.

– Me demander ?! Je ne connais aucun clochard et je ne vous connais pas non plus. Vous n'êtes pas en service, que je sache ?

Erlendur hocha la tête négativement.

– Il est possible qu'Hannibal et votre femme se soient croisés la nuit où elle a disparu, poursuivit-il. Je suis incapable de vous dire dans quel contexte et je n'ai aucune idée de la manière dont ils ont pu se rencontrer. Je suppose que votre femme est morte et je sais que c'est le cas d'Hannibal. Je veux comprendre ce qui s'est passé. Hannibal avait une sœur du nom de Rebekka. Elle est vivante et désire, tout comme moi, savoir ce qui est arrivé.

– Vous feriez mieux de repartir, conseilla Gustaf. Vous n'avez pas frappé à la bonne porte. Je n'ai aucune réponse à vos questions et je ne vois pas du tout où vous voulez en venir. Je ne connais pas ces deux personnes et je n'ai jamais entendu parler d'elles.

– C'est tout à fait compréhensible, vous n'êtes pas censé…

– D'ailleurs, j'ignore qui vous êtes et tout cela me semble très étrange. Vraiment bizarre. Fichez-moi la paix, je n'ai rien à vous dire.

– Nous ne pensons pas qu'Hannibal a fait du mal à votre femme, s'entêta Erlendur. Il avait…

Le jeune policier cherchait les mots adéquats.

– Il avait… disons qu'étant donné son parcours, c'est impossible qu'il ait fait du mal à votre femme. Il n'avait pas eu la vie facile, mais jamais il ne s'en serait pris à elle.

– Écoutez, les ragots et les rumeurs, ce n'est pas ma tasse de thé. Je peux vous demander de me laisser tranquille ? pria Gustaf. Je n'ai rien à vous dire. Essayez de vous mettre ça dans la tête !

– Si je vous raconte tout cela au sujet d'Hannibal, c'est parce que nous pensons que la nuit de sa disparition, votre femme a dû passer un moment dans le caisson du pipeline que cet homme occupait.

Gustaf avait pris la télécommande de la porte du garage, mais semblait encore hésiter à presser le bouton qui actionnerait la fermeture.

– C'est pour cela que je pense que leurs chemins se sont croisés, poursuivit Erlendur comme si de rien n'était. Et ça s'est produit à proximité du pipeline. Mais j'ignore ce qui est arrivé à votre femme après cette rencontre. De même que j'ignore ce qui est arrivé à Hannibal. Je me disais que vous pourriez peut-être m'aider à apporter des réponses à ces questions.

– Qui est donc cet Hannibal ? Je ne vous suis vraiment pas. Je n'ai jamais entendu parler de cet homme.

– C'est tout à fait logique. Jusque-là, personne n'a établi aucun lien entre ces deux affaires.

– C'est n'importe quoi… Au fait, rappelez-moi votre nom.

– Erlendur.

– Eh bien, Erlendur, je suis touché de l'intérêt que vous portez à la disparition de ma femme, mais je vous prie de me laisser tranquille et de vous occuper de vos affaires.

L'homme appuya sur le bouton de sa télécommande. En quelques soubresauts et accompagnée par un bruit de moteur, la porte coulissante rouge s'ébranla et commença à se fermer telle une muraille devant Erlendur. Il plongea sa main dans sa poche, prit la boucle d'oreille et l'agita devant le visage de Gustaf.

– Est-ce que vous reconnaissez ceci ?

L'homme regarda le bijou, impassible.

– Vous reconnaissez cette boucle d'oreille ? répéta Erlendur.

La porte continua de descendre. Juste avant qu'elle ne se ferme entièrement avec un petit clic, Erlendur balança la boucle d'oreille à l'intérieur du garage, mais regretta aussitôt ce geste désespéré qui l'avait conduit à perdre l'unique pièce à conviction dont il disposait. Il n'avait plus rien permettant de prouver le passage d'Oddny dans le caisson du pipeline, si ce n'était sa parole et celle de Thuri, clocharde et alcoolique.

Désemparé, il fixait la porte en retenant son souffle. Il s'écoula presque une minute entière. Il s'apprêtait à tambouriner, mais le moteur se mit subitement en route à l'intérieur et la porte s'ouvrit lentement.

L'homme avait ramassé la boucle d'oreille et l'examinait d'un air grave.

– Où avez-vous trouvé ça ? demanda-t-il en le regardant droit dans les yeux, incapable de dissimuler sa surprise.

39

La maison de Gustaf, tout aussi soignée que son garage, ne ressemblait en rien à l'appartement d'Erlendur où régnait un certain désordre. L'endroit était dépouillé. Les meubles étaient élégants et placés à l'endroit adéquat, les bibelots en porcelaine idéalement orientés, les tableaux qui ornaient les murs parfaitement d'aplomb, la moquette bleu clair avait été soigneusement aspirée et on distinguait encore la trace du passage de l'aspirateur. Une odeur agréable dont Erlendur ignorait la provenance flottait dans l'air. La cuisine ne sentait pas le graillon. Il s'était apprêté à se déchausser en entrant, mais son hôte lui avait dit que ce n'était pas nécessaire. Erlendur n'en était toutefois pas certain.

Gustaf l'invita à s'asseoir dans la salle à manger et s'installa en face de lui, la boucle d'oreille à la main. Erlendur se demandait comment il allait s'y prendre pour la récupérer. Son hôte adoptait maintenant une tout autre stratégie. Coopératif, il lui avait ouvert sa maison et semblait enfin disposé à discuter. Il lui répéta ne pas savoir ce qui était arrivé à sa femme et ajouta qu'il était un homme brisé. Pour sa part, il avait assisté à une réunion du Lions Club alors qu'Oddny était sortie avec ses collègues au Thorskaffi.

– Je fais partie de cette association depuis quelques années, précisa-t-il.

– Cette boucle d'oreille appartenait à Oddny ?

– Oui.

– Vous en êtes sûr ?

– C'est moi qui la lui ai offerte. Je l'ai achetée chez un bijoutier ici, à Reykjavik. Je ne l'avais…

Gustaf semblait bouleversé.

– Je ne l'avais pas revue depuis la disparition. C'est… je dois vous avouer que c'est un sacré choc. Je ne sais pas quoi dire, ni quoi penser, ajouta-t-il, les yeux rivés sur le bijou posé au creux de sa main.

Erlendur garda le silence. Il voulait lui donner le temps de reprendre ses esprits. Sa visite l'avait désarçonné, ce qui semblait assez logique. Il s'abstint de lui faire part de sa conversation avec le bijoutier, préférant qu'il n'en sache pas trop sur ses investigations.

Au bout d'un moment, il lui demanda s'il pouvait confirmer qu'Oddny portait la boucle d'oreille le soir de sa disparition.

– Oui, répondit Gustaf. Elle l'avait mise. Je les lui avais offertes après qu'on avait… un jour que j'étais de bonne humeur. Elle aimait beaucoup les bijoux. C'est bien sa boucle d'oreille. Il n'y a aucun doute. Comment avez-vous… où l'avez-vous trouvée ? Êtes-vous en train de me dire que… que vous avez retrouvé le corps d'Oddny ?

– Non, démentit Erlendur. Pas du tout. Je n'ai que ce bijou et ce n'est pas moi qui l'ai trouvé, mais une femme du nom de Thuri. Elle connaissait Hannibal, l'homme qui habitait dans le caisson du pipeline à Kringlumyri. Peu après son décès, elle est allée là-bas et l'a trouvé sous la canalisation. C'est elle qui me l'a donné.

– Comment avez-vous su qu'il appartenait à Oddny ?

– Je n'en savais rien, répondit Erlendur, préférant se garder d'en dévoiler trop. J'ai simplement supposé que cela pouvait être le cas. Hannibal s'est noyé le week-end où votre femme a disparu. Et ce n'est pas très loin de chez vous. Je voulais savoir si vous reconnaissiez cette boucle d'oreille. Je me disais qu'il existait peut-être un lien entre ces deux affaires.

– Pardonnez-moi, mais en quoi cela vous concerne-t-il ? Quel est le but de vos investigations ?

– Comme je vous l'ai dit, je connaissais un peu Hannibal, répondit Erlendur. Et j'ai à cœur de découvrir comment il s'est noyé, si c'est possible. Je suis aussi en contact avec sa jeune sœur qui m'a demandé de trouver des réponses. On m'a remis ce bijou et me voici. Je sais que ce n'est sans doute pas facile pour vous, mais je ne vois pas comment j'aurais pu m'y prendre autrement qu'en venant vous consulter.

Gustaf continuait de scruter la boucle d'oreille au creux de sa main.

– Mais comment est-elle arrivée là-bas ?

– Il se peut qu'Hannibal l'ait trouvée en ville, répondit Erlendur. Étant clochard, il ramassait toutes sortes de choses dans la rue et ce n'est pas exclu qu'il l'ait ensuite ramenée avec lui.

Gustaf regarda longuement Erlendur.

– Mais vous avez une autre théorie, dit-il.

– Je pense que votre femme est entrée dans le caisson du pipeline, répondit Erlendur. Et je crois même qu'elle y est morte.

Gustaf ne le quittait pas des yeux.

– Vous avez trouvé son corps ? murmura-t-il.

– Non, répéta Erlendur. C'était la deuxième fois que le mari lui posait la question et il ne voulait pas que le moindre doute subsiste. Je n'ai pas retrouvé son corps, répéta-t-il en détachant bien ses mots, et je n'ai aucune idée de l'endroit où il est. Tout ce que je peux vous dire, c'est que je crois qu'elle était là-bas le soir ou la nuit de sa disparition.

– Et cet homme que vous connaissiez, cet Hannibal, il l'y aurait emmenée ? reprit Gustaf. Il s'en est pris à elle ? C'est ça que vous essayez de me dire ?

– Je ne pense pas que ce soit le cas, répondit Erlendur. Je crois qu'il a connu le même sort que votre femme.

– Comment ça ?

– Je pense qu'il a, lui aussi, été assassiné.

– C'est-à-dire ?

– Hannibal est une victime, tout comme votre femme, poursuivit Erlendur. J'ai retourné ça dans tous les sens et c'est la seule conclusion logique. Je pense que votre femme a été assassinée et qu'Hannibal a tout vu. Je pense que l'homme qui a tué votre femme a également réglé son compte à Hannibal pour se débarrasser d'un témoin gênant.

Les paroles d'Erlendur furent suivies d'un long silence. Elles s'étaient éparpillées partout dans cette maison ordonnée, mettant en péril l'aplomb des tableaux sur les murs et l'équilibre des élégants bibelots. Pensif, Gustaf posa la boucle d'oreille sur la table. Erlendur en profita pour tendre discrètement la main, faire glisser le bijou vers lui, le prendre et le ranger dans sa poche. Gustaf ne sembla même pas le remarquer.

– Évidemment, il ne s'agit que d'une hypothèse, précisa-t-il. Rien ne prouve que les choses se sont réellement passées ainsi. Ce n'est là qu'une version possible. La boucle d'oreille d'Oddny se trouvait dans le caisson, on est donc tenté d'en déduire qu'elle y était également. Que faisait-elle là-bas ? Très probablement, elle se cachait. Qui fuyait-elle ? Je me suis dit que vous pourriez peut-être m'apporter la réponse.

Gustaf, ne parvenant plus à garder son calme en écoutant Erlendur, s'était levé et faisait les cent pas dans le salon.

– Comment ça ? interrogea-t-il, tout à coup immobile. Vous apporter quelle réponse ? Que voulez-vous dire ?

– J'ai parlé de cette histoire avec plusieurs personnes, répondit Erlendur, et certaines d'entre elles…

– Plusieurs personnes ? Lesquelles ?

– Des gens qui connaissaient Oddny, des amis à elle, hommes ou femmes…

– Quels amis ? Vous n'avez tout de même pas… Vous avez discuté avec ce demeuré, avec cet Isidor ?

– Oui, nous nous sommes rencontrés, reconnut Erlendur.

– Vous savez qu'il a essayé de se dresser entre moi et Oddny ?! Il vous l'a dit ?

– Oui, il m'a raconté ça.

– Il a essayé de briser notre ménage, assura Gustaf. Il a fait tout ce qu'il a pu pour arriver à ses fins. Ce type est… c'est le pire salaud que je connaisse.

– Il m'a dit qu'elle voulait vous quitter.

– Bien sûr qu'il vous a dit ça ! C'est plutôt elle, la pauvre, qui essayait de lui échapper. Il l'étouffait. J'ai toujours dit que ce sale type était dangereux. Si quelqu'un a fait du mal à Oddny, c'est forcément lui ! Je l'ai rapporté à la police, mais étrangement elle s'est très peu intéressée à lui.

– Il me semble qu'il lui a dit la même chose à votre sujet.

– Il a inventé des mensonges incroyables sur moi.

– Pourquoi a-t-elle eu une liaison avec Isidor, s'il était tellement dangereux ? interrogea Erlendur.

– Je l'ignore, répondit Gustaf. Un moment de folie, je ne vois que ça. Je n'ai jamais compris.

– Et vous lui avez pardonné ?

– Je... je tenais à sauver notre couple. Vous savez qu'il a eu le culot d'appeler ici en demandant à lui parler ? C'est comme ça que j'ai découvert leur liaison. Il se fichait complètement qu'elle ait des problèmes, vous comprenez ? Vous voyez le personnage. Je me demande vraiment ce qu'Oddny faisait avec lui, d'ailleurs leur liaison a tourné court. Ils se sont vus quelques fois, à ce qu'elle m'a dit, puis elle a cerné le bonhomme. Elle a compris que ce n'était qu'un imbécile.

– J'ai interrogé d'autres gens, reprit Erlendur, d'autres gens qui m'ont parlé de difficultés au sein de votre couple.

– Qui ça ? Qui vous a raconté ça ?

– Des gens avec qui j'ai discuté, éluda Erlendur. Ils m'ont d'ailleurs confié que c'était un peu plus que des difficultés. D'après eux, Oddny était très malheureuse et c'est pour cette raison qu'elle allait voir ailleurs. Isidor n'est pas le seul à l'affirmer.

– Très malheureuse ?

– On m'a parlé de violences conjugales.

Gustaf fixait la moquette fraîchement aspirée.

– C'est pour ça que vous lui achetiez des bijoux ?

Gustaf se taisait.

– C'est pour cette raison que vous lui aviez offert ces boucles d'oreilles ? s'impatienta Erlendur. C'était pour vous faire pardonner ?

– Je...

Gustaf inspira profondément.

– Je vous ai bien reçu, je vous ai ouvert ma porte,

je vous ai écouté et j'ai essayé de discuter avec vous. Je suis heureux que vous vous intéressiez à la disparition d'Oddny. Je souhaite qu'on la retrouve plus que personne au monde. J'ai accepté d'aborder des questions difficiles en m'efforçant de vous parler d'homme à homme. De sujets très sensibles. Et voilà que vous mettez ça sur le tapis. Cette histoire à dormir debout ! J'ai déjà tout raconté là-dessus à la police ! Vous feriez mieux de partir. Je n'ai plus rien à vous dire !

– C'est pour cette raison qu'elle voulait vous quitter ? poursuivit Erlendur.

Gustaf ne lui répondit pas.

– Mais vous refusiez. Vous lui aviez pardonné de vous avoir trompé et votre couple continuait comme si de rien n'était.

– Vous feriez mieux de partir, répéta Gustaf, plus calme.

– Comment avez-vous fonctionné après ça ?

– Nous avons fait de notre mieux pour régler nos problèmes. Je ne vois pas en quoi cela vous concerne. Je vous prie de bien vouloir quitter mon domicile.

– Vos relations se sont améliorées ? s'entêta Erlendur.

Au lieu de lui répondre, Gustaf rejoignit le vestibule et ouvrit la porte en lui montrant la sortie.

– Cela ne vous regarde pas, répéta-t-il.

– Vous vous en êtes pris à votre femme cette nuit-là ?

– Non, je n'ai pas fait ça. Laissez-moi tranquille ! Elle n'est jamais rentrée à la maison. Oddny n'est jamais revenue de sa soirée au Thorskaffi, murmura-t-il en fermant la porte sur Erlendur.

40

Erlendur était de repos cette nuit-là et les trois suivantes. Il se sentait toujours un peu déstabilisé après avoir enchaîné plusieurs patrouilles nocturnes. Ses collègues plus expérimentés affirmaient qu'il fallait prendre le taureau par les cornes et se remettre immédiatement à dormir aux heures habituelles plutôt que de passer ses nuits debout et ses journées au lit. Cela demandait un certain effort. La méthode consistait à se priver de sommeil après la dernière nuit de travail, à rester debout toute la journée et à se coucher à une heure normale. En se réveillant le lendemain matin, l'horloge biologique était rectifiée et on était débarrassé des désagréments des longues nuits de veille.

Erlendur avait essayé cette technique en échouant invariablement. Le jour et la nuit étaient inversés et il ne parvenait pas à remettre les choses en place. Debout depuis plus de vingt-quatre heures, il s'empêcha de dormir après sa dernière nuit de travail, mais sans grand résultat. Il passa la nuit suivante à se tourner dans son lit, à somnoler vaguement, à se réveiller en sursaut, inquiet et ruisselant de sueur. Il n'était pas dans son état normal. À deux heures du matin, complètement réveillé, il se rendit dans la cuisine où, plongé dans le silence de la nuit, le regard dans le vide, il comprit que, quoi qu'il fasse, quelles que soient les ruses qu'il emploie, l'histoire d'Hannibal et d'Oddny ne lui laisserait aucun répit. Et s'il l'oubliait un instant, ce serait pour être à nouveau poursuivi par sa conversation avec Halldora à Hresso et la nouvelle de sa grossesse. Et si cette discussion s'estompait un instant de son esprit, il y aurait toujours autre chose pour la remplacer…

Qu'est-ce que tu veux, Erlendur ? avait-elle demandé. Il avait répondu qu'il voulait bien que, dans un premier temps, elle emménage chez lui et qu'ensuite ils trouveraient un meilleur logement. Elle n'avait pas semblé convaincue, elle n'était pas sûre qu'il soit sincère et lui avait demandé si leur relation était sérieuse. Il s'était efforcé de la convaincre, et de se persuader lui-même de ce qu'il disait. Il avait l'impression qu'il était temps pour lui de se trouver un ancrage, qu'il était temps de mettre fin à cette errance nombriliste, temps de changer et d'entreprendre des choses nouvelles.

Halldora s'était détendue et, presque aussitôt, elle avait à nouveau abordé la question du logement. Il comprit qu'elle avait déjà consulté les petites annonces et qu'elle en avait déduit qu'il était préférable d'être propriétaire plutôt que locataire. Elle pensait qu'il leur fallait bien sûr une chambre d'enfant. Pour commencer. Puis elle lui avait souri, retrouvant son habituelle gaîté.

Il pensa à la réaction de Gustaf et se demanda s'il avait bien fait d'aller le voir. Il regrettait un peu de l'avoir ainsi malmené, tout comme il regrettait ses propos clairement accusateurs. Il pouvait s'attendre à ce que Gustaf n'en reste pas là et aille se plaindre à la police.

Erlendur supposait qu'Oddny était morte et se demandait si son assassin était aussi celui d'Hannibal. Jalousie et vengeance étaient les seuls mots qui lui venaient à l'esprit, mais il devait se garder des conclusions hâtives. Il peinait à se représenter la manière dont les événements s'étaient enchaînés, mais il imaginait que quelqu'un s'en était pris à Oddny, qu'Hannibal avait tenté de s'interposer, mais que, plus fort, son adversaire l'avait également assassiné. L'agresseur avait sans doute caché le corps d'Oddny, mais s'était contenté de jeter celui d'Hannibal dans les tourbières pour faire croire à une noyade accidentelle, en pariant sur le fait que personne ne s'intéresserait réellement à la mort d'un clochard.

Il avait affirmé à Gustaf qu'il était exclu qu'Hannibal ait pu faire le moindre mal à Oddny et c'était vrai : il ne pouvait se résoudre à envisager une telle chose. Il était difficilement imaginable que le clochard ait assassiné la jeune femme et caché son corps avant d'aller se noyer lui-même. Cette théorie ne tenait pas debout. Par conséquent, une tierce personne avait causé leur mort à tous les deux. Erlendur ne voyait pas d'autre hypothèse.

Il passa en revue les journées précédentes en s'attardant sur le moment où il avait rencontré Thuri à Hlemmur. Ce qu'elle lui avait raconté au sujet d'Hannibal, d'Helena et de l'accident de voiture : la manière dont Helena avait repoussé la main de son mari pour qu'il puisse sauver sa sœur. Hannibal avait confié ça à Thuri dans un moment de douceur. Un jour qu'il était mou, avait-elle dit. Cet homme n'était jamais parvenu à mettre l'accident entre parenthèses.

Il revit mentalement Thuri qui, assise sous l'abribus, attendait le prochain bus en rêvant de voyage. Il se souvint de la première fois qu'il l'avait rencontrée, sobre, entourée de ces femmes qui jouaient au ludo, se moquaient d'eux et riaient de leurs plaisanteries salaces, telles trois ogresses sorties d'un conte. Il essaya d'effacer de son esprit l'image qui s'y était gravée : Thuri et Bergmundur dans ce cagibi à l'ouest de la ville.

Il pensa à cette maison du quartier Ouest devant laquelle il lui arrivait de passer quand revenait l'obséder l'histoire de la jeune fille disparue sans laisser de traces alors qu'elle se rendait à l'École ménagère. Il était évident qu'il s'intéressait aux disparitions. Au phénomène en soi, mais aussi au sort de ceux qu'on ne revoyait jamais et à ceux qui restaient. Il avait conscience que cette obsession plongeait ses racines dans le drame qu'il avait vécu dans sa chair sur les hautes landes des fjords de l'Est et dans ses lectures sur les gens qui se perdaient dans la nature et les épreuves qu'ils enduraient en sillonnant ce pays âpre et impitoyable.

Peut-être était-ce également cela qui l'empêchait de dormir et le réveillait constamment. Comme une étrange et mystérieuse tension à l'intérieur du corps. Une impatience fiévreuse qu'il n'avait jamais éprouvée jusque-là. Une étincelle de vie qui s'était allumée en lui, née de l'enquête personnelle qu'il avait engagée pour élucider une disparition survenue en pleine ville.

Il savait que tôt ou tard, il devrait se rendre à Borgartun pour faire part à la Criminelle du fruit de ses investigations afin que ses collègues puissent rouvrir l'enquête officielle concernant le mari et l'amant dans l'espoir de découvrir enfin la vérité. Il leur dirait tout ce qu'il savait, leur communiquerait l'identité de tous ceux qu'il avait interrogés, leur parlerait des frères, les anciens voisins d'Hannibal, que ce dernier avait accusés d'avoir voulu incendier sa cave. Et il leur parlerait de Thuri qui avait trouvé la boucle d'oreille.

Le bijou reposait devant lui sur la table. Il le prit

et le fit passer entre ses doigts. Thuri l'avait trouvé sous la canalisation, tout près de l'ouverture. Or, si sa description était exacte, Oddny ne pouvait pas l'avoir perdu à cet endroit inaccessible et rien ne permettait de dire comment il était arrivé là. Peut-être quelqu'un lui avait-il donné un coup de pied par inadvertance. Peut-être quelqu'un l'avait-il sciemment dissimulé sous la canalisation et, dans ce cas, on ne pouvait exclure que ce soit l'œuvre d'Hannibal.

Mais il restait une autre hypothèse qu'Erlendur osait à peine envisager. Il ne pouvait exclure l'idée qu'Oddny elle-même ait caché le bijou à cet endroit dans l'espoir qu'on le retrouve un jour et que tous sachent qu'elle avait rencontré son destin dans le caisson du pipeline.

41

De nouveau, Erlendur retrouva Rebekka devant le cabinet médical de la rue Laekjargata à la fin de sa journée de travail. Ils prirent aussitôt la direction de Tjörnin. Il lui relata ses rencontres avec les amies d'Oddny et lui résuma les conversations qu'il avait eues avec Isidor et Gustaf, qui avait fini par le mettre à la porte.

– C'est surtout la réaction de Gustaf qui m'a semblé étrange, expliqua-t-il. Il maltraitait Oddny qui, bien entendu, cherchait un moyen de le quitter. Il a reconnu que c'était bien sa boucle d'oreille, mais dès que je l'ai un peu cuisiné, il m'a flanqué à la porte. Mais bon, ça ne prouve rien. Peut-être que j'ai déclenché sa colère en dépassant les limites. Après tout, je lui ai moi-même donné des raisons de me mettre dehors.

Il raconta également à Rebekka qu'il était allé à la Criminelle, rue Borgartun, et qu'il avait discuté avec l'homme chargé d'enquêter sur la disparition d'Oddny. Ce dernier lui avait dit que le mari figurait sur la liste des suspects, mais que la police n'avait aucune preuve. Il n'y avait ni corps, ni arme, ni mobile précis. Isidor, l'ex-amant de la jeune femme, était aussi suspect. Malgré tout, l'hypothèse la plus probable demeurait celle du suicide.

Ils s'installèrent sur un banc rue Tjarnargata, face à l'étang, à l'église Frikirkja et à l'école du centre-ville, Midbaejarskolinn. Il faisait doux, comme bien souvent depuis le début de l'été, où il avait fait beau tous les jours. Rebekka l'écouta en silence. Aussi élégante qu'à son habitude, vêtue d'un tailleur clair et d'un joli chemisier en soie, elle avait sorti de grosses lunettes de soleil à la dernière mode.

– Et Hannibal ? s'enquit-elle.

– Ils ne s'y intéressent pas, répondit Erlendur. Ils considèrent ces deux affaires comme tout à fait indépendantes.

– Vous ne leur avez pas parlé de la boucle d'oreille ?

– Je me suis dit que ça pouvait attendre encore un peu. Disons quelques jours. Plus j'attendrai, plus il me sera difficile d'expliquer à mes collègues de la Criminelle pourquoi je ne les ai pas contactés immédiatement.

– Donc, ils n'établissent aucun lien entre le décès d'Hannibal et la disparition d'Oddny ?

– Aucun.

– Mais ils le feront dès que vous leur montrerez ce bijou.

– Oui.

Rebekka soupira.

– Et Hannibal deviendra un monstre aux yeux de tous car ils concluront qu'il l'a assassinée.

– Peut-être, mais il faudra alors qu'ils parviennent à expliquer comment et pourquoi il est mort, répondit Erlendur. Ils comprendront sans doute qu'il a été pris dans un enchaînement dont il n'était nullement responsable et qui s'est terminé par sa noyade.

Ils restèrent silencieux un long moment. Le soleil les réchauffait tandis qu'ils écoutaient le murmure de la ville et les cris des oiseaux sur l'étang. Les passants se promenaient tranquillement rue Tjarnargata. On entendait des klaxons et des moteurs qui rugissaient au loin. Plus loin encore, une sirène de police. Un accident était survenu quelque part, pensa Erlendur, en espérant que ce ne soit pas trop grave.

– Qu'est-ce qu'il disait, Hannibal, quand il parlait de l'accident à Hafnarfjördur ?

– Pourquoi cette question ?

– On m'a raconté quelque chose, répondit Erlendur. Il évitait d'aborder la question, n'est-ce pas ?

– Oui, confirma Rebekka. Il n'en parlait pas du tout. Que je sache, il n'en a jamais parlé à personne. Alors, qu'est-ce qu'on vous a raconté ?

– C'est le genre d'expérience terrible qu'on n'a pas envie de partager avec n'importe qui, sauf peut-être ses proches, bien sûr.

– Je ne vois pas où vous voulez en venir, observa Rebekka.

– Vous avez déjà entendu parler d'une femme du nom de Thuri ?

– Thuri ? Non, ça ne me dit rien.

– C'est une amie d'Hannibal, précisa Erlendur. Elle est alcoolique.

– Ah bon ?

– C'est elle qui a trouvé la boucle d'oreille. Après la mort de votre frère, elle s'est rendue au pipeline pour voir où il s'était installé et elle y a trouvé ce bijou par hasard. Elle n'en avait parlé à personne avant de me rencontrer. Elle ne s'était même pas demandé comment cet objet était arrivé là-bas. Ça ne l'inquiétait pas du tout. Elle l'a ramassé, puis vendu en échange d'une bouteille d'alcool.

– Et c'est une amie d'Hannibal ?

Erlendur hocha la tête et lui expliqua qu'il avait

rencontré Thuri au foyer d'Amtmannsstigur parce qu'on lui avait dit qu'elle était proche d'Hannibal. Il ignorait la nature de leurs relations, mais elles semblaient avoir été chaleureuses car ce dernier s'était quelquefois confié à elle. Il ne savait pas comment leur amitié était née. De caractère irascible, Thuri avait parmi les clochards un certain nombre d'amis qu'elle utilisait sans vergogne pour obtenir de l'alcool, des cachets ou tout autre substance susceptible de lui procurer un apaisement passager. Cela dit, c'était une femme sensible et intelligente. C'était tout ce qu'Erlendur savait d'elle, si ce n'est qu'elle rêvait de voyages et qu'elle avait trouvé une manière assez particulière de réaliser ce rêve.

– Non, c'est la première fois que j'entends son nom, assura Rebekka.

– Un jour qu'Hannibal était mou, comme elle dit, il lui a raconté l'accident.

– Mou ?

– Oui, répondit Erlendur en haussant les épaules.

– S'il lui en a parlé, c'est qu'ils devaient être sacrément proches.

– Je crois en effet qu'ils étaient très bons amis. Ça vous ferait peut-être du bien de la rencontrer, si elle est d'accord.

– Et vous savez... ce qu'il lui a dit ? Ce qu'il lui a dit sur l'accident ?

Rebekka avait du mal à dissimuler ses réticences. Erlendur comprit qu'elle n'était pas sûre de vouloir entendre ce qu'il avait à lui dire. Peut-être préférait-elle s'en tenir à cet accident qui l'avait poursuivie toute sa vie, et dont les conséquences avaient été désastreuses pour sa famille et plus particulièrement pour son frère. Erlendur s'efforça de lui répondre avec tout le tact nécessaire. Il précisa qu'il n'avait pas non plus compris ce que Thuri entendait par *mou*. Sans doute voulait-elle dire qu'Hannibal était bouleversé, mais le mot pouvait également impliquer qu'il s'était ouvert à elle dans un moment de tendresse. En tout cas, il lui avait dit qu'il avait pensé avoir la force et le temps d'arracher sa sœur et sa femme à la voiture. Il avait voulu libérer Helena en premier, mais elle avait compris qu'il ne pourrait pas les sauver toutes les deux. Elle l'avait alors repoussé en lui faisant signe de se concentrer sur Rebekka. Helena s'était probablement sacrifiée pour qu'il puisse sauver sa sœur.

– Il a dit à Thuri qu'Helena lui avait souri, mais elle ne l'a pas vraiment cru. Il lui semblait qu'il avait inventé ce détail. Et elle a précisé que c'était la seule et unique fois qu'il lui avait parlé de l'accident. Est-ce que vous saviez ça ? demanda Erlendur en la regardant.

Rebekka ne lui répondit pas.

– Il vous avait raconté ça ?

Rebekka était immobile sur le banc, les lèvres serrées, et des larmes coulaient sous ses grosses lunettes de soleil. Il comprit que sa question était inutile. C'était la première fois qu'elle en entendait parler et il s'en voulait d'avoir ravivé une ancienne souffrance. Mieux que quiconque, il aurait dû comprendre ce qu'elle éprouvait.

– C'est sans doute le cas, murmura-t-elle.

– Quoi ?

– Il a dû inventer ce détail. Ce sourire.

Erlendur ne pouvait que compatir.

– Il adorait Helena, ajouta-t-elle. Il l'aimait plus que tout.

42

Le cambrioleur tomba nez à nez avec lui. Se voyant piégé, il fit volte-face et traversa à toute allure la rue Skolavördustigur avant de disparaître dans Smidjustigur, échappant à Erlendur qui se lança aussitôt à sa poursuite et perdit sa casquette dans la rue, mais il ne s'arrêta pas dans son élan. L'homme, qui descendait droit vers Laugavegur avec Erlendur à ses trousses, courait à toutes jambes. Le policier doutait de parvenir à le rattraper.

Peu après cinq heures du matin, un passant avait entendu du bruit dans une horlogerie-bijouterie, rue Skolavördustigur. Comme il habitait le quartier, il s'était précipité chez lui pour appeler la police. Deux véhicules patrouillaient dans les parages, dont celui d'Erlendur, Marteinn et Gardar, qui étaient arrivés les premiers sur les lieux. Le cambrioleur s'était introduit dans le magasin par une fenêtre qui se trouvait à l'arrière du bâtiment. Il portait en bandoulière son sac de sport noir rempli de bijoux et de montres et ne se pressait pas, imaginant sans doute qu'il avait du temps devant lui quand, à sa grande surprise, la police était arrivée. Il était alors allé se cacher dans l'arrière-cour. En voyant Marteinn et Gardar se précipiter dans le magasin, il avait quitté sa cachette et rejoint la rue sans s'attendre à tomber nez à nez avec un troisième policier. Il avait détalé en voyant Erlendur qui avait tenté de lui barrer la route et l'avait poursuivi jusqu'à Laugavegur, puis Hverfisgata, la rue parallèle, légèrement en contrebas.

Le cambrioleur tourna brusquement à droite et entra dans le quartier de Skuggahverfi en serrant désespérément son sac de sport contre lui, bien que ce dernier ralentisse sa course. Vêtu d'un pantalon, d'une veste et d'un bonnet noirs, il portait des chaussures de tennis légères. Il avait manifestement préparé son cambriolage, mis hors service le système d'alarme rudimentaire de la boutique, mais il n'avait pas imaginé qu'un passant perspicace passerait dans la rue à une heure aussi matinale.

Erlendur avait perdu Marteinn et Gardar. Ils n'avaient trouvé personne dans la bijouterie et ignoraient que leur collègue s'était lancé à la poursuite du cambrioleur. Debout devant le magasin, ils le cherchaient des yeux. Marteinn l'appela sans obtenir de réponse, puis ils remarquèrent sa casquette par terre et la ramassèrent.

– Nom de Dieu, où est-il ? demanda Gardar alors qu'un autre véhicule de police approchait en silence.

Toujours alerte, le voleur courait maintenant à toutes jambes le long de la rue Lindargata, distançant peu à peu Erlendur qui craignait de le perdre de vue. Mais le jeune policier ne renonçait pas et courait aussi vite qu'il le pouvait même s'il était à bout de souffle et s'il avait mal aux pieds. Les grosses chaussures de la police étaient parfaites pour les cérémonies, mais elles se prêtaient nettement moins à la course à pied.

Son cœur sauta de joie quand il vit le voleur déraper sur un tas de sable posé sur le trottoir et rebondir sur l'asphalte. Il parvint à réduire l'écart qui les séparait, mais l'autre ne tarda pas à se relever et à courir vers la Société des abattoirs du Sudurland, boitillant après sa chute. Erlendur entendait maintenant son souffle haletant et le cliquetis du butin. Il crut un instant qu'il allait se débarrasser de son sac pour pouvoir aller plus vite, mais son hésitation ne fit que le ralentir encore et le policier se jeta sur lui à l'entrée des Abattoirs.

Les deux hommes roulèrent sur quelques mètres. Erlendur se mit à califourchon sur le dos du voleur en lui plaquant la tête contre le trottoir tout en s'efforçant de reprendre son souffle. Au terme d'une lutte assez brève, il parvint à lui passer les menottes, le releva et le poussa contre un mur. Une douce odeur d'excréments de mouton séchés et de viande fumée émanait des abattoirs, rappelant à Erlendur combien il avait faim. La patrouille était passée d'une intervention à l'autre et ils n'avaient rien avalé depuis qu'ils avaient pris leur poste.

Erlendur s'apprêtait à ramener son prisonnier rue Skolavördustigur quand il se rendit compte qu'il serait plus court d'aller directement au commissariat de Hverfisgata où on le mettrait en cellule. Sans talkie-walkie, il ne pouvait prévenir ses coéquipiers, mais estimait que ce n'était pas grave. Il avait coincé le malfrat, le travail était fait.

Il poussa l'homme et remonta la rue Hverfisgata en marchant derrière lui. Le voleur renâclait et traînait des pieds en se plaignant d'avoir subi de mauvais traitements d'autant plus inutiles qu'il s'était montré très coopératif. Erlendur lui ordonna de se taire. C'était la première fois qu'il le voyait. Âgé d'une vingtaine d'années, il était svelte et taillé pour la course, comme l'attestaient ses longues jambes. Il s'était éraflé les mains et le visage en tombant. Il avait perdu son bonnet, dévoilant une épaisse tignasse.

Erlendur portait le sac de sport en bandoulière. Les montres et les bijoux cliquetaient à chacun de ses pas.

– Comment vous avez su que j'étais là-bas ? interrogea le cambrioleur.

– Taisez-vous et avancez.

– Quelqu'un m'a vu ?

Erlendur ne lui répondit pas.

– J'ai bien failli vous échapper, hein ?

– Oui, mais vous êtes tombé, rétorqua Erlendur, et là, c'était râpé.

– Je ne pensais pas que vous alliez me poursuivre aussi longtemps. J'étais sûr que vous finiriez par laisser tomber. Je n'ai jamais couru aussi vite de ma vie.

Erlendur le poussa pour le faire avancer.

– Vous êtes sportif ? s'enquit le prisonnier.

– Marchez et taisez-vous, s'agaça Erlendur, le poussant à nouveau.

– Dites, il y a longtemps que vous êtes dans la police ? reprit l'homme après un bref silence.

Erlendur ne lui répondit pas.

– Vous y travaillez peut-être juste l'été ?

– Arrêtez vos âneries, tonna Erlendur. Je n'ai aucune envie de discuter. Pourquoi commettez-vous des cambriolages ? Vous n'avez pas le courage de travailler, ou quoi ? Ce n'est pas assez bien pour vous ? Laissez-moi tranquille avec vos questions et contentez-vous d'avancer.

Le voleur fit quelques pas et s'immobilisa à nouveau.

– Il me faut du fric, déclara-t-il.

– Ça vaut pour tout le monde. Trouvez-vous un travail.

– Non, il m'en faut beaucoup et vite. Très vite. Et je ne peux pas me permettre un séjour en prison.

– Dans ce cas, il ne faut pas voler.

– Oui, mais…

– Vous devrez discuter de tout ça avec d'autres que moi, coupa Erlendur d'un ton las. Épargnez-moi vos bêtises !

Ils continuèrent d'avancer, mais le silence fut de courte durée.

– Vous n'avez qu'à le prendre, suggéra le voleur.

– Prendre quoi ?

– Le sac. Je ne dirai rien. Vous n'avez qu'à raconter que je vous ai échappé, que vous m'avez perdu au niveau des abattoirs et que je me suis enfui avec le sac. Ça vous rapportera plein de fric.

– Je prends le butin et je vous laisse filer ? C'est ce que vous proposez ?

– Vous n'avez qu'à dire que je me suis tiré avec. Vos collègues n'y verront que du feu. Je ne dirai rien. C'est promis. Pas un mot.

– Ensuite, je revends la camelote et tout le monde est content, c'est ça ?

– Ce sera un jeu d'enfant.

– Arrêtez vos conneries et avancez, répondit Erlendur en le poussant à nouveau. Et n'essayez pas de jouer à ce petit jeu avec moi, ça ferait mauvais effet dans le procès-verbal.

– Allez, prenez tout et laissez-moi partir. Vous pouvez aussi le rapporter à la bijouterie, comme ça ils ne perdront pas d'argent. J'ai juste brisé une vitre et… je n'ai rien cassé à l'intérieur. De toute façon, ces gens-là ont une assurance. Le propriétaire n'aura pas une couronne à débourser.

Erlendur n'avait même plus le courage de lui répondre.

– Qu'est-ce que ça vous rapportera de m'arrêter ? Rien. Je ne suis personne. Allez, laissez-moi partir.

Le cambrioleur traînait de plus en plus à l'approche du commissariat. Erlendur devait le forcer à avancer. Il finit par lui attraper le bras et par le tirer derrière lui.

– Ces ordures vont me buter, plaida le voleur. Vous ne comprenez donc pas ? Je leur dois du fric. C'est eux qui m'ont dit de faire ça. Ils m'ont même conseillé la bijouterie en me disant que j'y trouverais largement de quoi payer mes dettes.

– Quelles dettes ?

– Des dettes de drogue.

– C'est la nouvelle mode ? interrogea Erlendur.

– Quoi ?

– De dévaliser les magasins pour payer sa dope ?

– Ils m'ont dit que c'était le seul moyen. C'est eux qui m'ont forcé à faire ça. Et moi... qu'est-ce que je pouvais faire ? Ils m'ont menacé de... Ils sont complètement cinglés.

– Qui ça ? s'enquit Erlendur.

– Les frères.

– Quels frères ?

– Je ne peux pas vous donner leur nom.

– Parfait.

– Je vous le dirai si vous me relâchez.

Ils arrivèrent enfin devant le commissariat.

– Arrêtez avec ça !

– Il y en a un qui s'appelle Ellert, déclara le voleur. Je ne vous en dirai pas plus. Je ne vous donnerai pas le nom de l'autre tant que vous ne m'aurez pas relâché.

– Ellert ? répéta Erlendur en revoyant mentalement les deux frères de la rue Falkagata, autrefois voisins d'Hannibal. Vous parlez d'Ellert et Vignir ?

Le cambrioleur garda le silence.

– Est-ce que l'autre s'appelle Vignir ?

– Vous les connaissez ? demanda le jeune homme,

oubliant qu'il ne voulait pas dévoiler le prénom du second. Vous êtes au courant de ce qu'ils font ? Vous savez qui c'est ? Je ne savais plus quoi faire. Ils m'ont menacé.

Erlendur ne lui répondit pas. Ses pensées étaient à mille lieues des préoccupations de son jeune prisonnier. Il tentait de se rappeler tout ce qu'il savait au sujet de Vignir et d'Ellert et réfléchissait aux liens possibles entre les deux hommes, la disparition d'Oddny et le décès d'Hannibal.

Et s'ils avaient été deux ?

Et s'il y avait eu deux agresseurs aux abords du pipeline la nuit où Oddny avait disparu ?

Erlendur s'était arrêté sur les marches du commissariat et fixait le voleur. Devait-il inverser l'enchaînement des faits qu'il avait élaboré dans sa tête ? Peut-être qu'Hannibal n'avait pas été témoin de la mort d'Oddny. Peut-être que c'était Oddny qui avait été témoin de l'agression, puis de la noyade du clochard.

Erlendur avait d'abord imaginé que quelqu'un s'en était pris à Oddny, qu'Hannibal avait assisté à la scène et que l'agresseur de la jeune femme avait ensuite assassiné le clochard. Or il fallait peut-être envisager le contraire. Peut-être que c'était elle le témoin gênant à éliminer coûte que coûte.

D'ailleurs, cette théorie ne faisait-elle pas écho aux paroles de Bergmundur, persuadé que les frères voulaient avoir la peau d'Hannibal et qu'ils lui avaient réglé son compte. Ils avaient d'abord incendié sa cave pour le faire fuir, cela, Hannibal lui-même en était convaincu. Bergmundur avait clairement laissé entendre que le clochard savait des choses compromettantes sur Ellert et Vignir.

Pourquoi avaient-ils voulu se débarrasser de lui ?

L'avaient-ils poursuivi jusqu'au pipeline ?

Puis assassiné ?

S'étaient-ils arrangés pour faire taire Oddny ?

– Alors, vous allez me relâcher ? interrogea le voleur, optimiste. Menotté sur l'escalier du commissariat, il considérait avoir fait de son mieux pour obtenir la miséricorde d'Erlendur et imaginait très sérieusement que le policier réfléchissait à la question tant il semblait concentré.

– Je ne peux pas, répondit Erlendur, revenant tout à coup à la réalité.

Il donna un léger coup de coude à son compagnon de route et le poussa à l'intérieur, puis alla informer l'accueil qu'il avait arrêté le cambrioleur de Skolavördustigur et retrouvé le butin.

43

Les membres de la Criminelle, spécialisés dans les affaires de drogue, écoutèrent avec intérêt le récit du jeune voleur. Ils l'interrogèrent en début de matinée et l'amenèrent rapidement à coopérer. L'homme, du nom de Fannar, n'avait encore jamais eu affaire à la police. Il ignorait les règles de la garde à vue, n'avait jamais eu besoin de recourir aux services d'un avocat et tenait coûte que coûte à s'épargner un séjour en prison – selon ses propres termes. Ceux qui l'avaient interrogé ne s'étaient pas privés de profiter de son manque d'expérience et de son attitude puérile. Tout avait été si vite qu'avant le déjeuner il avait capitulé et avoué tout ce qu'il savait sur les deux frères, il avait communiqué les détails du trafic de drogue auquel ils se livraient et expliqué pourquoi il leur devait de l'argent. Ce qui avait le plus surpris les collègues de la Criminelle, c'était que l'idée du cambriolage venait des frères. Jamais encore ils n'avaient entendu parler d'un tel procédé de recouvrement des dettes.

Il apparut que Fannar avait eu un parcours chaotique depuis l'adolescence : il avait sombré dans l'alcoolisme, arrêté l'école, et avant de se faire rapidement prendre au piège de la drogue, fumant essentiellement du hasch et fréquentant des individus douteux qui l'approvisionnaient. Ses parents avaient tout tenté pour le faire arrêter, mais en vain. Sa consommation avait continué d'augmenter et il s'était de plus en plus enfoncé. Ils étaient parfois parvenus à l'empêcher de quitter le domicile et l'avaient alors confié aux soins des médecins d'un foyer pour adolescents à problèmes. Il était même allé à l'hôpital psychiatrique de Kleppur, mais cela n'avait rien changé. Au lieu de réagir, Fannar avait recouru avec ses amis à des produits toujours plus puissants et toujours plus chers, et quand Erlendur avait réussi à l'arrêter il se trouvait en très mauvaise posture.

Les jours suivants, la police surveilla les deux frères et rassembla assez de preuves pour les arrêter. Elle découvrit que la drogue était introduite en Islande à bord de cargos : cachets, poudre, plaquettes de haschisch, amphétamines, sans compter la marijuana, qui était de plus en plus à la mode. Les produits étant prêts à être consommés, il ne leur restait plus qu'à les condition- ner en doses plus petites afin de les revendre. Dans le passé, ils s'étaient déjà livrés à l'importation d'alcool de contrebande, mais la drogue rapportait nettement plus et prenait bien moins de place. Ils avaient des contacts à Hambourg et Boston, et cinq complices officiaient pour eux à bord des cargos. Ils entreposaient une partie de la marchandise dans un hangar à appâts désert à côté de Grandi et gardaient le reste chez eux, dans le quartier de Vogahverfi, où ils dirigeaient un atelier de menuiserie. Ils louaient chacune de ces caches à des propriétaires qui ignoraient totalement leurs activités et qui tombèrent des nues quand la police frappa à leur porte pour leur apprendre que leurs locataires étaient des trafiquants de drogue. Les frères s'étaient tant appliqués à effacer toute trace de leur activité que leurs noms ne figuraient même pas sur les listes d'individus suspectés de trafic de drogue. C'étaient de parfaits inconnus.

Fannar avait communiqué certains de ces éléments à la police qui avait appris le reste par des informateurs en contact avec la très embryonnaire pègre de Reykjavik. L'enquête révéla que les frères avaient réceptionné récemment une livraison de Boston, qui était encore intacte quand la police s'était rendue au hangar, accompagnée de quelques douaniers. Les frères étaient sous surveillance depuis trois jours seulement lors de leur arrestation. Ils semblaient très tranquilles. Ils étaient allés contempler leur butin. On avait jugé que c'était le bon moment de les arrêter et ils n'avaient opposé aucune résistance, très surpris d'avoir été démasqués. Ils avaient bien sûr protesté, prétendu qu'ils étaient simples locataires et que le contenu du hangar ne leur appartenait pas quand les policiers avaient sorti la drogue cachée dans les coins.

Il serait exagéré d'affirmer que l'arrestation des frères avait permis de démanteler un vaste réseau de trafiquants. Ledit réseau se résumait aux deux frères et à deux ou trois marins qu'ils connaissaient sur les cargos. Ils s'étaient considérablement enrichis, mais avaient pris soin de n'en rien laisser paraître. Ils avaient continué à travailler, à déclarer leurs revenus à la couronne près, s'étaient gardés d'acheter des voitures neuves ou d'engager des dépenses inconsidérées qui les auraient trahis. Au fil des ans, leur trafic leur avait permis d'amasser beaucoup d'argent liquide, des billets qu'ils stockaient dans des cartons et des sacs en plastique entreposés à leur domicile, dans leur atelier ou dans le hangar à appâts. La maison qu'ils occupaient rue Falkagata avait été en partie financée par de l'argent mal acquis. La télévision flambant neuve qu'Erlendur avait vue chez eux était quasiment le seul luxe qu'ils s'étaient autorisé.

Au fur et à mesure que la police rassemblait des informations sur eux, il était apparu que les deux hommes étaient des salauds qui n'hésitaient pas à recourir à la violence quand ils le jugeaient nécessaire. Ils recouvraient les dettes en usant de la manière forte et, même si personne n'avait jamais déposé plainte contre eux, l'enquête avait révélé qu'ils avaient commis beaucoup d'agressions, parfois accompagnés par un homme qu'ils appelaient pour faire le sale boulot. Ellidi était bien connu des services de police, c'était un des individus qu'Erlendur avait croisés sur Austurvöllur le jour où il avait cherché à entrer en contact avec des amis d'Hannibal. On l'avait également emmené pour l'interroger et placé en garde à vue.

En tout, huit personnes avaient été appréhendées lors du coup de filet déclenché par le témoignage de Fannar. Tant que la police enquêtait tout en surveillant les deux frères et jusqu'à leur arrestation, on avait jugé bon de maintenir le jeune homme en garde à vue et demandé son placement en détention provisoire pour le cambriolage de la bijouterie. Il n'avait pu recevoir aucune visite, à part celle de l'avocat qu'il avait fini par s'adjoindre.

Fannar était très abattu. Erlendur vint le voir dans sa cellule. La police avait passé son temps à lui extirper des informations sur les deux frères, il était épuisé, en manque de sommeil, et avait perdu l'appétit. Il confia à Erlendur qu'il regrettait terriblement d'avoir commis le cambriolage et qu'il s'en voulait tout autant de lui avoir parlé d'Ellert et de Vignir.

– J'aurais mieux fait de fermer ma gueule, soupira-t-il. Ils finiront par apprendre que j'ai cafté et là…

putain !! Je me demande ce que j'avais dans la tête. Non mais, qu'est-ce qui m'a pris ?

– Je doute qu'ils s'intéressent beaucoup à vous, le rassura Erlendur. Ces hommes auraient de toute façon fini par être découverts.

– Oui, mais c'est arrivé maintenant et ils comprendront que c'est par ma faute.

– Ne vous inquiétez pas trop pour ça.

– Vous croyez qu'on me laissera rentrer chez moi quand ce sera fini ?

– Je n'en sais absolument rien, répondit Erlendur. Évidemment, vous serez jugé pour le cambriolage, mais je ne sais pas si vous devrez purger une peine de prison.

– Un des flics qui m'ont interrogé m'a promis que, si je les aidais, j'échapperais à la prison.

– Vous devriez arrêter de croire ce que les gens vous disent.

– Putain ! J'aurais vraiment dû la fermer !

– Vous savez si les frères connaissaient un certain Hannibal ? demanda Erlendur.

– Hannibal ? Non. Qui c'est ?

– Ils ne vous ont jamais parlé de lui ?

– Ils ne m'ont jamais parlé de rien, tout ce qu'ils m'ont dit c'est que je leur devais du fric. Je n'ai eu affaire à eux qu'une seule fois. En général, je ne leur achetais pas directement. Ils m'ont donné le montant de mes dettes et m'ont dit ce que je devais faire pour les payer.

– Faire ce cambriolage ?

– Oui.

– Où est-ce qu'ils sont allés chercher une idée pareille ?

– Ils avaient vu ça à la télé dans un feuilleton qu'ils adorent. Ils trouvaient ça malin.

– Quel feuilleton ?

– Je ne sais plus… il y avait un bonhomme en chaise roulante… je ne regarde pas la télé.

– Ce n'était pas *L'Homme de fer* ?

– Ah oui, c'est ça !

44

Les frères ne firent qu'un bref passage dans les cellules de Hverfisgata en attendant que soit ordonné leur placement en détention préventive. Ils étaient passés en silence dans le couloir, l'air grave, puis on les avait enfermés. Une seule cellule était occupée, par un clochard venu au petit matin demander asile. Épuisé, il avait expliqué qu'il n'avait pas dormi sur un matelas avec un toit au-dessus de la tête depuis des lustres. On lui avait conseillé le refuge de Farsott. Il avait objecté qu'il y était allé, mais sans succès. Après quelques tergiversations, on avait décidé de lui permettre de s'allonger dans une des cellules du commissariat.

Erlendur savait qu'il ne pourrait plus entrer en contact avec Ellert et Vignir dès qu'ils seraient transférés en détention préventive à la prison de Sidumuli. S'ils refusaient de coopérer et niaient les faits, ils y moisiraient sans doute en isolement pendant des semaines. Il ne voulait pas courir le risque de devoir attendre aussi longtemps. Il entendit dans les couloirs que Vignir était déjà en route vers Sidumuli et se glissa discrètement dans la cellule de son frère.

– Vous ?! s'exclama Ellert. Vous êtes policier ?!
– Police de proximité, précisa Erlendur.
– De proximité ?

– Je n'ai rien à voir avec votre affaire ou plutôt, la vôtre et celle de votre frère. J'ai entendu dire qu'on vous accuse de trafic de drogue et ce n'est pas ma partie. Les seules questions que j'ai à vous poser concernent Hannibal, maintenant que mes collègues enquêtent sur votre affaire.

– Notre affaire ? Il n'y a aucune affaire !

– Non, bien sûr, convint Erlendur. Comme je viens de vous le dire, elle ne m'intéresse que dans la mesure où elle touche Hannibal.

– Je ne vous suis pas, quel rapport ça a avec lui ?

– Eh bien, ce que mes collègues ont découvert change un peu la donne, vous ne trouvez pas ? interrogea Erlendur.

– La donne ? Quelle donne ? Et pourquoi vous parlez constamment de cet Hannibal ? Qui vous a raconté qu'on vendait de la drogue ? Hein, dites-moi ! C'est qui l'ordure qui a inventé ce tas de mensonges ? C'est vous ? C'est pour ça que vous êtes venu plusieurs fois nous enquiquiner avec vos conneries sur Hannibal ? Ça veut dire quoi, ces délires ? Vous êtes venu chez nous pour fouiner ?

– Non.

– Dans ce cas, qui nous a dénoncés ?

– Je ne sais rien de l'enquête qui vous concerne, vous et Vignir, à part que vous êtes mêlés à un trafic de drogue. J'ignore qui vous a dénoncés, s'il a menti ou pas. Je ne suis pas venu fouiner chez vous. Je n'étais pas en service. Je ne m'intéressais qu'à Hannibal. Il était au courant de vos activités ?

– Nos activités ? On ne faisait rien du tout ! Je ne vois pas de quoi vous parlez, rétorqua Vignir.

– Il vous a menacés ? C'est pour cette raison que

vous avez tenté de l'effrayer en mettant le feu à sa cave ? Parce que vous vouliez vous débarrasser de lui ?

– Je n'ai rien à vous dire.

– Vous avez mis le feu à la cave ?

– Ce sale clodo a fait ça tout seul ! tonna Ellert. Nous lui avons sauvé la vie ! Combien de fois il faudra qu'on vous le répète ? Pourquoi vous refusez d'entendre ça ? On aurait mieux fait de laisser crever ce connard, de le laisser griller dans son trou à rats. Ça nous aurait évité de vous avoir sur le dos !

– Je crois que vous vous êtes débarrassés de lui, poursuivit Erlendur. Il vous soupçonnait d'avoir allumé cet incendie. Le propriétaire l'a mis à la porte et, lui, il affirmait que c'était votre faute. Je crois qu'il était au courant de vos manigances et qu'il vous avait menacés, ce qui mettait bien des choses en péril pour vous. Un clochard de plus ou de moins, qu'importe ?, pensiez-vous sans doute. Un soir, vous êtes allés au pipeline où il était installé, vous l'avez agressé. Il s'est enfui vers les tourbières et c'est là que vous l'avez rattrapé.

– C'est quoi ces histoires à dormir debout ? répondit Ellert. On ignorait ce qu'il était devenu après son départ. Ce n'est pas notre faute s'il a été viré de cette cave. Il a tout fait pour que ça finisse comme ça. C'est lui qui a mis le feu ! On n'a rien à voir avec ça. Il ne nous a jamais menacés de quoi que ce soit. D'ailleurs, de quoi aurait-il pu nous accuser ?

– Oddny, ça vous dit quelque chose ?

– Qui c'est ?

– Elle était sortie s'amuser au Thorskaffi le soir de la mort d'Hannibal. Elle a décidé de rentrer à pied parce qu'il faisait beau et qu'elle avait un peu trop bu. Mais elle n'est jamais arrivée chez elle.

– De… de quoi vous parlez ?

– Oddny est probablement passée à proximité de l'endroit où vivait Hannibal. Ce nom ne vous dit vraiment rien ?

– Oddny ? Non, jamais entendu parler, s'énerva Ellert.

– Vous en êtes sûr ?

– Sûr ? Oui, j'en suis certain !

– C'est possible qu'elle vous ait vus ? Ou seulement l'un de vous deux ? C'est Vignir qui l'a assassinée ? À moins que vous n'ayez envoyé quelqu'un se charger du sale boulot ? C'est le cas ? Vous avez envoyé quelqu'un noyer Hannibal ?

– Arrêtez vos conneries, je ne comprends rien à tout ça. Sortez d'ici et fichez-moi la paix, espèce de connard !

Ellert s'était levé de la banquette et approché d'Erlendur, manifestement fatigué après sa nuit en cellule, le regard encore lourd et les cheveux en bataille. Erlendur continua comme si de rien n'était. Il s'était exprimé avec calme, de manière apaisante, sans jamais hausser le ton, impassible face aux éclats de voix d'Ellert.

– Elle a tenté de vous échapper, reprit-il, mais vous ne l'avez pas laissée faire. Il lui restait dix à quinze minutes de marche pour arriver chez elle dans le quartier de Fossvogur. Elle s'est sans doute enfuie dans cette direction en vous voyant. Vous l'avez poursuivie. Elle sortait peut-être tout juste des tourbières de Kringlumyri quand vous l'avez rattrapée. En tout cas, il n'y avait aucun témoin.

Ellert le regardait sans rien dire.

– Que s'est-il passé ensuite ? interrogea Erlendur.

Ellert s'entêtait à garder le silence.

– Je sais qu'elle s'est trouvée à un moment ou à un autre dans le caisson du pipeline, continua Erlendur.

C'est vous qui l'avez traînée là-bas ? À moins qu'elle ne s'y soit cachée jusqu'au moment où vous l'avez trouvée.

– Vous ne seriez pas en train d'expérimenter une nouvelle approche psychologique qui consiste à accuser quelqu'un d'un crime odieux dont il n'a jamais entendu parler pour lui faire avouer un forfait moins grave ? demanda Ellert. C'est ça ? C'est comme ça que ça fonctionne ? Vous croyez franchement que je vais me pisser dessus de trouille parce que vous me racontez toutes ces conneries ?

– Elle s'était cachée dans le caisson ?

– Je vous laisse à vos divagations, commenta Ellert.

– C'est là que vous l'avez trouvée ?

Ellert fit un pas en avant. Leurs visages se touchaient presque.

– Qu'est-ce que vous venez foutre ici si vous n'avez rien à voir avec notre affaire, comme vous dites ? Vous feriez mieux de dégager, conseilla Ellert.

– Ça ne vous a pas suffi de menacer Oddny, il a fallu que vous l'assassiniez, n'est-ce pas ?

Erlendur crut un instant qu'Ellert allait le frapper, mais il recula, eut un sourire grimaçant, puis alla se rasseoir sur la banquette et se mit à fixer le sol en silence.

En ressortant dans le couloir, Erlendur entendit le clochard tousser comme un perdu dans la cellule voisine. Il vérifia par la porte entrouverte que tout allait bien, puis poussa le battant. L'homme allongé sur la banquette, entièrement habillé, lui rappelait Hannibal. Il portait un imperméable crasseux et dégageait une forte odeur d'urine. Son bonnet était tombé par terre à la tête du lit et une de ses bottes avait glissé au sol,

301

dévoilant trois chaussettes superposées, chacune d'une couleur différente : une noire, une rouge et une verte. Sur la table de nuit reposait une paire de lunettes dont la monture avait été réparée avec de l'adhésif.

L'homme toussa à nouveau. Erlendur lui demanda si tout allait bien. Le clochard s'était redressé sur la banquette lorsqu'il était entré dans la cellule. Erlendur reconnut Vilhelm. Ils s'étaient croisés dans la tanière d'Hannibal quelques jours plus tôt. Vilhelm tendit une main tâtonnante vers ses lunettes. Erlendur les lui donna. Il les chaussa et l'examina, les yeux grands comme des soucoupes derrière ses culs de bouteille. Le clochard ne le reconnaissait pas.

– Vous êtes bien Vilhelm ?

– Et vous, qui vous êtes ? répliqua l'homme, à nouveau secoué par cette mauvaise toux grasse qui était restée gravée dans la mémoire d'Erlendur.

– Je vous ai rencontré l'autre jour au pipeline, à côté de Kringlumyri. Vous n'y dormez plus ?

– Le pipeline ? Je ne pouvais pas y rester. Ce caisson en ciment n'est pas un endroit pour un être humain, mais une ignoble tanière. Excusez-moi, mais je ne me souviens pas de vous.

– Ce n'est pas très grave.

– On s'est déjà croisés ?

– Oui.

– Ça ne me revient pas du tout, répondit Vilhelm en s'asseyant sur la banquette.

La puanteur prit Erlendur à la gorge et il recula vers la porte.

– Je vous ai posé des questions sur Hannibal, un homme que j'ai connu, qui s'était lui aussi installé là-bas et qu'on a retrouvé noyé.

– Ah oui, Hannibal. Il s'est noyé. Le pauvre. Noyé…

Enfin, je ne suis plus là-bas, mais… laissez-moi vous dire que ce n'est pas facile de trouver un endroit où passer la nuit. Pour l'instant, il ne fait pas trop mauvais et ce n'est pas très grave. C'est plutôt agréable de dormir sous les arbres dans Hljomskalagardur. Plutôt agréable. En tout cas plus confortable que dans ce caisson en ciment où on a l'impression d'être allongé dans un cercueil. Ah ça oui, c'est un cercueil.

– Vous l'avez dit, convint Erlendur en s'apprêtant à quitter la cellule.

– Vous n'auriez pas quelques cigarettes ? demanda Vilhelm.

– Désolé, non.

– Vous partez ? interrogea Vilhelm comme s'il avait envie qu'il reste un peu.

– Oui, je dois y aller, répondit Erlendur.

– Rappelez-moi votre nom ?

– Erlendur.

– Ah, j'ai l'impression que ça me revient, répondit Vilhelm, manifestement désireux de poursuivre la conversation. Bergmundur est passé me voir après votre visite. Il tenait absolument à ce qu'on me prenne à Farsott et refusait l'idée de me voir dormir dans ce caisson. Il m'a parlé de Thuri. Il a toujours eu le béguin pour cette emmerdeuse.

Peut-être la solitude pesait-elle à Vilhelm, peut-être n'avait-il personne avec qui discuter depuis longtemps. Erlendur ne le connaissait pas plus que les autres clochards de la ville. Hannibal était le seul qu'il ait connu un peu mieux.

– Bon, eh bien, passez une bonne journée, conclut-il.

– Vous ne m'aviez pas donné quelques pièces ? demanda Vilhelm, les yeux levés vers lui derrière ses verres épais.

– En effet, confirma Erlendur.

– Oui, je me souviens de vous. Il m'a fallu un moment, mais ça y est. Vous n'étiez pas en tenue, observa-t-il, l'index pointé vers son uniforme.

– Non, répondit Erlendur avec un sourire.

– Je me suis demandé ce que vous veniez faire là-bas et ce que vous vouliez à un pauvre homme comme moi. Vous m'avez posé des questions sur Hannibal, c'est ça ? Vous le connaissiez. Vous voyez, je ne suis pas si bête. Alors, vous avez découvert ce qui lui est arrivé ?

– Non, répondit Erlendur, je n'en ai aucune idée.

45

Ils roulaient tranquillement dans le centre-ville. C'était le petit matin. La nuit avait été calme. Ils avaient assuré quelques interventions, mais passé le plus clair de leur temps à patrouiller en voiture. Marteinn et Gardar n'avaient cessé de discuter tandis qu'Erlendur se taisait, pensif. En passant devant Austurstraeti, récemment aménagée en rue piétonne, Gardar y était allé de son commentaire, selon lui c'était ridicule de l'interdire à la circulation. Comme d'habitude, Marteinn n'était pas d'accord. Il avait objecté que la plupart des grandes villes dans le monde avaient un quartier piétonnier et qu'il ne fallait pas penser qu'aux voitures. Gardar lui avait répondu qu'il n'avait jamais entendu une telle ânerie de toute sa vie.

Alors qu'ils descendaient en ville en longeant la rue Borgartun, ce dernier leur avait montré un bâtiment qu'il jugeait idéal pour une pizzeria. Les deux grandes baies vitrées de cet atelier de réparation de cycles désormais désaffecté donnaient directement sur la rue. Il en avait touché un mot à son oncle, un armateur qui ne manquait pas d'argent et avait semblé intéressé. Il avait goûté à des pizzas à Londres, il savait que c'était bon et Gardar espérait bien l'associer à son projet. D'autant que les autres investisseurs éventuels ne croyaient pas du tout à l'avenir de la restauration rapide.

– On pourrait faire équipe, avait suggéré Gardar.

Marteinn avait secoué la tête, perplexe.

– Erlendur, tu me suis ?

– Non, les pissas ne m'intéressent pas.

– Les pizzas, s'était agacé Gardar. Fais un effort pour le dire correctement ! Et toi, Marteinn, qu'est-ce que tu en dis ?

– Il s'appellera comment, ton restaurant ? avait demandé Marteinn.

– Je n'ai pas encore décidé. En tout cas, il aura un nom étranger, assura Gardar. Un truc qui accroche et qu'on garde en mémoire. Un nom… un nom américain.

– Qu'est-ce que tu dirais de Pissa Gardar ? avait suggéré Erlendur.

Marteinn avait hurlé de rire et leur collègue leur avait répondu qu'on ne pouvait pas discuter avec des crétins, mais qu'ils riraient sans doute moins quand il les appellerait de Majorque où il passerait ses vacances d'été grâce aux bénéfices produits par la vente des pizzas.

Ils longèrent la rue Posthusstraeti et, arrivés au niveau de la pharmacie Reykjavikurapotek, s'engagèrent sur la portion d'Austurstraeti encore ouverte à la circulation. Leur voiture se reflétait dans les vitrines sous les enseignes lumineuses, comme un film dont les images apparaissent et disparaissent. Ils étaient intervenus deux fois, lors de bagarres dans des fêtes privées, et avaient dû arrêter un homme complètement ivre pour l'emmener dans une cellule où il passerait le reste de la nuit.

Ils s'apprêtaient à quitter le centre-ville quand on les envoya sur les lieux d'une violente altercation dans le quartier de Bustadahverfi. Erlendur se rappela immédiatement l'adresse. Assis au volant, il accéléra et alluma le gyrophare malgré l'absence quasi totale de circulation et ils avaient rapidement gagné le boulevard Miklabraut.

– On y est déjà allés l'autre jour, non ? demanda Marteinn.

– Oui, confirma Erlendur.

– C'est là qu'on a trouvé cette femme inconsciente dans le salon ? demanda Gardar.

– Exactement, répondit Erlendur.

– C'est quoi le problème de ce gars ? s'énerva Marteinn.

Erlendur accéléra encore davantage, maintenant qu'ils étaient sur Miklabraut, mais il fut forcé de ralentir en arrivant derrière deux voitures qui roulaient de front, occupant les deux voies de circulation. Il enclencha la sirène et le véhicule sur la voie de gauche se rabattit. Ils arrivèrent rue Bustadavegur quelques minutes plus tard. Erlendur avait alors éteint la sirène pour ne pas réveiller tout le quartier. Ils se garèrent devant la maison et aperçurent le voisin qui les attendait en robe de chambre, debout à la fenêtre de sa cuisine. C'est lui qui avait appelé la police, comme la fois précédente. Dès qu'il les vit descendre de leur véhicule, il sortit sur le pas de sa porte.

– La dispute a commencé il y a une heure, expliqua-t-il, puis tout à coup plus rien. Ils sont peut-être allés se coucher. Le mari hurlait comme un fou. J'ai craint que… J'ai eu peur qu'il tue sa femme. Pourtant, il s'était largement calmé depuis la dernière fois. J'ai entendu quelques cris et des petites engueulades, mais rien de bien grave.

– Le bruit a cessé à quel moment ? demanda Gardar.

– Je venais juste d'appeler le commissariat. Veuillez m'excuser de vous avoir fait venir pour rien.

– C'est une vraie nuisance, ça ne doit pas être drôle pour vous, assura Marteinn.

– On envisage sérieusement de déménager. Dire qu'entre les crises, c'est un homme adorable qui travaille tranquillement dans son jardin et avec qui il m'arrive de bavarder. Je ne comprends pas ce comportement, franchement, ça m'échappe.

Ils sonnèrent et frappèrent, mais personne ne vint leur ouvrir. Erlendur appuya sur la poignée et, constatant que la porte n'était pas fermée à clef, la poussa et entra doucement.

– Police ! cria-t-il sans obtenir de réponse.

Il appela une deuxième fois, toujours sans résultat. Ses collègues l'avaient rejoint dans le vestibule. Un silence de mort régnait dans la maison. Les épais rideaux étaient tirés aux fenêtres du salon, plongé dans la pénombre. La porte de la cuisine était fermée, le couloir des chambres désert. Erlendur se souvint que le couple avait deux fils qui passaient l'été à la campagne où ils travaillaient dans une ferme.

– Ohé, il y a quelqu'un ? cria-t-il à nouveau. C'est la police !

En prêtant l'oreille, ils entendirent des sanglots discrets dans le salon. Erlendur y entra et, quand ses yeux se furent habitués à la pénombre, il vit une silhouette qui se balançait sur une chaise, à la fenêtre. En approchant, il reconnut la femme qu'il avait trouvée inconsciente sur le sol de ce même salon.

Gardar et Marteinn étaient restés à la porte. Le mari semblait absent.

– Ça va aller ? s'enquit Erlendur.

La femme continua de sangloter sans rien dire, allant et venant sur sa chaise.

– Où est votre mari ? demanda-t-il, agenouillé à côté d'elle.

Elle ne lui répondait toujours pas. On aurait dit qu'elle ne le voyait pas ni ne l'entendait, seule au monde, plongée dans ses pensées. Prostrée sur sa chaise, elle se balançait sans relâche d'avant en arrière.

Elle ne remarqua la présence d'Erlendur que lorsqu'il lui prit la main. Elle poussa un gémissement de douleur, tourna la tête et le regarda. Il constata immédiatement qu'elle venait d'être battue. Le tour de son œil droit était tellement enflé que l'œil n'était plus visible. Sa lèvre supérieure était ouverte et tuméfiée. Elle avait saigné du nez et son bras lui faisait mal, là où Erlendur l'avait effleuré. Il se demanda s'il était cassé. Ses blessures récentes masquaient à peine les autres, plus anciennes.

– Il faisait toujours attention à ne pas me frapper au visage pour que ça ne se voie pas, murmura-t-elle. Mais l'autre jour… et cette nuit, ça ne l'a pas inquiété.

– Il est où ? demanda Erlendur.

– Ils l'ont licencié, chuchota-t-elle si bas qu'on l'entendait à peine. Ils lui ont dit qu'ils procédaient à des changements et… qu'ils n'avaient plus de place pour lui.

– Où est votre mari ?

– Et donc ils l'ont licencié.

Elle semblait refuser d'entendre la question d'Erlendur.

– Il ne voulait pas que ça se voie sur mon visage, répéta-t-elle à voix basse dans la pénombre. Il ne voulait pas que les gens l'apprennent. Il me frappait seulement sur le corps, vous comprenez. Là où ça ne se voyait pas. Même mes fils n'ont jamais rien vu.

Mais ils savaient très bien... ils sont parfaitement au courant de ce que leur père me fait. Ils sont tellement adorables, tous les deux. Lui aussi, il peut l'être, ça lui arrive. Parfois, il est adorable.

Erlendur hocha la tête.

– Maintenant... il s'en fiche complètement, poursuivit-elle. Il se fiche de savoir où les coups atterrissent.

– Vous pensez pouvoir venir avec nous ou vous préférez qu'on appelle une ambulance ?

– Oui, il s'en fiche complètement.

Elle se tourna vers Erlendur.

– Je dois avoir une tête à faire peur, s'inquiéta-t-elle.

– Il faut nous dire où il est.

– Je pourrais peut-être aller chez ma sœur. Je ne peux plus vivre ici. Je ne veux plus rester dans cette maison. Elle n'est pas au courant. Elle... Il faudra que je lui explique tout ça. Je ne lui ai jamais rien dit. Je n'ai jamais rien dit à personne. Personne... à personne.

– Vous pensez avoir la force de venir avec nous ? répéta Erlendur. On vous emmènera aux Urgences. Vous pouvez vous lever ?

– Je ne peux plus vivre ici, répéta-t-elle. Et mes fils qui rentrent demain... Mon Dieu, il ne faut surtout pas... mon Dieu... qu'est-ce que je vais leur dire ?

– Vous devriez peut-être appeler votre sœur, suggéra Erlendur. Vous savez où est votre mari ?

– Qui ça ?

– Votre mari.

– Quoi, mon mari ?

– Je vous demande où il est. Vous le savez ?

– Évidemment !

– Alors, où est-il ?

– Dans la cuisine, répondit la femme.

– Ici ?

– Oui.

– Et que fait-il ?

– Il est allongé par terre.

– Par terre ? Pourquoi donc ?

– Je crois qu'il est mort. J'ai rincé le couteau. Il était plein de sang. J'espère que ce n'est pas gênant.

Erlendur se leva en douceur et alla rejoindre ses coéquipiers qui l'attendaient, toujours immobiles dans l'embrasure.

– Où est le bonhomme ? demanda Gardar.

– Ici, répondit Erlendur en ouvrant la porte de la cuisine. Le plafonnier baignait les lieux de sa lumière crue. La pièce était meublée d'une table ronde, de quatre chaises, d'un réfrigérateur et d'une cuisinière. L'homme qui avait tenté de les empêcher d'entrer lors de leur précédente intervention gisait au pied de l'évier dans une mare de sang. Erlendur distinguait au moins trois blessures à l'abdomen et le couteau reposait, soigneusement lavé, sur la paillasse.

La femme avait quitté le salon et se tenait derrière eux, les yeux baissés sur son mari, toujours allongé par terre, dans l'état où elle l'avait laissé.

– J'ai rincé le couteau, répéta-t-elle. J'espère que ce n'est pas gênant. Il faudra aussi que je lave le sol. Il faut que je passe la serpillière avant le retour des garçons.

Erlendur s'accroupit à côté de l'homme et posa une main sur son cou en quête de signes vitaux.

– Il est en vie ! s'écria-t-il, percevant un faible pouls. Il est vivant ! Appelez une ambulance et un médecin ! Tout de suite !

Il prit le torchon qu'il avait aperçu sur le bord de l'évier, déchira la chemise du mari et fit de son mieux

311

pour endiguer l'hémorragie. Gardar et Marteinn s'étaient figés en découvrant le visage de l'épouse à la lumière crue de la cuisine. Sans doute n'avaient-ils jamais vu d'aussi près l'image de la détresse absolue.

– Immédiatement ! cria Erlendur. Allez immédiatement chercher un médecin !

46

Ils achevèrent leur nuit de travail et se quittèrent sous le porche du commissariat, encore choqués après leur dernière intervention. Marteinn était venu en voiture et proposa de les déposer chez eux. Erlendur répondit qu'il préférait rentrer à pied et suivit ses collègues du regard tandis qu'ils franchissaient la barrière. En rentrant au commissariat, ils s'étaient attardés à la cafétéria où ils avaient longuement évoqué le sort de cette femme, de son mari et de leurs fils. Ils avaient parlé de la violence qui était le quotidien de cette famille et de tant d'autres. De ceux qui la subissaient et ne pouvaient qu'être désemparés. Ils avaient parlé de la honte éprouvée par les victimes. De ces secrets de famille si lourds à porter.

L'homme aurait sans doute la vie sauve. Il avait perdu beaucoup de sang, mais les coups de couteau qu'il avait reçus n'étaient pas mortels. Il subissait en ce moment une longue opération. Sa femme avait été prise en charge, on avait soigné ses blessures aux Urgences et on l'avait gardée en observation.

– Je peux rester dormir ? interrogea une voix dans le dos d'Erlendur. Il se retourna et vit que Vilhelm avait franchi le porche.

– Cet endroit n'est pas un hôtel.

– Non, c'est sûr, convint Vilhelm.

– Vous ne voulez pas non plus qu'on vous apporte le petit-déjeuner au lit ?

– Ce ne serait pas de refus, répondit le clochard. Café et tartines grillées me conviendraient parfaitement.

– Venez. Nos cellules sont vides à part celle qui est occupée par un imbécile qui dessoûle. Il s'en est pris à nous la nuit dernière et a tenté de nous frapper.

– Et il a trouvé à qui parler.

– Oh oui !

Il conduisit Vilhelm à l'intérieur et l'installa dans une des cellules. Ellert et Vignir avaient été transférés à la prison de Sidumuli. L'individu qui avait perturbé la fête et que les policiers n'étaient pas parvenus à calmer était désormais silencieux. Complètement ivre, il les avait traités de tout avant de bondir sur Gardar, poings en avant. Pour l'instant, il dormait d'un sommeil de plomb, mais ne tarderait sans doute pas à se réveiller avec une gueule de bois monumentale.

Vilhelm remercia Erlendur et se prépara à se coucher. Épuisé, il semblait heureux d'avoir trouvé un lieu où se reposer un peu. Il ôta ses lunettes cassées et les posa précautionneusement sur la table de chevet. Erlendur lui demanda ce qui leur était arrivé.

– C'est l'œuvre de Bergmundur.

– Comment ça ?

– Il a marché dessus. Et il l'a fait exprès.

– Pourquoi ?

– Parce que c'est un connard, rétorqua Vilhelm.

– Il a fait ça pour s'amuser ?

– J'ai dit un truc qui ne lui a pas plu à propos de Thuri.

– Et il a cassé vos lunettes ?

– Il sait que je suis myope comme une taupe quand

je ne les ai pas sur le nez, répondit Vilhelm. Et ce genre de choses l'amuse.

– Ce genre de choses, c'est-à-dire ?

– Il aime s'en prendre aux plus faibles. C'est un con. Ce n'est pas la première fois que je le dis. Même devant lui. Il ne me fait pas peur. Je ne crains personne.

Vilhelm s'allongea sur la banquette, Erlendur retourna dans le couloir et sortit goûter le soleil du matin à l'arrière du commissariat. Avant de rentrer chez lui, il avait envie de descendre jusqu'à la rue Skulagata qui longeait la baie. Il aimait la proximité de la mer. Cela l'aidait à évacuer les impuretés de la nuit. Il respira l'air salin, les yeux perdus sur l'horizon, comme jadis, à l'époque où sa famille habitait encore dans les fjords de l'Est. Il avait passé son enfance entre, d'un côté, les hautes terres, leurs landes et leurs montagnes, capables de punir si cruellement la moindre inattention, et de l'autre côté, le fjord. Il avait vécu ses premières années tout près d'un petit port de pêche et se rappelait les bateaux qui accostaient, débordant de prises. Il se rappelait les cris des mouettes qui les accompagnaient. L'agitation joyeuse que le retour au port suscitait sur la jetée. Et les cris des pêcheurs. Sa mère travaillait au filetage du poisson. Il se souvenait de ses journées interminables, des couteaux tranchants comme des lames de rasoir et de ces grandes femmes en tablier blanc qui lui disaient de ne pas rester dans leurs pattes. Il revoyait tout cela avec nostalgie et regrettait de ne plus habiter dans un fjord islandais.

Il passa un long moment debout face à la mer à regarder le golfe de Faxafloi scintiller au soleil. Des paroles prononcées par Vilhelm la première fois qu'ils avaient discuté dans la cellule mais aussi tout à l'heure lui revinrent brusquement en mémoire. Le clochard lui avait parlé de son séjour au pipeline et de la visite de Bergmundur. Erlendur s'interrogea sur Thuri et sur la raison pour laquelle Bergmundur avait cassé les lunettes de Vilhelm.

– Il tenait absolument à s'arranger pour… murmura-t-il.

Il resta encore un long moment à contempler le golfe de Faxafloi et à réfléchir, puis tourna les talons et reprit le chemin du commissariat.

Il entra dans la cellule où le clochard dormait déjà d'un profond sommeil. Il lui posa une main sur l'épaule mais, comme il ne réagissait pas, il le secoua vigoureusement. Enfin, Vilhelm ouvrit les yeux. Il lui fallut quelques instants pour prendre ses repères et reconnaître l'homme qui le surplombait et tenait tant à le réveiller.

– C'est quoi ce cirque ?! s'exclama-t-il en s'asseyant sur la banquette.

– Excusez-moi, mais j'ai une question à vous poser à propos de ce que vous m'avez dit hier.

– Que… qu'est-ce que je vous ai dit hier ?

– Pour quelle raison Bergmundur ne voulait-il pas que vous restiez au pipeline ? demanda Erlendur.

– Comment ça ?

– Vous m'avez raconté que Bergmundur était venu vous voir au pipeline, juste après ma visite.

– C'est vrai.

– Et vous avez ajouté qu'il tenait absolument à s'arranger pour qu'on vous donne une place à Farsott. Qu'il ne supportait pas l'idée de vous voir dormir dans ce caisson en ciment.

– C'est ça.

– Ce n'est pas un peu étrange de sa part ?

– Quoi donc ?

– De le voir tout à coup se soucier de votre sort

et de votre bien-être ? Ce n'est pas son comportement habituel, non ?

Encore à moitié endormi, Vilhelm toisa Erlendur, agacé.

— C'est pour me dire ça que vous m'avez réveillé ? lui reprocha-t-il en mettant ses lunettes.

— Essayez de vous souvenir, ensuite vous pourrez dormir tout votre soûl et je ne vous dérangerai plus. Nous avons discuté hier. Vous m'avez dit que Bergmundur était venu vous voir juste après ma visite. Ça vous revient ?

Vilhelm hocha la tête.

— Pourquoi il est venu au pipeline ? Qu'est-ce qu'il voulait ?

— Il m'a parlé de Thuri, répondit Vilhelm en s'efforçant de se rappeler les propos qu'il avait tenus la veille au soir. Ensuite, il m'a demandé si j'avais quelque chose à boire et si je n'avais pas envie d'aller à Farsott.

— Qu'est-ce qu'il a dit exactement ?

— Comment voulez-vous que je m'en souvienne ! s'exclama Vilhelm.

— Faites un effort.

— Il m'a dit que je ne pouvais pas rester au pipeline, que c'était n'importe quoi. Il a proposé de m'aider à trouver une place à Farsott en me disant qu'ils m'accepteraient sans doute si je ne buvais rien. Un truc comme ça. Voilà.

— Et ça ne vous a pas surpris ? Vous n'avez pas trouvé cette attitude plutôt inattendue ?

— J'avoue que ça ne lui ressemble pas, convint Vilhelm. Ce connard était presque gentil.

— Et vous l'avez suivi ?

— Il ne m'a pas fichu la paix avant que j'aie accepté de descendre avec lui au centre, répondit Vilhelm. Il a tellement insisté. Il m'a même permis de dormir dans sa tanière. Je me demandais franchement ce qui lui arrivait.

– En d'autres termes, il ne voulait surtout pas vous voir vous installer dans le caisson du pipeline.

– Non, il m'a dit que c'était mauvais pour moi.

– Et c'est bien la première fois qu'il s'inquiétait pour vous ?

– Oh que oui ! J'étais stupéfait, mais je me disais que c'était quand même gentil de se soucier de mon confort. Parce que ce n'est pas son style. Il n'est pas du genre à s'occuper des autres.

– Enfin, il a quand même cassé vos lunettes.

– Je lui ai dit que Thuri n'était qu'une sale putain. Ça l'a mis en colère. J'aurais mieux fait de me taire. En tout cas, je n'aurais pas dû dire ça devant lui.

– Il a quelle relation avec elle ? demanda Erlendur. Ils n'ont pas toujours été ensemble, je me trompe ?

– Non, je ne vois pas qui pourrait supporter Bergmundur.

– Elle a eu d'autres hommes dans sa vie ?

– Enfin, oui ! Vous n'êtes pas au courant ?

– Hannibal ?

– Oui, votre ami, confirma le clochard. Ils ne se quittaient pas.

– Et qu'en disait Bergmundur ?

– Il détestait Hannibal. Il ne le supportait pas. Et Bergmundur n'est pas du genre à laisser tomber. Il est sacrément tenace. J'ai entendu dire que c'était reparti avec Thuri, l'autre jour.

– Vous croyez qu'il était jaloux ?

– Affreusement, répondit Vilhelm en s'étirant. Il est comme ça. Vous pensez qu'il aurait pu lui faire du mal ?

– Et vous, qu'en pensez-vous ?

– L'idée ne m'a jamais effleuré. C'était pourtant bien un accident ? Cette noyade était accidentelle, non ?

Erlendur haussa les épaules.

– Vous saviez qu'il… ?

Vilhelm n'acheva pas sa phrase. Il était maintenant complètement réveillé.

– Qu'il… ? répéta Erlendur.

– Évidemment, Bergmundur a bien plus de force que n'en avait Hannibal, il est plus grand, plus jeune et plus costaud.

– Vous suggérez qu'il l'aurait maîtrisé sans difficulté ?

– Oh oui, très facilement. Hannibal ne faisait pas le poids. C'est sans doute lui qui…

– Qui quoi ?

– Vous n'êtes pas au courant ? Vous ne savez pas ce qu'il a fait ?

– Non, je ne vois pas. Qu'est-ce qu'il a fait ?

– Oli a raconté qu'il l'avait vu.

– Oli, quel Oli ? Et qu'est-ce qu'il a vu ?

– Olafur ! Il est mort à Nautholsvik, précisa Vilhelm. Vous vous en souvenez sans doute. Il s'appelait Olafur. Il est mort d'une crise cardiaque, non ? On l'a trouvé le long de la route à Nautholsvik. Il s'était simplement effondré là.

– D'accord. Bon, qu'est-ce qu'il avait vu ? répondit Erlendur, se souvenant enfin du clochard découvert quelques jours plus tôt.

– Eh bien, Bergmundur, répondit Vilhelm. Au moment de l'incendie de la cave d'Hannibal. Il m'a raconté qu'il avait vu Bergmundur rôder autour de la maison ce soir-là. Oli était sûr que c'était lui qui avait mis le feu. Il en était absolument certain.

Erlendur s'installa sur la banquette à côté de Vilhelm.

– Il a vraiment vu Bergmundur là-bas ?

– Oui, il n'en démordait pas, il en était certain, comme je viens de vous le dire.

Erlendur se rappela les propos de Vilhelm sur la sensation qu'il avait éprouvée en dormant au pipeline.

– L'impression d'être allongé dans un cercueil, murmura-t-il, pensif.

– Pardon ?

– Vous m'avez dit hier que le caisson ressemblait à un cercueil.

Vilhelm le regarda derrière ses grosses lunettes.

– C'est exactement ça, observa-t-il. On a l'impression d'avoir le couvercle d'un cercueil au-dessus de la tête. L'impression de dormir dans un putain de cercueil.

47

Thuri n'était pas au cagibi qu'elle louait à Vestur-baer, le quartier Ouest. Svana, la patronne de Polinn, ne l'avait pas vue récemment. Les clochards de la place Austurvöllur ne l'avaient pas croisée et on ne l'avait pas aperçue au foyer d'Amtmannsstigur. Erlendur ne savait plus où chercher. Il gravit la colline d'Arna-rholl où clochards et alcooliques se rassemblaient par-fois. Confortablement assis au soleil, trois d'entre eux fumaient et buvaient du Brennivin islandais. Il repéra les deux bouteilles vert émeraude du délicieux nectar, posées sur le trottoir. L'un d'eux avait manifestement reçu ou trouvé de l'argent. Le premier s'était mis torse nu, dévoilant son corps maigrelet dont on pouvait compter les côtes. Le deuxième, petit et vif, portait une casquette et fredonnait tout bas la ballade de Jon Kristofer[1], cadet dans l'armée. Ils ne pouvaient être plus heureux, ainsi baignés de soleil.

– Vous auriez vu Thuri dans les parages ? inter-rogea Erlendur en s'asseyant par terre à côté d'eux. Il avait mal aux jambes après l'aller-retour qu'il venait d'effectuer entre le centre et le quartier Ouest où il

1. Poème de Steinn Steinarr (1908-1958) considéré par nombre d'Islandais comme un des plus grands poètes du XXᵉ siècle.

avait vainement tambouriné à la porte et à la fenêtre de Thuri.

– Thuri ? répéta le maigrichon en se grattant sous les bras. Je ne l'ai pas vue.

– Et Bergmundur ?

– Non plus, répondit le deuxième en soulevant sa casquette pour se gratter la tête.

Les autres confirmèrent qu'ils n'avaient pas vu le couple.

– Ils sont de nouveau ensemble ? s'enquit Erlendur, les jambes allongées sur le trottoir.

– Je n'en sais rien, observa le troisième d'un ton sec. De quoi je me mêle ?

Grassouillet, il portait une barbe et craignait sans doute qu'Erlendur ne leur demande une gorgée de ce nectar des dieux qu'était le Brennivin.

– On m'a dit qu'il en pinçait toujours autant pour elle, répondit Erlendur.

– C'est un connard, assura le maigrichon, qui continuait de se gratter les aisselles.

– Un jour, il a cassé la gueule à Tommi, précisa le radin, manifestement heureux du malheur des autres. C'est logique qu'il ne fasse pas son éloge.

– Je n'ai jamais entendu personne dire du bien de ce crétin, rétorqua celui que l'autre avait appelé Tommi.

– Pourquoi vous lui en voulez ? demanda Erlendur. Que s'est-il passé ?

Tommi garda le silence.

– Thuri a toujours été partante pour la bagatelle. Il suffisait de lui faire un petit cadeau, observa le radin. Ça a toujours été. D'ailleurs, elle se contente de peu.

– Un verre de tord-boyaux ? suggéra Erlendur.

– Même pas. En tout cas, il ne fallait pas que Bergmundur l'apprenne. Un jour, Tommi est allé la voir et… qu'est-ce que tu lui avais offert ? C'était vraiment minable, hein, Tommi ?

– Des tickets de bus, répondit Tommi.

– Des tickets de bus ? répéta Erlendur.

– Ouais, un carnet de dix tickets que j'avais piqué.

– Tommi n'a pas beaucoup de succès avec le beau sexe, expliqua le radin qui, de mauvaise humeur au début de leur conversation, s'amusait maintenant comme un petit fou.

– Qu'est-ce que t'en sais ? rétorqua Tommi. Tu crois peut-être qu'elles se battent pour coucher avec toi, l'affreux jojo ?

– Bref, Bergmundur a appris ça, il a été trouver Tommi et lui a fait avaler les tickets avant de lui mettre une raclée en précisant que la prochaine fois qu'il tournerait autour de Thuri, il lui tordrait le cou.

– Ça remonte à quand ? demanda Erlendur.

– Ça doit faire… disons… cinq ans, répondit Tommi qui, ayant enfin cessé de se gratter, plissait les yeux face au soleil. Il m'a même cassé une dent, ajouta-t-il en tirant de son index sur le coin de ses lèvres pour le lui prouver.

Mais comme il lui en manquait au moins quatre, Erlendur était bien incapable de dire laquelle avait cédé sous les coups de Bergmundur.

48

Cette fois, il s'était rendu au pipeline équipé d'une petite pelle et d'une puissante lampe, propriété de la police. Il avait emprunté l'outil aux voisins du dessus, chargés de l'entretien du jardin.

Erlendur avait trouvé des tas de choses sur Bergmundur dans les dossiers conservés à Hverfisgata. Le clochard avait souvent eu affaire à la police pour de menues infractions de natures diverses, essentiellement des bagarres et des vols. Erlendur se souvenait clairement de l'épisode où, après avoir discuté avec lui sur la colline d'Arnarholl, il était allé lui acheter cinq flacons d'alcool à 70° à la pharmacie. Bergmundur lui avait dit qu'Ellert et Vignir avaient incendié la cave parce qu'ils tenaient à se débarrasser d'Hannibal, qui savait des choses gênantes sur eux. Il avait également insinué que les deux frères étaient montés jusqu'au pipeline pour lui imposer définitivement silence. Erlendur supposa que le clochard l'avait délibérément orienté sur une mauvaise piste.

Il sortit de chez lui alors que la soirée était déjà bien avancée. En dépit de ses recherches, il n'avait trouvé ni Thuri ni Bergmundur, mais il se disait que ça ne changeait plus grand-chose. Dès le lendemain, il irait porter la boucle d'oreille à ses collègues de la

Criminelle, leur dévoilerait tout ce qu'il avait découvert et leur confierait l'affaire. Il irait voir Rebekka pour l'en informer. Il aurait voulu parler à Thuri avant d'aller tout raconter, mais la terre semblait l'avoir avalée. Il aurait souhaité l'interroger sur la nature des relations qui l'unissaient à Hannibal avant son décès et sur la manière dont Bergmundur avait pris la chose. Il aurait également voulu la questionner sur les relations entre Hannibal et Bergmundur. Les faits et les dates. Était-ce par hasard qu'elle était retournée au pipeline où elle avait trouvé ce bijou après la mort d'Hannibal ? Il voulait lui demander si elle était au courant pour l'incendie. Si elle savait qu'on avait vu Bergmundur rôder dans les parages à ce moment-là. Les clochards d'Arnarholl lui avaient affirmé que Thuri menait Bergmundur par le bout du nez et qu'il était capable de faire n'importe quoi ou presque pour lui plaire. C'était peut-être étrange, mais il avait toujours le béguin pour elle, même si elle avait pendant quelque temps partagé la vie d'Hannibal. Bergmundur considérait qu'il devait la protéger et n'hésitait pas à recourir à la violence quand il le jugeait nécessaire. Il était en outre d'un naturel rancunier.

Erlendur s'approcha du trou au fond duquel Hannibal avait trouvé son ultime refuge. Cette petite pelle au manche assez court serait parfaite pour creuser le sol sous la canalisation. La lampe ressemblait quant à elle plutôt à une lanterne. Ses puissantes piles dureraient toute la nuit. Le ciel était couvert, mais il n'y avait pas de vent et des trombes d'eau s'abattaient sur le massif de Blafjöll. Les lieux étaient totalement déserts.

Il alluma la lampe et pénétra par la brèche. Thuri avait trouvé la boucle d'oreille sous la canalisation juste à gauche de l'ouverture. Il commença donc à chercher à cet endroit. Le sol sous les tuyaux étant constitué d'un mélange de terre et de cailloux, la pelle y pénétrait sans peine. Il l'enfonça avec vigueur plusieurs fois de suite, puis se mit à creuser et ne s'arrêta que lorsqu'il eut atteint une profondeur de cinquante centimètres. Puis, il avança davantage à l'intérieur du caisson et recommença la manœuvre.

Il progressa ainsi mètre par mètre, agenouillé, le dos courbé, la lanterne posée sur les canalisations et la pelle devant lui. Il nettoyait régulièrement l'outil en le frappant sur les tuyaux, puis le replongeait aussitôt dans la terre, creusant trou après trou sans rien trouver.

Il jeta un regard derrière lui. Il était arrivé à environ dix mètres de l'ouverture, et il se dit qu'il serait bientôt temps de rebrousser chemin pour fouiller de l'autre côté de la brèche. Il continua tout de même à creuser sur deux mètres supplémentaires, puis jugea qu'il était allé assez loin dans cette direction. Il se retourna sans difficulté et rejoignit l'ouverture en avançant à quatre pattes. Oppressé, il décida de sortir au grand air pour s'accorder une pause. Il s'étira longuement puis, assis dans l'herbe, adossé au ciment, il contempla le mont Esja et imagina qu'Hannibal avait dû le faire plusieurs fois au cours de son séjour dans cet endroit étrange, tel un campeur en pleine ville. Erlendur trouvait l'idée assez jolie. Le sort d'Hannibal n'était pas enviable, mais d'une certaine manière il était libre. Il avait fini par trouver son îlot de Drangey[1], ici, au pipeline.

Erlendur retourna à l'intérieur et se mit à creuser dans l'autre direction. Il poussait sa lanterne devant lui,

---

1. Drangey est un îlot situé dans le Skagafjördur, dans le nord de l'Islande, où Grettir, héros de la saga éponyme, s'est réfugié alors qu'il avait été banni.

avançait sur quelques dizaines de centimètres, creusait un trou, avançait à nouveau, puis creusait un autre trou, progressant peu à peu dans le caisson. Brusquement, le sol lui sembla plus meuble. La pelle s'y enfonçait plus facilement. Arrivé à environ sept mètres de l'ouverture, il perçut une résistance.

Il éclaira le trou et, ne voyant que la terre, décida de l'agrandir. L'outil buta à nouveau sur quelque chose. Ce n'était pas une pierre, la pelle cognait contre cette résistance, mais on n'entendait aucun bruit métallique. Il prit la lampe pour éclairer le trou qu'il venait de creuser et la zone encore inexplorée qu'il avait face à lui. Apparemment, la terre n'avait pas été remuée. La dernière fois qu'il était venu là, c'était pour y chercher le corps d'Oddny, mais il ne l'avait pas trouvé. Il n'était pas équipé pour creuser.

Il posa la lanterne sur la canalisation et dégagea précautionneusement un périmètre plus large, en prenant bien garde à ne détruire aucune pièce à conviction, au cas où il trouverait quelque chose. Un épais silence l'enveloppait. Il s'accorda un bref répit et observa les parois. La lumière puissante de sa lanterne ne faisait qu'augmenter la densité des ténèbres qui le cernaient de toutes parts. Il avait jusque-là rejeté le remblai sous les deux canalisations où il formait un monticule et commençait maintenant à l'évacuer sur sa droite, le long de la paroi.

Il continua à creuser, à genoux et arc-bouté. Sa pelle se retrouva brusquement bloquée. Il sursauta, ramena machinalement sa main vers lui, prit la lampe et vit un morceau de tissu affleurer à la surface. Il laissa l'outil et balaya doucement le périmètre du bout des doigts, dévoilant ce qu'il pensait être le col d'une veste. Il crut repérer une touffe de cheveux, puis s'arrêta sur un objet d'apparence familière. C'était une boucle d'oreille. L'anneau extérieur était un peu plus grand que l'intérieur auquel était fixée une petite perle blanche.

Il venait de trouver le corps d'Oddny.

En dégageant la terre, il constata que la nature avait fait son œuvre. Il avait eu le temps d'apercevoir une clavicule et une main avant de renoncer. Pris de nausée, il ignorait combien de temps il pourrait rester là, tant il désirait quitter cet endroit terrifiant et les ténèbres qui l'encerclaient.

Alors qu'il s'apprêtait à retourner vers la sortie, son regard tomba sur les doigts crispés qui semblaient serrer un objet, sans doute emprisonné au tout dernier instant. Il s'approcha, souleva doucement la main, libéra l'objet, le prit, le nettoya et comprit qu'au moment où il avait commencé à explorer l'inquiétant tombeau d'Oddny, il s'était complètement trompé sur l'identité du coupable.

Il plaça sa découverte en pleine lumière. Oddny n'était pas la seule à avoir perdu un bijou la nuit où elle était morte.

49

Erlendur, sans avoir pris le temps de dormir, quitta son domicile aux premières heures du jour afin de se rendre rue Borgartun au bureau de la Criminelle. Il avait pris une douche, s'était changé et contenté d'un petit-déjeuner frugal. Certes, il aurait pu contacter directement la police en arrivant chez lui et signaler la découverte du corps, mais il s'était dit que quelques heures de plus ou de moins ne changeraient pas grand-chose et il souhaitait que ses collègues de la Criminelle lui accordent une faveur.

Il demanda à parler à Hrolfur. On l'informa que ce dernier était en congé, mais qu'il pouvait s'adresser à Marion Briem. Erlendur connaissait bien le nom de ce personnage incontournable à la Criminelle et avait deux ou trois fois croisé sa route depuis qu'il était entré dans la police. De retour en Islande après de très longues vacances au Danemark, Marion n'avait jamais participé à l'enquête concernant la disparition d'Oddny.

Marion se débarrassait de son imperméable quand Erlendur frappa à la porte de son bureau.

– Erlendur, n'est-ce pas ?
– Oui.
– Vous n'êtes pas en uniforme ?
– Je ne suis pas en service, répondit-il.

– Ah bon, qu'est-ce que vous me voulez ?

– Je voudrais signaler un meurtre.

Son imperméable sur le bras, Marion eut du mal à dissimuler sa surprise.

– De quoi parlez-vous ?

– Je dirais même un double meurtre, précisa Erlendur. La première victime s'appelait Oddny et l'autre est un clochard du nom d'Hannibal que je connaissais un peu. Il n'a pas eu de chance. Je crois qu'il s'est trouvé au mauvais endroit au mauvais moment. L'assassin s'intéressait seulement à la femme. Tous deux sont morts à côté des anciennes tourbières de Kringlumyri. Je suis sûr que c'est le même meurtrier qui les a tués tous les deux.

– Oddny ? C'est bien la femme qui a disparu l'an dernier ?

– Oui, et Hannibal est l'homme...

– Qui s'est noyé à Kringlumyri, coupa Marion.

– Exact.

– Hrolfur m'a raconté qu'un policier était venu récemment lui poser des questions étranges sur ces deux affaires, reprit Marion. Je suppose que vous avez trouvé le corps de la femme.

– L'assassin l'a enterrée dans le caisson de protection du pipeline, pas très loin des tourbières, expliqua Erlendur. Hannibal était installé là. Cet endroit a été sa dernière demeure. Cette femme y a sans doute cherché refuge et Hannibal s'est trouvé mêlé à cette histoire, ce qui lui a coûté la vie.

– Dites-moi, c'est une affaire qui vous concerne de près ? s'enquit Marion.

– Je connaissais Hannibal, répondit Erlendur. Je connais aussi sa sœur. Elle m'a demandé de découvrir ce qui est arrivé à son frère. Ça fait un moment que je prévois de venir vous voir. J'ai trouvé le corps d'Oddny ce matin. Je sais l'identité de l'assassin et je voulais vous demander une faveur.

– Laquelle ?

– Je voudrais passer quelques minutes avec lui avant que vous ne l'arrêtiez.

Située au fond de la vallée, la maison du quartier de Fossvogur, d'architecture moderne et de forme épurée, était entourée d'un jardin propret au gazon vert tendre, fraîchement coupé, et aux bordures taillées à angle droit. Des parterres de fleurs, des pensées et des pivoines pour l'essentiel, couraient le long des murs. La porte rouge du garage était fermée. En ce début de matinée, la douceur de la brise promettait une belle journée ensoleillée, pleine des parfums de l'été.

Erlendur sonna à la porte. Quelques instants plus tard, Gustaf vint lui ouvrir.

– Vous ? lança-t-il. Qu'est-ce que vous venez faire ici ? Et que… que… que font tous ces gens devant chez moi ?

– Je leur ai demandé de m'accompagner, répondit Erlendur.

Sur le parking, deux hommes attendaient à bord d'un véhicule de police à côté duquel était garée une voiture banalisée d'où Marion Briem venait de descendre en compagnie de deux agents de la Criminelle. Tous regardaient en direction de la maison. Un groupe de policiers avait été envoyé au pipeline. On avait décidé de retirer le caisson en ciment à l'endroit où Erlendur avait creusé afin d'atteindre plus aisément le corps.

– Ils travaillent à la Criminelle sous l'autorité du procureur de Reykjavik.

– Le procureur… ?

– Ils vont devoir vous interroger, mais je leur ai demandé de m'accorder quelques instants avec vous auparavant, poursuivit Erlendur.

Gustaf balaya la rue du regard, comme s'il craignait surtout que les voisins aient compris la nature de la visite qu'il recevait, les voitures de police étant plutôt rares dans ce quartier résidentiel.

– Qu'est-ce que vous me voulez encore ? J'allais partir au travail, répondit Gustaf. Vous comprenez, j'ai autre chose à faire.

– Je n'en ai pas pour très longtemps, assura Erlendur. Je voudrais juste vous interroger sur un détail.

– Et il faut que tous ces gens restent sur le parking ?

– Je n'en ai pas pour longtemps, répéta Erlendur.

– Bon, dans ce cas, allons-y, consentit Gustaf, voyant qu'Erlendur ne pliait pas et ne céderait pas quoi qu'il puisse dire. Mais je suis déjà en retard au travail.

Ils pénétrèrent dans le vestibule sans aller plus loin. Gustaf ferma la porte derrière eux. Une odeur de café et de pain grillé vint caresser les narines d'Erlendur.

– Ça veut dire quoi, de venir chez les gens comme ça, sans même les prévenir ? s'emporta Gustaf. Vous débarquez ici avec un véhicule de la police au petit matin comme si la situation était très grave. Comme si j'étais un dangereux criminel !

– Je ne crois pas que vous irez vous en plaindre. Pas plus que vous ne vous êtes plaint de la visite que je vous ai rendue l'autre jour ni du fait que je vous ai pratiquement accusé d'avoir assassiné votre femme.

– Je n'ai vu aucune raison de le faire, répondit Gustaf. Je ne vais pas aller porter plainte contre tous les imbéciles qui m'accusent de n'importe quoi.

– Certes, mais votre principal souci était de ne pas attirer l'attention.

– Je ne comprends pas de quoi vous parlez. Qu'est-ce que vous me voulez ? demanda Gustaf. Pourquoi vous ne me laissez pas tranquille ?

– Lors de notre dernière conversation, conformément à ce qui figure dans les procès-verbaux, vous avez déclaré que vous aviez passé la soirée à une réunion du Lions Club alors qu'Oddny était au Thorskaffi. C'est exact ?

– Et voilà, ça recommence !

– C'est exact ? Vous étiez à une réunion du Lions Club ?

– C'est exact et tout le monde m'a vu, répondit Gustaf.

– Ensuite, vous êtes directement rentré chez vous, disons, peu après minuit ?

– Écoutez, je n'ai aucune raison de vous parler, s'agaça Gustaf. Vous n'avez rien à voir avec cette histoire. En quoi est-ce qu'elle vous regarde ? Vous feriez mieux de sortir de cette maison et de décamper avec vos collègues.

– Une de mes connaissances a trouvé la mort dans les tourbières cette nuit-là, répondit Erlendur. Sa sœur craint qu'on ne l'accuse de la disparition de votre femme. Et elle ne veut pas que cela se produise. Vous vous êtes changé en rentrant de votre réunion ?

– Si je me suis changé ? Non... je ne m'en souviens pas. Que signifient exactement ces questions ? Est-ce que je me suis changé ?!!

– Vous portiez un beau costume, n'est-ce pas ?

Gustaf garda le silence.

– Une chemise blanche ? Une chemise blanche toute neuve, peut-être ?

Gustaf continuait à le fixer, l'air buté, sans lui répondre.

– Les manches avaient de simples boutons ?

Gustaf se taisait toujours.

– À moins que vous n'ayez porté des boutons de manchette ?

– Vous feriez mieux de dégager d'ici, lança Gustaf, la main posée sur la poignée de la porte.

– Des boutons de manchettes ornés de l'insigne du Lions Club ?

Gustaf le dévisagea.

– Écoutez, je ne porte pas de boutons de manchette et je ne sais pas comment on les met, poursuivit Erlendur. En revanche, je sais que vous en avez perdu un. Tout comme votre femme a perdu une boucle d'oreille. Vous ne voyez toujours pas où je veux en venir ?

Gustaf s'entêtait à garder le silence.

– Quand avez-vous remarqué qu'un de vos boutons de manchette avait disparu ? interrogea Erlendur. À moins que vous ne vous en soyez jamais rendu compte ?

Gustaf était manifestement déstabilisé. Quand Erlendur était allé au pipeline avec sa pelle, il était persuadé que Bergmundur avait assassiné Oddny. Il pensait que le clochard s'en était pris à la fois à Hannibal et à la femme. Pour lui, Bergmundur était allé au pipeline parce que Hannibal lui avait plusieurs fois pris Thuri et il avait fini par le noyer dans les tourbières. Oddny avait assisté à la scène, elle avait tenté de lui échapper en se réfugiant dans le caisson où il l'avait tuée.

Mais il savait maintenant que Bergmundur n'avait rien à voir avec ce meurtre.

– Vous pensiez avoir perdu ce bouton de manchette ailleurs ? s'enquit-il.

– Vous n'avez pas le droit de venir ici et de…

Gustaf ne savait plus quoi dire, il avait beau chercher ses mots, il ne les trouvait pas.

336

– J'imagine que vous avez fouillé partout pour le retrouver.

– Je n'ai pas…

– Est-ce que cela vous appartient ? demanda Erlendur en sortant le bouton de manchette qu'il avait trouvé dans la main d'Oddny. L'objet avait été placé dans un petit sac en plastique qu'il tendit à Gustaf afin qu'il puisse l'examiner. Erlendur n'avait pas totalement ôté la terre qui se trouvait autour, mais juste assez pour laisser apparaître l'insigne du Lions Club sur le bouton d'argent.

Gustaf recula d'un pas.

– Vous ne voulez pas le regarder d'un peu plus près, histoire de vérifier que c'est bien le vôtre ?

Stupéfait, Gustaf secoua la tête.

– Hannibal a été témoin de ce que vous avez fait à Oddny ? demanda Erlendur. Il a vu votre visage ?

Gustaf fuyait le regard du policier.

– Vous imaginiez qu'on ne la retrouverait jamais ? poursuivit Erlendur. Vous pensiez qu'ils finiraient par reboucher le trou et que le corps resterait enfoui là à tout jamais ?!

Erlendur s'approcha de Gustaf, comme pétrifié dans le vestibule.

– Répondez-moi !!

Gustaf sursauta.

– Je ne voulais pas… commença-t-il en parlant si bas qu'on l'entendait à peine, ouvrant une brèche dans la muraille qui le protégeait depuis plus d'un an. Je ne lui faisais plus confiance. Je croyais qu'elle avait revu ce minable… ce connard. D'ailleurs, elle me l'a dit, elle m'a dit ça quand je l'ai rattrapée, elle m'a dit qu'elle avait à nouveau couché avec lui, qu'elle recommencerait et qu'elle me quitterait. Elle a hurlé qu'elle me haïssait. Que j'étais un salaud et qu'elle me détestait. Me détestait.

– Quand vous l'avez rattrapée, c'est-à-dire ?

Gustaf leva vers Erlendur un regard implorant.

– Je l'ai suivie. Elle est rentrée à la maison, nous nous sommes disputés et elle s'est enfuie... Je l'ai poursuivie. Je ne voulais pas... Je l'ai cognée contre... Je ne voulais pas la tuer. C'était un accident. Et comme cet homme avait vu ça, comme il m'avait vu... j'ai perdu la tête. J'ai perdu la raison. Je ne savais pas quoi faire.

– D'où sortait Hannibal ? Du caisson ?

– Je n'en sais rien. Oui, sans doute. J'ignorais qu'il vivait là-bas. Tout à coup, il est apparu. Et c'était trop tard. Il avait vu ce que je venais de faire.

– Alors, vous l'avez poursuivi aussi ?

– Il m'avait vu ! s'exclama Gustaf. Il était témoin de ce que j'avais fait à Oddny. Je ne pouvais pas le laisser aller raconter ça à la police. Ce n'était pas possible. Il a couru vers les tourbières. Qu'est-ce que vous vouliez que je fasse ? Je n'avais pas le choix !

Gustaf avait les yeux rivés sur le bouton de manchette.

– J'ai passé mon temps à le chercher, reconnut-il. Je me demandais où je l'avais perdu. Je ne savais pas où il était. Je l'ai cherché dans toute la maison mais aussi à côté du pipeline et dans le caisson... Je craignais de l'avoir perdu là-bas. J'avais une peur bleue de l'avoir perdu là-bas.

– Je l'ai trouvé auprès d'Oddny.

– Où... où était-il ?

– Elle le serrait dans sa main, répondit Erlendur.

– Mon Dieu... murmura Gustaf.

– J'ai trouvé son corps cette nuit, là où vous l'avez enterré.

– Je… je n'ai pas osé le chercher sur elle, murmura Gustaf. Je regrette tellement… d'avoir fait ça. Je regrette…

– Je suppose que vous avez surveillé les abords du pipeline, observa Erlendur, d'autant plus qu'il y avait cette brèche.

Gustaf hocha la tête.

– J'y allais régulièrement, surtout la nuit, évidemment, avoua-t-il. Je ne voulais pas qu'on me voie traîner dans les parages. Cet endroit est comme une tombe à ciel ouvert. C'est à se demander s'ils vont réparer cette brèche un jour. On dirait qu'ils ne vont jamais combler cet affreux trou béant.

50

Erlendur fut tenu informé de tous les développements de l'enquête par ceux qui prirent sa suite à la Criminelle. Il revit Rebekka et lui expliqua qu'il avait trouvé les réponses et découvert comment son frère était décédé. Hannibal avait été témoin du crime de Gustaf par hasard.

En fin de compte, Oddny était bel et bien rentrée chez elle après sa soirée au Thorskaffi. À son retour, son mari l'attendait. Il lui avait demandé si elle l'avait trompé. Comme elle avait bu, elle n'avait pas hésité à le provoquer en répondant que oui. Ils s'étaient alors violemment disputés, il l'avait menacée et frappée. Elle s'était enfuie, quittant la vallée de Fossvogur pour monter vers les tourbières de Kringlumyri.

– Pauvre femme ! soupira Rebekka.

– Je ne peux pas vous dire ce qu'elle voulait faire, et Gustaf l'ignore aussi, reprit Erlendur. Sans doute prévoyait-elle de se réfugier chez des amis. Je ne sais pas. En tout cas, Gustaf l'a poursuivie et, à ses dires, il l'a vue monter sur le pipeline. Elle commençait à fatiguer. Il dit l'avoir rattrapée pas très loin de la brèche où s'était installé Hannibal. Ils se sont à nouveau disputés et il l'a frappée. Elle est tombée du pipeline, il a bondi sur elle, l'a saisie à la gorge et lui a cogné la tête contre le caisson en ciment jusqu'au moment où il a compris qu'elle était morte et...

– Je préférerais que vous n'entriez pas trop dans les détails, interrompit Rebekka. Essayez de me les épargner.

– Excusez-moi, je ne voulais pas...

– Que s'est-il passé ensuite ?

– À ce moment-là, Hannibal est sorti du trou et, considérant sans doute qu'il ne faisait pas le poids contre cet homme, il a couru vers les tourbières. Gustaf l'a poursuivi et vite rattrapé. Il l'a poussé dans la mare, y est entré lui aussi et lui a maintenu la tête sous l'eau jusqu'à ce que... enfin, le temps qu'il jugeait nécessaire.

– Mon Dieu, murmura Rebekka.

– Il a abandonné Hannibal, puis il est retourné au pipeline au pied duquel reposait Oddny. À ce moment-là, sa colère commençait à retomber. À aucun moment, il n'a envisagé de se rendre ou d'aller confesser son crime à la police. La première chose qui lui est venue à l'esprit a été de faire disparaître le corps. Il l'a traîné jusqu'au caisson pour le cacher dans ses profondeurs, avant de rentrer chez lui. Il n'a pas remarqué qu'une des boucles d'oreilles d'Oddny était tombée sous les canalisations. Plus tard, il s'est rendu compte qu'il avait perdu un bouton de manchette, mais il ignorait où et quand. Il pensait que la police trouverait le corps de sa femme en allant vider la dernière demeure d'Hannibal, mais ses craintes se sont révélées injustifiées. Personne n'a eu l'idée d'aller fouiller plus loin.

Rebekka écoutait son récit en silence. Cette fois-ci, elle l'avait invité dans le trois-pièces propret qu'elle occupait dans un immeuble de la rue Alfheimar. Dans la soirée, il avait rendez-vous avec Halldora pour visiter des appartements à louer.

– Plus tard, Gustaf est retourné au pipeline à la faveur de la nuit et, armé d'une pelle de jardinage et d'une lampe de poche, il a enterré le cadavre. Il n'a pas osé le retirer du caisson, il n'avait pas vraiment le choix. Il m'a rapporté qu'il évitait le plus possible de regarder le corps pendant qu'il l'enterrait et il n'a pas vu qu'elle serrait son bouton de manchette dans la main.

Erlendur raconta également à Rebekka que, pendant son interrogatoire, Gustaf avait déclaré avoir attendu que des ouvriers viennent reboucher le trou pour parfaire la sépulture qu'il avait offerte à Oddny. Mais les mois avaient passé sans que personne n'intervienne. Il avait même téléphoné de manière anonyme à la compagnie nationale de géothermie pour se plaindre de leur négligence, mais son appel n'avait rien changé.

– C'est la seule chose qui l'inquiétait ? s'étonna Rebekka.

– Évidemment, il n'était pas dans un état normal, observa Erlendur. Il me semble d'ailleurs qu'il en prend peu à peu conscience.

– Par conséquent, ce Bergmundur n'a rien à voir avec tout ça ?

– Non, absolument rien. En revanche, il en voulait beaucoup à votre frère parce qu'il considérait qu'il lui avait pris Thuri. C'est sans doute lui qui a tenté de mettre le feu à la cave.

– Et Thuri ?

– Je ne sais pas où elle est, répondit Erlendur. Je ne l'ai pas revue.

– Vous pensez qu'elle accepterait de me rencontrer ?

– Vous le souhaitez ?

– Oui, je voudrais pouvoir lui parler. Je voudrais lui parler d'Hannibal.

– Cela vous aiderait sans doute, convint Erlendur. C'est quelqu'un de bien. Il suffit de la connaître un peu.

51

Erlendur tirait sur le col trop étroit de la chemise qu'il portait sous son uniforme. C'était la fin juillet. Il faisait chaud à Thingvellir. Quelques personnes s'étaient aventurées en barque sur le lac lisse comme un miroir et des gamins jouaient pieds nus sur la rive. La circulation avançait avec lenteur aux abords du périmètre réservé aux célébrations. Le soleil dardait ses rayons sur les tentes qui avaient envahi le moindre carré d'herbe libre sur les plaines en contrebas de la faille d'Almannagja.

Il assurait le service d'ordre depuis les premières heures du jour. On ne lui avait pour l'instant accordé qu'une pause pendant laquelle il avait avalé un sandwich et un mauvais café. Le quartier général de la police était installé à proximité de la tente du comité d'organisation. Les agents étaient intervenus à plusieurs reprises. Quelques opposants à la présence de la base américaine à Keflavik avaient manifesté et le service d'ordre n'avait pas tardé à les déloger du bord de la faille sans prendre de gants. On avait plié la banderole qu'ils brandissaient, ornée du slogan familier : *L'Islande hors de l'OTAN – Dehors l'armée !*, puis on l'avait rangée. La manifestation avait surpris la police, surtout occupée à faciliter la circulation des voitures et des piétons et à maintenir le calme parmi les milliers de gens venus à Thingvellir célébrer les 1100 ans de la colonisation de l'Islande. Erlendur n'avait pas participé à l'arrestation des opposants à la base militaire. Il avait simplement entendu le récit de ses collègues en mangeant son sandwich.

Il avait tout au plus protégé quelques prosélytes chrétiens qui diffusaient leur message en anglais et arpentaient le périmètre des célébrations. Un quinquagénaire parfaitement athée et bien imbibé avait apostrophé les enfants de Jésus. Il avait pris l'un d'eux à partie, un blondinet barbu d'une vingtaine d'années qui arborait le signe de la paix en pendentif et semblait disposé à lui tendre l'autre joue. Témoin de l'altercation, Erlendur avait éloigné et calmé l'aviné en lui disant que s'il ne laissait pas en paix les enfants de Jésus, il serait contraint de le faire évacuer. L'homme avait commencé à protester, mais il avait vite renoncé en voyant qu'il ne plaisantait pas.

Erlendur s'était rapproché de la terrasse de Lögberg depuis laquelle les hôtes de marque prononceraient leurs discours afin de ne pas manquer le moment où, le corps efflanqué et la tête imposante, le poète Tomas Gudmundsson monterait au pupitre pour y déclamer l'ode solennelle composée pour l'occasion. Erlendur s'accorda une pause pour écouter le poète qu'il lisait depuis son enfance. Le soleil baignait le visage de Tomas tandis qu'Erlendur embrassait du regard les plaines de l'ancien Parlement en plein air. Au loin, on voyait le mont Skjaldbreidur. Ceux qui avaient fait le déplacement n'auraient pas pu demander à leur Dieu météo plus clémente. Il régnait une authentique atmosphère de fête. Les gens allaient et venaient entre les animations et les tentes-restaurants, avec des ballons ou des drapeaux islandais, les oreilles emplies de chants interprétés par des chœurs d'hommes et du joyeux écho des fanfares.

La nation tout entière s'était rassemblée ici pour se réjouir : hippies à l'esprit libre et aux cheveux longs vêtus de leurs tuniques indiennes, dames respectables en robe d'été et en chignon, sac à main en bandoulière, messieurs en chapeau et costume neuf aux revers de veste aussi larges que des filets de cabillaud ; paysans et grossistes, ouvriers et marins, marchands et commerçants, citadins, villageois et fermiers : tous étaient venus là en ce jour ensoleillé pour acclamer l'Islande, chacun à sa manière.

Après avoir écouté Tomas, Erlendur continua sa ronde et descendit vers l'hôtel Valhöll où il avait fait partie de la haie d'honneur, plus tôt dans la journée. C'était là que nombre d'hôtes étrangers, ambassadeurs, ministres et têtes couronnées, étaient arrivés à bord de limousines étincelantes avant d'entrer, telles des vedettes de cinéma dans le petit hôtel. Erlendur avait enfilé ses gants blancs et s'était tenu au garde-à-vous, le regard fixe, comme si rien de tout cela ne l'atteignait. Il avait tout de même ouvert l'œil au cas où certains auraient eu l'idée de venir importuner les grands hommes, mais personne n'y songeait dans la foule qui s'était rassemblée pour assister à toute cette magnificence.

Il s'arrêta devant l'hôtel pour discuter un moment avec Gardar et Marteinn, eux aussi en service. Ils évoquèrent brièvement le coup d'éclat des manifestants de la faille d'Almannagjá, dont la nouvelle s'était répandue comme une traînée de poudre et qui avait déclenché le branle-bas de combat dans les rangs de la police chargée de s'assurer du bon déroulement des festivités.

– Saloperies de communistes ! s'emporta Gardar.

Erlendur continua sa route vers les tentes que des

milliers de gens avaient plantées la veille, voire quelques jours plus tôt, afin de profiter de ce bel été à Thingvellir. Ils avaient emporté leurs réchauds Primus, des boîtes de conserve, des tranches de viande, des casseroles, des cafetières et des cartons remplis de pain. Beaucoup avaient également apporté de quoi se réchauffer et trinquer dignement pour fêter l'avènement d'une nouvelle époque. Tout cela s'était déroulé dans un esprit de fraternité, d'entente et de respect, exception faite de quelques rares petites disputes pour des broutilles, plus tard dans la nuit.

Il se faufila entre les tentes où les femmes préparaient du café et des tartines au pâté ou au mouton fumé tandis qu'allongés au soleil sur leurs chaises longues, en polo, les hommes fumaient ou lisaient les journaux qu'ils avaient apportés. Beaucoup avaient emmené leurs radios portatives afin de suivre les festivités sur leurs appareils crachotant. Un chœur d'hommes entonnait *Oh, que j'aime mon pays !* Quelqu'un attrapa une bouteille de gnôle de contrebande pour la cacher en voyant approcher la police. Erlendur fit semblant de ne rien avoir vu.

– Bonjour, lança une voix fluette derrière lui.

Il fit volte-face et découvrit Marion Briem, qui tout comme lui avait revêtu son uniforme pour l'occasion mais semblait s'y sentir aussi peu à l'aise.

Erlendur lui serra la main.

– Vous devriez passer nous voir à la Criminelle si vous avez envie d'un peu de changement, déclara Marion. J'ai parcouru les rapports que vous nous avez remis sur Hannibal et Oddny. J'ai pu constater que ça ne vous gênait pas d'enfreindre toutes les règles que nous nous imposons au sein de la police.

– Oui, pardonnez-moi, je ne voulais vraiment pas…
commença à plaider Erlendur.

Ses supérieurs lui avaient reproché de ne pas avoir
contacté la Criminelle dès qu'il avait trouvé la boucle
d'oreille. Il s'en était fallu de peu qu'il ne perde son
emploi.

– Non, ne vous excusez pas, cela me plaît beaucoup, le coupa Marion. J'ai parlé à Rebekka, la sœur
de votre ami.

– Rebekka ?

– Elle ne tarit pas d'éloges sur vous. Vous devriez
venir me voir si cela vous dit de continuer à fureter
comme vous le faites si bien.

Sur ce, Marion se fondit à nouveau dans la foule.
Erlendur tira une fois de plus sur son col de chemise en
se disant qu'il avait hâte d'avoir terminé sa journée et
d'ôter cet uniforme. Son répit serait toutefois de courte
durée puisqu'il devait assurer les nuits à Reykjavik
toute la semaine suivante.

52

Il s'arrêta devant la maison et leva les yeux sur la façade avant de continuer sa route sous la bruine. Il était souvent passé par là sans jamais s'arrêter très longtemps dans la rue. La famille de la jeune fille ne vivait plus ici, elle avait quitté les lieux depuis plus de dix ans. Il ignorait l'endroit exact où se trouvait sa chambre, mais imaginait qu'elle était derrière le joli chien-assis de l'étage supérieur. C'était là qu'un matin, la petite s'était réveillée, préparée pour l'école avant de lancer un rapide au revoir à ses parents parce qu'elle était en retard. Ces derniers avaient précisé qu'elle était partie, joyeuse, comme à son habitude.

La maison avait changé deux fois de propriétaire depuis lors. Aujourd'hui, un jeune couple l'occupait. Erlendur se demanda si ces gens savaient qu'une jeune fille qui vivait là autrefois avait disparu sur le chemin de l'école. Il supposa qu'ils l'ignoraient. Les gens allaient et venaient sans trop s'intéresser au passé. Ils bâtissaient une vie nouvelle, s'inventaient un avenir. C'était le cours normal des choses. Le temps n'attendait personne.

En suivant les ultimes pas que la petite avait faits dans cette rue, Erlendur se sentait envahi par une mélancolie familière. Ils cheminèrent ensemble jusqu'à l'endroit où se trouvait naguère camp Knox, symbole de l'occupation militaire et de la pauvreté de la nation. Il s'arrêta et vit la jeune fille disparaître en douceur sous la pluie caressante.

La Cité des Jarres

prix Clé de verre du roman noir scandinave 2002
prix Mystère de la critique 2006
prix Cœur noir 2006
Métailié, 2005
et « Points Policier », n° P1494

La Femme en vert

prix Clé de verre du roman noir scandinave 2003
prix CWA Gold Dagger 2005
prix Fiction du livre insulaire d'Ouessant 2006
Grand Prix des lectrices de « Elle » 2007
Métailié, 2006
et « Points Policier », n° P1598

La Voix

Grand Prix de littérature policière 2007
Trophée 813 2007
Métailié, 2007
et « Points Policier », n° P1831

L'Homme du lac

Prix du polar européen du « Point » 2008
Métailié, 2008
et « Points Policier », n° P2169

Hiver arctique

Métailié, 2009
et « Points Policier », n° P2407

Hypothermie

Métailié, 2010
et « Points Policier », n° P2632

La Rivière noire

Métailié, 2011
et « Points Policier », n° P2828

Betty

Métailié, 2011
et « Points Policier », n° P2924

La Muraille de lave
Métailié, 2012
et « Points Policier », n° P3028

Étranges Rivages
Métailié, 2013
et « Points Policier », n° P3251

Le Livre du roi
Métailié, 2013
et « Points », n° P3388

Le Duel
Métailié, 2014
et « Points Policier », n° P4093

Opération Napoléon
Métailié, 2015
et « Points Policier », n° P4430

Le Lagon noir
Métailié, 2016
et « Points Policier », n° P4578

Dans l'ombre
Métailié, 2017
et « Points Policier », n° P4730

La Femme de l'ombre
Métailié, 2017
et « Points Policier », n° P4882

Passage des ombres
Métailié, 2018
et « Points Policier », n° P5023

Les Fils de la poussière
Métailié, 2018
et « Points Policier », n° P5093

Ce que savait la nuit
Métailié, 2019
et « Points Policier », n° P5125

Les Roses de la nuit
Métailié, 2019
et « Points Policier », n° P5283

Les Fantômes de Reykjavik
Métailié, 2020
et « Points Policier », n° P5337

RÉALISATION : NORD COMPO À VILLENEUVE-D'ASCQ
IMPRESSION : CPI FRANCE
DÉPÔT LÉGAL : JANVIER 2016. N° 130546-8 (3042670)
IMPRIMÉ EN FRANCE